OS DESAPA-
RECIDOS

OS DESAPA-RECIDOS

SARA SHEPARD

Tradução de Regiane Winarski

Rocco

Título original
LAST SEEN

Edição brasileira publicada mediante acordo com a Rights People, Londres.

alloyentertainment

Original produzido por Alloy Entertainment
1325 Avenue of the Americas
Nova York, NY 10019
www.alloyentertainment.com

Direitos para a língua portuguesa reservados
com exclusividade para o Brasil à
EDITORA ROCCO LTDA.
Rua Evaristo da Veiga, 65 – 11º andar
Passeio Corporate – Torre 1
20031-040 – Rio de Janeiro – RJ
Tel.: (21) 3525-2000 – Fax: (21) 3525-2001
rocco@rocco.com.br | www.rocco.com.br

Printed in Brazil/Impresso no Brasil

Preparação de originais: PEDRO KARP VASQUEZ

CIP-BRASIL. CATALOGAÇÃO NA PUBLICAÇÃO
SINDICATO NACIONAL DOS EDITORES DE LIVROS, RJ

S553d

Shepard, Sara
Os desaparecidos / Sara Shepard ; tradução Regiane Winarski. - 1. ed. - Rio de Janeiro : Rocco, 2023.
(Os amadores ; 3)

Tradução de: Last seen
ISBN 978-65-5532-331-3
ISBN 978-65-5595-181-3 (recurso eletrônico)

1. Ficção americana. I. Winarski, Regiane. II. Título. III. Série.

CDD: 813
23-82870 CDU: 82-3(73)

Meri Gleice Rodrigues de Souza - Bibliotecária - CRB-7/6439

O texto deste livro obedece às normas do
Acordo Ortográfico da Língua Portuguesa

Para Clyde

ANTES

ESTAVA TÃO ESCURO no barracão. A cueca dele estava molhada e a pele coçava. O cheiro lá dentro era horrível, meio parecido com o do rato que tinha morrido embaixo da varanda da casa da família dele uma vez. E dava para ouvir o mar fazendo *whoosh-whoosh-whoosh*, mas ele não sabia de onde o som estava vindo. Ele não *via* o mar desde que chegou ali. Aquilo não eram férias divertidas.

Ele se moveu para a direita e para a esquerda, esbarrando em baldes de praia de plástico, em bicicletas enferrujadas e em uma boia de piscina furada. Nunca tinha tido permissão de brincar com nada daquilo. Ficava pensando em todas as criaturas que podiam estar rastejando nele. Centopeias. Aranhas. Talvez até um rato. Sua garganta se apertou. O fedor daquele rato morto tinha piorado a cada dia; primeiro, tinha cheiro de vômito, depois de coisa pior ainda. Quando seu pai finalmente o tirou com uma pá, só havia ossos. Ele tinha gritado, e seu pai havia corrido até ele para abraçá-lo. *Eu sei, amigão*, disse ele. *Não é nada bonito*.

Ele *veria* o pai de novo? *Ele* viraria aquele rato?

Seu coração disparou. Ele apertou o rosto entre os joelhos. Em momentos assim, momentos em que ficava com muito medo, a única coisa que ajudava era desaparecer nos livros de Harry Potter que ele amava. Se estivesse em Hogwarts e não preso ali, se tivesse poderes mágicos como Harry e os amigos, ele acertaria a mulher que tinha feito aquilo com ele com um feitiço. Ela murcharia e desapareceria. E aí? Aí, ele fugiria. Fugiria *rápido*, para longe.

A porta se abriu. Ele se levantou, sem conseguir respirar de repente. A luz fez seus olhos doerem e ele levou as mãos ao rosto.

Ela olhou para ele. Estava usando aquele vestido florido grande, o que já tinha cabido nela, mas não cabia mais. O cabelo era um emaranhado loiro-alaranjado em volta do rosto. Quando era só a professora dele, ela parecia o espantalho simpático de *O mágico de Oz*. Agora, estava mais para esqueleto de Halloween.

— D-desculpa — gaguejou ele. — Eu nunca mais vou fazer aquilo, prometo.

Ela fungou e olhou para ele de cara feia. Houve uma época em que ele não sentia perigo nela. Achava que ela era uma pessoa normal, simpática e feliz que ele conhecia bem, uma pessoa que contava piadas engraçadas e lhe dava chocolate Junior Mint depois da aula e falava com ele sobre os livros de Harry Potter. Ela dizia que os amava também.

Eles não falavam mais sobre os livros de Harry Potter.

— P-posso voltar pra lá? — disse ele, indicando a casa do outro lado do pátio. Ele a via pela fresta da porta. — Estou com sede.

Ela franziu o nariz.

— *Estou com sede* — imitou ela. — De quem é a culpa disso?

As bochechas dele queimaram. Quanto tempo tinha ficado preso ali? Quando ela o fechou lá dentro, ele quis gritar, mas teve medo de ela fazer alguma coisa *pior*. *É melhor tomar cuidado*, ela sempre dizia. *Eu posso fazer as coisas ficarem bem ruins. Você deveria ficar feliz com o tanto que eu estou sendo gentil*. Ela também disse que os pais dele estavam felizes de ele ter sumido e que não o estavam procurando. Ninguém estava. Ninguém se importava.

Ela balançou um dedo para ele.

— Você devia ter pensado no que aconteceria antes de fazer aquilo. Mas não pensou e partiu meu coração. Eu fiz tanto por você e é isso que eu ganho em troca. Você me *abandona*. Me faz parecer idiota.

— Eu... eu pedi desculpas.

Ele sabia que não devia ter tentado fugir... mas a sensação foi tão boa. Lá na calçada, ele tinha se transformado de vítima indefesa em um dos heróis dos seus livros, o próprio Harry Potter. O ar estava com cheiro tão fresco. O sol quente de verão lhe deu forças. Quando bateu àquela porta duas casas depois, ele teve certeza de que as pessoas lá o salvariam.

Agora, ela chegou mais perto, o rosto quase tocando no dele. O hálito tinha cheiro de café, como o da mãe sempre que ela se curvava sobre a cama dele para acordá-lo para a escola. Ele ficou louco de saudades de casa quando sentiu o cheiro, mas ao mesmo tempo até *queria* sentir esse cheiro, só para poder lembrar.

Quando ela esticou a mão para ele, ele se encolheu. Mas, em vez de bater nele, ela fez carinho na bochecha.

— Meu doce, doce menino. Eu te amo. Você sabe disso, né?

— Aham — sussurrou ele. Mas se sentiu mal por falar.

— Só que você tem sido tão mau. E meninos maus precisam ser punidos.

A porta se fechou com tanta força que o barracão vagabundo de plástico sacudiu.

— Espera! — Ele deu um pulo e tropeçou nos tornozelos amarrados. — Espera, não, *por favor*! Me deixa sair! Eu nunca mais vou fazer aquilo! Eu *prometo*!

— Sinto muito, querido. — O cadeado de metal estalou ao ser colocado no lugar. — Mas é assim que tem que ser.

UM

SENECA FRAZIER ESTAVA no saguão chique e gelado demais do Reeds Hotel em Avignon, Nova Jersey, olhando horrorizada para uma mensagem de texto que tinha acabado de receber.

Não se dê ao trabalho de nos procurar. Nós já estamos longe.

— Impossível — sussurrou Maddox Wright. Maddox apertou a ponte do nariz, que estava descascando de uma queimadura de sol, e tirou o cabelo castanho comprido demais dos olhos. — Você acha mesmo que é do Brett?

Seneca estava contraindo a mandíbula com tanta força que parecia que seus dentes virariam pó.

— Só pode ser. Mas o que significa?

Seneca, Maddox e a irmã postiça de Maddox, Madison, junto com os amigos Aerin Kelly e Thomas Grove, tinham se envolvido em um jogo de gato e rato com Brett Grady havia uma semana. Ironicamente, em outra ocasião, Brett também foi amigo deles, membro do grupo investigativo heterogêneo; eles tinham se conhecido em um site de resoluções de crimes, o Caso Não Encerrado, que agia como local de reunião para pessoas que amavam revirar casos antigos não resolvidos. O primeiro caso deles foi descobrir o que tinha acontecido com Helena Kelly, irmã de Aerin, cujos ossos haviam sido encontrados em um parque anos depois de seu misterioso desaparecimento. Durante aquela investigação, eles confiaram e respeitaram Brett. Ele teve ótimas percepções. Foi um bom ouvinte e ficou com eles até o final, quando eles acreditaram que tinham encontrado a assassina de Helena: Marissa Ingram, esposa do homem com quem Helena estava tendo um caso.

Mal sabiam eles na época que ele tinha manipulado a investigação para que corresse exatamente na direção que ele queria. Foi *ele* que matou Helena, não Marissa Ingram. Mas ele desapareceu antes que Seneca tivesse feito a conexão. E isso não foi tudo que Brett fez... Por meio de dicas sutis que ele soltou, Seneca tinha quase certeza de que ele também tinha matado Collette, sua mãe. O fato de ele ter estado tão perto, bem na frente da cara dela, *provocando-a*... fazia o sangue ferver nas veias.

Ela queria pegar Brett. *Precisava* pegar Brett. Era sua missão de vida agora, ao que parecia. Mas Brett era como um fantasma; mudava de aparência com a mesma facilidade com que mudava de nome. Encontrá-lo era mais fácil falar do que fazer. Na semana anterior, ele ressurgiu e testou a capacidade do grupo de encontrar Chelsea Dawson, sua vítima mais recente... só para distorcer a cena e fazer parecer que Chelsea, uma estrela do Instagram, tinha sequestrado a si mesma para ganhar mais seguidores. Seneca e os amigos pareceram idiotas quando tentaram explicar para a polícia que Brett, que estava andando por Avignon usando o nome Gabriel Wilton, estava por trás de tudo. Não ajudou o fato de Brett ter encenado um acidente de carro com incêndio que tinha matado "Gabriel". Quem sabia quem Gabriel era de verdade; não Brett, obviamente, mas uma pessoa inocente cuja vida não merecia ser interrompida pelo jogo maligno de Brett. Para a polícia, o caso de Chelsea estava encerrado... e Seneca e os amigos eram mentirosos.

E agora, ali estava Brett, provocando-a de novo com a mensagem. *Eu venci, você perdeu!* Seneca apertou as unhas nas palmas das mãos com vontade de gritar. A cada dia que passava, seu desejo de capturar Brett ficava mais desesperado. Ela precisava pegar esse cara... pela sua mãe, pelas outras vítimas dele, por ela mesma, no mínimo para perguntar a ele o porquê. Por que sua mãe? Por que Helena? Por que *qualquer pessoa*?

Ela revirou o saguão se perguntando se Brett tinha estado lá, se eles tinham passado direto por ele em algum momento. Aquele hotel foi o QG deles, embora agora que Chelsea tinha sido encontrada, Seneca e os outros planejassem voltar para suas respectivas casas (Madison, Maddox, Thomas e Aerin para Dexby, Connecticut, e Seneca para Annapolis, Maryland) e retomar a busca por Brett depois de alguns dias. O saguão tinha um tema alegre havaiano e estava cheio de turistas bronzeados. Um grupo de universitários barulhentos estava tomando tequila no bar de telhado de palha. Do lado de fora, um grupo de manobristas com camisas de estampa havaiana corria até os carros parando na entrada e porteiros empurravam carrinhos de bagagem pelas portas automáticas.

Seneca olhou para a mensagem de texto de novo, as mãos subindo para o ponto exposto do pescoço. Ela estava tão acostumada a mexer no pingente de *P* da mãe, mas Brett o queimou até ser impossível de identificar alguns dias antes. Ela se sentia nua sem ele, como se houvesse perdido um membro.

Por que Brett tinha enviado aquela mensagem? Só para provocá-los dizendo que tinha escapado de novo... ou por algum outro motivo. A escolha dele de pronomes, *nos* e *nós*, parecia uma pista. Brett estava com alguém? A "irmã" Viola, talvez? Ela havia acabado de descobrir que Brett chamava alguém de "mana"; Amanda Iverson, chefe de Brett na imobiliária em que Brett se passava por "Gabriel", frequentador de praia e aprendiz de corretor, tinha dado a dica. Seneca precisava encontrar essa tal Viola. Já tinha começado a revirar o cérebro tentando pensar em como eles poderiam encontrá-la. Mas por que motivo Brett se gabaria de Viola quando, até onde Seneca sabia, ele ainda não estava ciente de que ela sabia da existência de Viola? Não batia.

— Pronta pra ir? Madison chegou. — Maddox mostrou o cabelo brilhoso da irmã perto dos elevadores. Ela estava puxando duas malas rosa gigantescas e abarrotadas. Tinha colocado um minivestido florido em tons néon e sandálias com sola de cortiça.

Seneca estava prestes a contar a Madison sobre a mensagem enigmática de Brett, mas Madison falou primeiro, mostrando um iPad em uma capa Louis Vuitton.

— Aerin esqueceu isto. Ela ainda está aqui?

— Ela foi se encontrar com Thomas. — Seneca olhou para a entrada. Thomas Grove era o namorado novo de Aerin, ex-policial; ele os ajudou a caçar Chelsea e Brett. Naquela manhã, ele tinha recebido a notícia de que a avó estava no hospital e precisava voltar para Dexby. Aerin insistiu em ir com ele; Thomas vinha buscá-la na porta do hotel.

Ela ligou para o número de Aerin, ansiosa para falar com ela por motivos além do iPad esquecido. Precisava avisar todo mundo sobre a mensagem, e logo; as palavras de Brett pareciam mais ameaçadoras a cada segundo que passava. Talvez Aerin ou Thomas, com a experiência policial, teriam alguma ideia.

Mas a ligação caiu na caixa postal. Seneca ligou para Thomas; ele atendeu no primeiro toque.

— Thomas? Coloca no viva-voz. Aerin precisa ouvir também.

— Ah. — Thomas pareceu surpreso. — Na verdade, ainda faltam cinco minutos pra eu chegar.

— Como é? — Seneca inclinou a cabeça sem entender.

— Eu ainda não peguei Aerin. Fiquei preso no trânsito. Mas não devo demorar.

— Ah. – Seneca esticou a cabeça e olhou para a entrada do hotel procurando o cabelo loiro-platinado sedoso de Aerin, as pernas bronzeadas compridas, a bolsa preta de marca pendurada no cotovelo. Ela não estava lá.

A pele de Seneca ficou arrepiada. Ela olhou para Maddox e Madison com preocupação.

— Thomas não está com Aerin — sussurrou ela. — E ela também não está lá na porta.

Maddox franziu a testa. Madison olhou para o outro lado.

— Será que ela está no banheiro?

Seneca olhou para a porta do banheiro do outro lado do saguão. Ela teria visto Aerin entrando ou saindo de lá. Ela encostou o celular no ouvido de novo.

— Thomas, você pode nos encontrar aqui dentro? Nós vamos encontrar Aerin. Tem uma coisa que eu preciso te mostrar.

Depois que desligou, Seneca ligou de novo para Aerin. Caixa postal. Uma sensação quente estava se espalhando pelo seu estômago, mas ela tentou respirar com calma. Aquilo não *significava* nada. Tinha que haver uma explicação.

Seneca olhou para a entrada de novo. Nada de Aerin. Ela reparou em um porteiro jovem e magrelo parado ao lado da estação dos manobristas. O cara parecia entediado, a cabeça apoiada na parede, de olhos fechados. Uma plaquinha brilhante dizia que o nome dele era *Hunter*. Ele ficou atento quando ela se aproximou.

— Uma garota passou aqui ainda agora? — perguntou Seneca. — Dezessete anos. Bonita. Cabelo loiro. Você teria visto.

Madison mostrou a Hunter uma foto de Aerin no celular. Os lábios do garoto se curvaram em um sorriso sugestivo.

— Ah, sim. Eu a vi. Ela entrou em um carro uns minutos atrás.

Seneca sentiu um tremor.

— *Que* carro?

O garoto tentou pensar.

— Acho que era branco? Um sedã?

Seneca franziu a testa. O carro de Thomas era um Ford sedã branco... mas Aerin não estava *com* Thomas. Poderia ter sido um táxi? Mas os táxis ali todos pareciam ser de cor amarela padrão.

— Pra onde ela foi? Você viu?

— Na direção da ponte, eu acho. — Ele assentiu com confiança. — É, definitivamente na direção da ponte, porque eles fecharam alguém ao virar à esquerda. Saíram em disparada.

Nessa hora, Hunter se distraiu com um SUV cheio de gente que tinha acabado de parar na porta do hotel. Seneca se virou para Maddox e Madison. Alarmes estavam disparados na cabeça dela. Pela expressão no rosto de Maddox, ela percebeu que havia pensamentos assustados e paranoicos na cabeça dele também. Isso não a surpreendeu; ela e Maddox tinham criado um laço bem antes em mensagens particulares do site Caso Não Encerrado, confessando todos os tipos de coisa, estranhamente sintonizados aos pensamentos um do outro.

Seneca ligou de novo para Thomas. Ele atendeu na hora.

— Quem te ligou pra te dizer que sua avó estava no hospital e que você precisava voltar pra Dexby?

Houve uma pausa.

— O médico da minha avó — disse Thomas. — Por quê?

— Você já tinha falado com ele? Você sabe como é a voz dele?

— Não...

— Seneca, aonde você quer chegar? — Madison apertou os olhos.

Seneca levantou um dedo em um gesto de "só um segundo".

— Thomas, liga para o médico. Pergunta se sua avó está mesmo doente.

Madison pareceu confusa.

— Você acha que o médico está mentindo?

Maddox falou um palavrão baixinho. Seneca olhou para ele; pela expressão pálida, ela percebeu que ele estava avaliando a mesma teoria que ela. A mensagem de texto de Brett dançou na mente dela. *Não se dê ao trabalho de nos procurar.* O *nos* poderia ser...?

Um cenário perigoso se desdobrou na mente dela: Brett tinha se passado pelo médico da avó de Thomas e mentido sobre a condição dela. Em seguida, parou na porta do hotel com um carro que era igual ao do Thomas e levou Aerin… enquanto o resto estava dentro do hotel, a poucos metros, sem saber.

Ela encostou o telefone no ouvido.

— Liga pra ele, Thomas. Por favor.

— Tudo bem — disse Thomas. — Já te ligo. Ou melhor, eu te *vejo* em alguns minutos. Vou entrar em Sea Breeze daqui a pouco.

A ligação foi encerrada. Seneca se mexeu, inquieta.

— Aposto dez pratas que o médico não ligou — murmurou ela. — Aposto dez pratas que foi o Brett disfarçando a voz.

— *O quê?* — perguntou Madison, boquiaberta. — Por quê?

Sem dizer nada, Seneca mostrou a mensagem de texto no celular. Madison se aproximou para olhar e toda a cor sumiu das bochechas dela.

— Isso é do…? — Ela parou de falar, horrorizada.

Seneca assentiu.

— E você acha que ele *saiu daqui*… com Aerin?

As peças estavam começando a encaixar. Ao longo da busca por Chelsea, Seneca tinha questionado cada movimento de Brett. Por que ele a levou especificamente? Ele podia mesmo querer se vingar de todas as mulheres que o rejeitavam ou havia outra coisa em jogo? E por que ele deu pistas de como encontrar Chelsea… e, finalmente, por que *soltou* Chelsea? Brett era o tipo de criminoso que não deixava testemunhas; ele não queria que as vítimas contassem para ninguém sobre ele. E não tinha interesse em clemência.

— Pessoal, talvez Chelsea não fosse o objetivo final do Brett — disse ela com voz engasgada. — Talvez *Aerin* seja.

Madison estava tremendo.

— A gente tem que ligar pra polícia. *Agora*.

Seneca olhou o saguão do hotel. Talvez eles também devessem falar com a gerência; era provável que houvesse câmeras de segurança na entrada do hotel e tivessem filmado Aerin entrando no carro do Brett. Mas ela não viu um único funcionário. Ela olhou para o celular, esperando com ansiedade a ligação de Thomas. Quando ergueu o olhar, ela viu o Ford branco do Thomas dobrar a esquina da Sea Breeze Drive. Mesmo de longe, dava para ver a expressão assustada e confusa no rosto dele. Ele tinha feito a ligação, ela sabia. A avó dele não estava no hospital. O médico não o tinha mandado voltar para casa.

Foi o *Brett*.

Mas havia algo de estranho no carro do Thomas. Uma fumaça preta densa saía do escapamento e escondia o carro de trás. Seneca não sabia nada sobre manutenção de carros, mas aquilo não parecia bom. O sinal de trânsito ficou verde e Thomas pisou no acelerador. A fumaça subiu. Houve um *pop* estranho. E, de repente, de um jeito horrível, o carro começou a pegar fogo.

— Ah, meu Deus! — Seneca foi correndo para as portas automáticas.

O ar lá fora estava com cheiro de combustível queimado. Chamas pulavam do capô do carro de Thomas. A maioria das pessoas estava correndo para longe do fogo, mas algumas almas corajosas estavam correndo na direção dele. Seneca apertou a mão sobre a boca quando chegou à calçada. A porta do carro dele estava aberta e ele cambaleou para fora e caiu no chão.

— Thomas! — gritou Seneca, mas ele não levantou a cabeça. Ela foi tomada de medo. Como aquilo tinha acontecido? Como um carro podia simplesmente *explodir*?

Dois homens de uniforme de bombeiro voluntário correram na direção do corpo de Thomas.

— Para trás, para trás! — gritaram eles para Seneca, Maddox e Madison, que tinham corrido atrás dela. Seneca mordeu o punho com força.

Um policial tinha aparecido e estava começando a desviar o tráfego para uma rua lateral. O corpo de bombeiros chegou e molhou o carro. Sirenes de ambulância tocaram. Pessoas à esquerda de Seneca começaram a murmurar.

— Alguém viu o que aconteceu? — perguntou uma mulher.

— Simplesmente explodiu! — disse outra pessoa. — Fiquei morrendo de medo!

— Eu ouvi que não se pode confiar naquele modelo daquele ano — murmurou uma terceira voz.

Seneca estava começando a ficar tonta por causa da fumaça. O carro de Thomas *era* cheio de defeitos de fabricação? Mas Thomas era um cara meticuloso. Ela não conseguia imaginar que ele fosse deixar a manutenção do carro chegar ao ponto em que o veículo simplesmente explodiria. Ela foi tomada de paranoia. E segurou o braço de Maddox.

— Acho que não foi acidente.

Maddox e Madison assentiram, atordoados. *E, de repente, Brett diminuiu nosso número para três*, pensou Seneca com medo. É claro que ele eliminou Thomas: como ex-policial, ele tinha muitos recursos para caçar Brett. *E* ele e Aerin tinham acabado de começar a namorar. Seneca não conseguia esquecer os olhares sonhadores que Brett tinha dado a Aerin em Dexby. Ele gostava dela. Talvez gostasse *muito*.

Então Brett queria Thomas fora do caminho. Queria Aerin toda para si. E queria que eles nunca fossem encontrados.

— Bom, agora a gente vai *ter que* contar pra polícia. — Madison viu um policial de ombros largos e olhar apertado que havia aparecido para direcionar o trânsito. Deu alguns passos trêmulos na direção dele, mas o celular de Seneca começou a tocar. Ela olhou para o número e sua respiração entalou no peito. *Impossível.* A pessoa que tinha enviado a mensagem dizendo *Não nos procurem* estava agora *ligando*.

— Espera, Madison. — Ela segurou o braço da amiga. — *Não.*

Madison olhou para ela, sobressaltada. Maddox começou a protestar, mas Seneca mostrou a tela do celular para eles.

— É o mesmo número de antes. O mesmo número que enviou a mensagem.

Madison piscou. Maddox abriu os lábios de leve. O celular continuou tocando.

— *Atende* — pediu Maddox.

Com o coração disparado, Seneca apertou o ícone verde do celular e botou a ligação no viva-voz.

— Quanto tempo, meus amigos — cantarolou uma voz familiar e assombrosa no meio das sirenes.

Brett.

DOIS

BRETT GRADY, UM nome que ele tinha se acostumado a usar, manteve as mãos na posição dez para as duas no volante, o celular preso entre a orelha e o ombro. Anos antes, quando aprendeu sozinho a dirigir, ele não sabia como a expressão *dez para as duas* surgiu no cérebro dele nem como soube que era a posição certa para as mãos. Do pai, talvez, quando eles andavam de kart? De algum programa de televisão? Ainda assim, ele se orgulhava de sempre seguir as regras da direção na estrada ao pé da letra. Nunca passava do limite de velocidade, nunca fazia movimentos malucos entre pistas, sempre ficava longe do radar da polícia. Ele já tinha passado por três carros de patrulha, mas não tinha sido parado. Por que o parariam? Ele era um cidadão modelo. Se aqueles policiais repararam no corpo inerte de Aerin no banco de trás, eles devem ter achado que ela era namorada dele e tinha decidido cochilar.

Ele ficou mexido com aquela ideia e decidiu pensar nela pelos momentos em que Seneca Frazier estava demorando para se controlar do outro lado da linha telefônica. Se um policial parasse Brett, ele veria Brett e Aerin como um casal fazendo uma viagem longa. *Ela é o meu amor*, diria Brett para o policial, sorrindo docemente para a forma desmaiada dela no banco de trás. *Nós terminamos as frases um do outro. Pedimos a comida um do outro nos restaurantes. Brigamos um monte de vezes de brincadeira por causa de músicas no rádio e acho que isso a deixou exausta.* Na verdade, Brett sabia todas essas coisas sobre Aerin. Ela não ia querer ouvir "Call Me Maybe" porque lembrava a irmã assassinada, por exemplo. E, se eles parassem para comer pizza, ela ia querer sem nada, quase sem queijo.

Viu? Ele nem precisaria fingir.

— Ainda está aí? — perguntou ele para Seneca. Seu celular tinha ficado em silêncio. Brett não estava surpreso. Seneca devia estar perplexa de ele ter ligado diretamente para ela.

Houve uma movimentação e Seneca voltou para a linha.

— Estou. Onde vocês estão? Aerin está bem? E o carro do Thomas *explodiu*. Foi você, não foi?

— Quantas perguntas. — Brett visualizou Seneca com os cachos e os olhos determinados. Ela devia achar que o pegaria no flagra, que o faria escorregar, o que era um insulto. Eles se conheciam tão bem agora, ela devia entender que ele *nunca* cometia erros.

Ele já sabia do acidente de carro do Thomas. Um aplicativo no seu celular exibia as mensagens da polícia da região; ele tinha ouvido o chamado de emergência. Ao que parecia, Thomas ainda estava vivo e tinha sido levado para o hospital. Não era o melhor resultado, mas Brett esperava que o ferimento fosse suficiente para assustar os outros. Ele franziu o nariz ao pensar no intrometido fortão e descerebrado sorrindo para Aerin, tocando em Aerin, *beijando* Aerin… e ela o beijando. E tinha outra coisa. *Brett* era a quinta pessoa do grupinho de detetives. Thomas Grove não era capaz de solucionar um crime nem para sair de um saco de papel.

— Aerin está ótima — disse ele com alegria, olhando para ela no banco de trás. Ela estava meio torta, a cabeça em um ângulo nada natural, uma bolha de cuspe no canto da boca. A saia estava puxada deliciosamente, exibindo a coxa. — Nós estamos nos divertindo muito.

— Vamos falar com ela, então — exigiu uma nova voz.

Brett sorriu. *Maddox*. Ele conseguia visualizar o sujeito parado ao lado de Seneca, todo cheio de músculos retesados e uma boa aparência tranquila de atleta. Ficou meio magoado pelo tom ríspido de Maddox; ele tinha sido um ótimo amigo, o tipo de cara com quem podia relaxar enquanto jogava *Resident Evil 7*. Pensou com um certo carinho e tristeza como Maddox ria com admiração das suas piadas.

— Hã, Aerin está um pouco indisposta no momento — disse ele. — Mas está bem. Palavra de escoteiro.

— Aonde você a está levando? — perguntou Seneca.

— É segredo. — Ele passou suavemente para a pista da esquerda para ultrapassar, vendo uma outra viatura da polícia atrás de um viaduto. *Só um cara dando uma volta. Só um casal fazendo uma viagem. Lá-lá*. — Mas, se você me ajudar, eu te ajudo.

— Por que a gente faria qualquer coisa pra você? — disse outra voz. Era a irmã bonita e divertida do Maddox, Madison. Interessante. Então *todos* tinham ficado. Bem, exceto aquele de quem ele precisava se livrar.

— Porque nós somos velhos amigos — cantarolou ele. — Não somos?

Silêncio. Brett apertou o volante com força e soltou. Ele estava meio que brincando, meio que não. Sentia muita falta do antigo grupo. Ele ficava para morrer porque todos estavam juntos, passeando, pensando em grupo... e ele não estava incluído na diversão.

— Olha suas mensagens do CNE, Seneca — disse ele. — Eu te mandei um caso no qual estou interessado. Eu tentei entender... mas não cheguei muito longe. É aí que *você* entra.

Ele pensou no link que tinha enviado para ela alguns minutos antes, quando parou para abastecer. *Garoto de nove anos das Catskills desaparece*. Tinha acontecido só dois meses antes, mas um arquivo de Caso Não Encerrado já tinha sido aberto para o garoto. Era desprezível como os policiais podiam ser preguiçosos, como desistiam rapidamente das coisas se fossem só um pouquinho confusas. Alguém naquele mundo ainda usava a cabeça? Alguém se importava com justiça?

Seu telefone apitou. Brett olhou e sentiu um pulo no peito. Encostou o carro, pois nunca que ele seria pego escrevendo uma mensagem de texto enquanto dirigia, e olhou para a tela. O software que ele tinha instalado piscou com uma mensagem. *Usuário pronto para conectar. Você quer se conectar?*

Brett clicou em sim. Um mapa de Avignon, Nova Jersey, apareceu. Ele tinha baixado o programa da darknet e instalado no celular de Seneca na noite em que invadiu o quarto dela na pousada de Avignon. Agora, como o celular dele e de Seneca ficaram conectados por mais de três minutos, o software foi ativado e estava triangulando as coordenadas de GPS dela e permitindo que ele rastreasse cada movimento seu. Esse era o seguro de Brett. Queria ter certeza de que suas marionetes estavam fazendo exatamente o que ele queria o tempo todo.

— Eu não entendo — disse Seneca, supostamente depois de terminar o artigo do CNE, que descrevia como Damien Dover, um garoto tímido e musical de nove anos, tinha sumido da cidade em Nova York dois meses antes. — Você sequestrou esse garoto também?

Brett riu com deboche enquanto voltava para o trânsito.

— Você sabe que eu nunca sequestraria uma criança.

— Por que você quer que a gente investigue isso? É perda de tempo.

— Uma criança está desaparecida, Seneca. É uma coisa horrível. Você não quer ajudar?

— Por que *você* não solucionou? — desafiou-o Seneca. — Você é o especialista.

— Você me lisonjeia — disse Brett, sorrindo. — Como falei, eu olhei o caso. Mas tive outras coisas pra fazer. Então, estou delegando.

— Como a gente sabe que esse garoto ainda está vivo? — perguntou Maddox.

Brett passou por uma placa de mercado de hortaliças na forma de uma berinjela boba sorridente.

— Eu não tenho certeza, mas espero que esteja. E vocês vão encontrá-lo pra mim.

— Hã, não vamos, não. — Seneca parecia furiosa.

— O acordo é este: vocês resolvem isso e recebem Aerin de volta. Mas nada de polícia. Se eu descobrir que falaram com a polícia, vocês nunca mais vão ver Aerin. E, ah, quero atualizações diárias. Se eu não tiver notícias suas ou se achar que vocês não estão se esforçando... — Ele parou de falar e deixou que eles concluíssem o resto.

— Como podemos saber se você já não fez alguma coisa com a Aerin? — perguntou Madison.

— Isso aí — disse Seneca. — Bota Aerin no telefone. Prova que ela está bem.

A pele de Brett ficou quente até as raízes do cabelo. *Pessoal, sou eu! Seu velho amigo! Eu te salvei de um prédio em chamas, Seneca! Você acha mesmo que eu faria mal à nossa garota preciosa?*

Ele sabia que era loucura presumir que eles pensariam assim; havia acabado de fazer o carro de Thomas explodir. Ainda assim, tivera esperanças de que eles ao menos admitiriam que o *conheciam* em vez de falar com ele como se fosse um doido qualquer em um cartaz de "procurado".

Brett olhou para a forma inerte e adormecida de Aerin de novo. Ela parecia tão tranquila, o medo no rosto desaparecido. Tinha sido uma menina má e o deixou com tanta raiva e decepcionado, como tantas outras mulheres que ele conhecia, mas ele também a amava, e a força do amor era maior do que a do ódio.

— Eu estou olhando pra ela — disse ele ao telefone. — Ela está bem.

— Prova — exigiu Seneca. — Tira uma foto dela.

— De jeito nenhum. Vocês vão ter que confiar em mim. Então, comecem a investigar. O tempo está passando.

— O que você quer dizer? — perguntou Seneca. — Você está nos dando limite de tempo?

— Vamos ver, hoje é sexta. — Um caminhão passou ao lado dele. — Eu vou te dar três dias pra resolver isso. Então, até segunda.

— Três dias? — Seneca pareceu horrorizada. — Você quer que a gente resolva um caso em *três dias*?

— Ah, vocês são especialistas. Eu confio em vocês. Agora, vamos nessa! Comecem!

Ele apertou o botão vermelho e jogou o celular no banco do passageiro. Aerin suspirou e ele olhou para ela pelo retrovisor. Ainda dormindo. Ainda alheia. Ele tentou pensar no que ela poderia dizer quando acordasse. Vamos admitir que provavelmente não seria *Ah, que ótimo! Uma viagem, só nós dois!*. Seria *Seneca vai me encontrar. E você vai se arrepender.*

E o que Brett diria? Toda a sua gentileza sumiria. Ele a veria de novo como a garota que tinha escolhido outro garoto em vez dele. *Desculpa, mas você está enganada*, ele diria. *Seneca e os outros nem estão mais te procurando. Eu os ocupei com outra coisa.*

TRÊS

– INACREDITÁVEL. – Maddox Wright ficou olhando enquanto Seneca falava sem parar, andando em círculos largos em volta de um arranjo de flores enorme. — Inacreditável. Inacreditável *pra cacete*.

Eles estavam em uma floricultura no Hospital de Avignon, um prédio luminoso cor de areia com faixas de pessoas sorridentes e saudáveis nas paredes e um homem tocando uma melodia clássica em um piano no saguão. Thomas tinha sido levado em uma ambulância. Quando eles perguntaram sobre Thomas na recepção, a enfermeira disse que ele estava sendo avaliado e que eles ainda não podiam vê-lo. Como a sala de espera estava cheia demais, eles foram para a sala fria cheia de plantas que tinha cheiro parecido demais com uma funerária. Agora, eles estavam se olhando, ainda tentando entender o que tinha acabado de acontecer.

A explosão de Thomas ficava se repetindo na mente de Maddox como um Boomerang do Instagram: o carro aparecendo na luz, a fumaça saindo do cano de descarga e aí… *um inferno chamejante*.

Mas a conversa que eles tiveram com Brett tinha mesmo enfiado as garras em Maddox. Aquilo havia ficado pessoal demais. Bem, *sempre* fora pessoal; os Kelly eram amigos da família dele quando criança, e ele ficava arrasado de saber que o mesmo monstro que tinha matado a irmã de Aerin havia tirado a mãe de Seneca *e* manipulado todos para serem amigos dele.

Mas agora Brett tinha levado *Aerin*? Maddox tinha passado a adorá-la desde que eles se reencontraram naquele ano. Tentou imaginar o que ela devia estar passando, mas só via um vazio assustador e paralisante. Era quase doloroso demais de pensar. E ele sentia culpa; se ao menos tivesse feito… *alguma coisa*… talvez pudesse ter impedido aquilo. Por que alguém não foi lá para fora ficar com ela para garantir que tudo ficaria bem? Assim que eles baixaram a guarda, o desastre aconteceu. Ele não tiraria mais os olhos de Madison e Seneca de jeito nenhum.

Em uma carta que havia escrito para o grupo dias antes, Brett disse que tinha bebido com a irmã de Aerin, Helena, em Nova York, e que a rejeição dela talvez o tivesse inspirado a matá-la. Foi por isso que ele levou Aerin também? Qualquer tolo perceberia que Brett tinha ficado apaixonado por Aerin em Dexby. Mas Maddox achou que ele era inofensivo na época! Sentiu pena pela falta de talento do cara na abordagem! E agora, naquela semana em Avignon, Brett devia ter ficado de olho nela escondido… e devia ter *visto* Aerin e Thomas juntos. Os mesmos alarmes loucos que dispararam com Helena deviam ter disparado de novo. Talvez ele estivesse punindo Aerin por não tê-lo escolhido.

Ele a mataria também?

A floricultura estava tão fria e Maddox ficou correndo no mesmo lugar para fazer o sangue circular. Era difícil acreditar que algumas horas antes ele tinha achado que aquela confusão toda tinha… bem, não exatamente *acabado*, mas que tivesse chegado a um impasse. Por alguns minutos, ele achou que voltaria para Dexby para se preparar para o primeiro ano na Universidade do Oregon, para a qual tinha sido recrutado para correr e competir nas eliminatórias para a Olimpíada. Havia começado a se planejar mentalmente para comprar cuecas novas da Abercrombie e fazer treinos de velocidade pelo bairro no dia seguinte. Achou que *talvez* eles voltassem a Avignon para revisitar a busca... mas com Brett encerrando o mistério de forma tão organizada e limpa, eles encontrariam respostas sobre ele?

Como ele tinha sido *idiota*. Enquanto Brett estivesse por aí, aquilo não acabaria nunca. Ele *tinha* que ficar ali agora que Aerin havia sumido. Todos tinham adiado a volta para casa assim que desligaram o telefone com Brett, na verdade. Seneca, do jeito dedicado dela, havia ligado para o pai superprotetor e dito: "Pai, eu tenho dezenove anos e posso fazer o que quiser e não vou voltar pra casa ainda. Ligo em breve." *Solta o microfone.*

— E aí? — perguntou Seneca, indicando o iPad de Aerin, em que Madison estava clicando e mexendo furiosamente.

— Ainda tentando logar — murmurou Madison entre respirações trêmulas enquanto ficava encostada em uma caixa refrigerada de rosas. A mulher atrás do balcão estava olhando para eles com olhar vazio, desinteressada, como se indivíduos em pânico que não tinham interesse em comprar flores fossem à loja todos os dias.

O grupo tinha criado uma estratégia de como conseguir reunir pistas sobre aonde Brett tinha levado Aerin. Eles duvidavam que pudessem simplesmente ligar para ela e perguntar ou mesmo enviar uma mensagem de texto secreta; sem dúvida Brett já tinha tirado o celular de Aerin. Mas talvez Aerin tivesse escrito uma mensagem de SOS nos primeiros momentos depois que entrou no carro. Era possível?

Aerin tinha um iPhone, o que queria dizer que as mensagens de texto e fotos talvez estivessem ligadas ao iPad esquecido, que estava no colo de Madison. Quando Madison finalmente se lembrou da senha de Aerin para destravar a tela (ela havia usado o telefone de Aerin umas duas vezes, e Aerin tinha dito para ela), não encontrou nenhuma foto carregada da nuvem na última hora. Quanto às mensagens de texto, ela não tinha autorizado que aparecessem no iPad. Mas, se eles conseguissem descobrir a senha do iTunes, as mensagens apareceriam lá.

— Vou tentar a tal Viola também. Sabe, a "irmã" do Brett? — Seneca digitou no celular. — Pode ser que ela saiba alguma coisa sobre o paradeiro dele. — Maddox a viu abrir um e-mail e usar o endereço de Viola que a corretora de imóveis tinha dado a ela. — Eu queria ter um número de telefone — murmurou. Ela procurou o endereço de e-mail de Viola no Google para tentar encontrar detalhes pessoais, mas a busca não levou a nada.

— Talvez a gente pudesse interrogar o pessoal de Avignon para perguntar o que sabiam sobre o cara que eles conheciam como Gabriel — sugeriu Maddox. — Será que ele tinha outra casa de praia em outro lugar?

— Mas todo mundo acha que Gabriel morreu em um acidente de carro. — Madison não afastou o olhar da tela.

— Hã, bom, obviamente *isso* é mentira. — Seneca enfiou o celular no bolso depois de terminar o e-mail para Viola. — A não ser que Brett tenha ligado do além.

Quando ela suspirou, Maddox viu dor no rosto dela. Como tinha sido ouvir a voz do Brett agora? Era o *assassino* da mãe dela... Ele nem conseguia imaginar. Abriu a boca, desesperado para dizer alguma coisa para consolá-la, para melhorar as coisas, mas não teve palavras.

De repente, Madison soltou um *viva*.

— Consegui. A senha de Aerin é *CapnCrunch*.

— Como você descobriu? — perguntou Seneca.

— Ela usou a mesma senha para um app de consignação de moda que a gente baixou dois dias atrás. — O iPad soltou um alerta; as mensagens de Aerin carregaram.

— E aí? — perguntou Seneca com impaciência. — Alguma coisa?

Madison encheu as bochechas de ar e soprou.

— Não. Nenhum rascunho.

— Ugh. — Maddox segurou o pé e começou a alongar o quadríceps esquerdo e depois o direito. Mover-se foi bom e ele se curvou para a frente para tocar nos dedos dos pés, sentindo os músculos das costas se soltarem.

— O que você está fazendo? — disse Seneca com rispidez, olhando para ele.

— Eu não corro há dois dias — admitiu Maddox, ainda com a cabeça perto do chão. — Estou começando a ficar inquieto.

— Mas ela enviou uma coisa pra mãe uns quarenta e cinco minutos atrás — disse Madison, interrompendo-os. Ela fora para a parte da loja que tinha vários balões de hélio com as palavras "Melhore logo". — E nós reparamos que ela estava desaparecida há quanto tempo? Uma hora atrás?

Maddox se levantou, sentindo-se sobrecarregado. Era difícil acreditar que tanta coisa tinha acontecido em sessenta minutos.

Madison bateu na tela.

— A mensagem dela dizia *Eu também, a gente se vê em breve*. E a mensagem da mãe diz: *Divirta-se em LA!* — Madison franziu a testa. — Aerin não ia voltar para Dexby?

Seneca franziu o nariz.

— É, não faz sentido.

— Aerin não escreve para a mãe dizendo nada depois — continuou Madison. — E elas não falaram sobre Los Angeles antes disso. — Ela girou a pulseira no pulso. — É alguma viagem futura da qual a gente não sabe?

Mas Seneca balançou a cabeça.

— Talvez Aerin *não fosse* para LA. Talvez Brett tenha entrado no e-mail de Aerin e escrito sobre a viagem. Ele plantou a ideia na cabeça da mãe da Aerin.

Madison arregalou os olhos.

— Brett não queria que a mãe da Aerin surtasse por causa de onde ela estava, então inventou uma história de que ela sairia da cidade por um tempo. Então o sequestro dela foi premeditado?

— Definitivamente premeditado. — Distraída, Seneca tocou em um dos balões no formato do Mickey Mouse e ofegou. — Será que foi por isso que Brett nos falou que a gente tem até quarta pra resolver o outro caso? Talvez seja quando Brett falou para a mãe de Aerin que voltaria, quando se passou por ela.

— Então, se nós solucionarmos até a quarta, ele devolve Aerin pra nós e tudo fica bem. — Madison tentou botar em palavras. — Mas, se ela não voltar, a mãe dela começa a ficar preocupada e chama a polícia. Se bem que, até lá, Brett e Aerin vão estar bem longe, e nós vamos ter que confessar que sabíamos que Aerin estava desaparecida o tempo todo e não fizemos nada e...

Maddox olhou com infelicidade para o átrio do hospital. Enfermeiras empurravam uma mulher com um recém-nascido em uma cadeira de rodas para a saída. O pianista estava tocando o tema de *Star Wars*. Médicos de uniforme passavam com cafés. A vida estava seguindo e Aerin estava presa. Era incalculavelmente cruel.

Ele se sentia perdido. Brett estava *louco*. E, na última vez, como eles não contaram logo para a polícia, Brett distorceu a história de acordo com suas necessidades *e* conseguiu escapar. Se eles pudessem só chamar a polícia, eles teriam provas reais desta vez: uma foto da vigilância do hotel. E a polícia tinha técnicas forenses, bem mais coisas do que tudo a que eles tinham acesso, principalmente com Thomas fora da jogada. A polícia podia encontrar uma digital ou um elemento de DNA que eles deixaram passar. E poderia investigar o acidente do "Gabriel". Não era que Maddox não amasse investigar; era uma adrenalina danada, e ele adorava quando as peças do caso se encaixavam. Mas tudo parecia tão precário, tão fora da lei até. Eles eram *adolescentes*. Não estavam equipados para cuidar daquilo.

Havia outro motivo para Maddox querer ligar para a polícia, e ela estava tremendo em meio aos arranjos de flores, usando um vestido leve e fino e um tênis Vans surrado e com aquela expressão fofa de quem está pensando muito. Seneca Frazier era a garota dos sonhos de Maddox. *Literalmente*: cada vez que ele caía no sono, Seneca surgia nas fantasias dele; cada sonho era mais sexy do que o anterior. Ele sentia que ela conhecia todas as versões dele: o lado investigativo, o lado nerd, o lado inseguro. Seus amigos da escola só conheciam o lado atleta; todas as outras coisas ele tinha se esforçado para esconder. Achava que a conhecia bem também... e queria conhecer melhor.

Um pouco mais de uma hora antes, ele tinha reunido coragem para beijá-la. Foi mais do que incrível, mas não foi suficiente. Para ele, um mero beijo de onze segundos (sim, ele tinha contado mentalmente) era o equivalente a virar um pacotinho de energético Gu depois de uma corrida longa. E agora que tinha acontecido, ele estava relutante de mergulhar em mais perigo. Se Brett levou Aerin e machucou Thomas, um deles não poderia ser o próximo? E se fosse Seneca? Ou sua irmã? Ou *ele*? Não, ele preferia chamar a polícia, se esconder em algum lugar, deixar que alguém resolvesse.

Só que eles não podiam fazer isso. Ali estavam eles *de novo*, resolvendo tudo sozinhos.

— Então a gente mergulha nesse outro caso, né? — Madison rompeu o silêncio. — Do garoto Damien?

Seneca apertou o espaço entre os olhos.

— Sinto pena dele, de verdade, mas não sei se temos tempo.

Maddox ficou alarmado.

— Mas a gente não *tem* que fazer isso?

— Esse é o plano do Brett. Ele vai nos fazer correr como galinhas de cabeça cortada enquanto planeja algo horrível que a gente não vai conseguir prever. — Seneca olhou intensamente de Maddox para Madison. — Pensa bem, pessoal. O sequestro da Aerin foi premeditado, nós já descobrimos isso. Então, quando Brett fez os planos e como o executou sem a gente perceber? Tudo aconteceu enquanto a gente estava procurando Chelsea. Enquanto estávamos concentrados nela, Brett estava providenciando o lugar para onde levaria Aerin, obtendo um carro de fuga que fosse igual ao do Thomas, pensando em como fingir a própria morte e vendo cada movimento da Aerin. Se investigarmos Damien, pode ser que a gente caia nessa armadilha de novo… e quem sabe o que ele planejou pra depois.

Maddox se mexeu com inquietação, ainda pensando sobre Brett indo atrás de cada um deles. Talvez Seneca tivesse razão… mas parecia burrice ignorar Brett.

— Ele disse que, se a gente não solucionar o caso do Damien, ele vai fazer mal à Aerin. A gente não pode tentar solucionar o caso *e* encontrá-los?

Seneca fez uma careta.

— Não gosto de dividir nossos esforços.

— Mas Brett nos deu um jeito de ter Aerin de volta. A gente não devia pelo menos tentar encontrar o Damien?

Seneca fez um som de deboche.

— Desde quando Brett é um homem de palavra?

Maddox olhou para o celular. A sequência de mensagens do CNE sobre o caso estava na tela. Damien Dover, um garoto de nove anos calado e introspectivo que amava Harry Potter, não tinha voltado da escola em uma tarde de quinta-feira dois meses antes. Depois de buscas e interrogatórios, o povo da cidade reparou que a professora de piano de Damien, a sra. Sadie Sage, também tinha sumido. A polícia encontrou uma imagem de câmera de segurança que foi obtida na rodoviária Trailways, mostrando Sadie e Damien parados juntos na noite em que ele foi levado. Eles estavam juntos… indo para *algum lugar.*

Um alerta âmbar foi disparado, mas ninguém ligou dando pista. Depois de um mês apenas, a polícia fez uma coletiva dizendo que tinha fracassado.

— Tão estranho — disse Maddox em voz alta. Por que a polícia tinha desistido tão fácil?

Ele espiou pela porta dupla interna que dizia *PS* do outro lado do átrio. O que os médicos estavam fazendo com Thomas lá dentro? Ele ficaria bem? E se um *deles* fosse o próximo? Maddox se virou para Seneca.

— Acho que a gente tem que fazer as duas coisas. Lembra que o Brett disse que queria atualizações? E se ele ficar irritado quando a gente não tiver informação nenhuma? Claro, talvez ele esteja blefando, mas a gente quer mesmo brincar com a vida da Aerin?

Seneca puxou o lábio inferior para dentro da boca e olhou sem enxergar para um arranjo enorme de flores rosa e roxas. Depois de um momento, soltou um suspiro longo.

— Você está certo. É que eu odeio o Brett estar no comando de novo.

— Eu também. — Maddox estava feliz de ela ter caído em si. Às vezes, com Brett, ela ficava irracional, com hiperfoco, e se esquecia de todo mundo e tudo ao redor. Ele entendia por que ela ficava assim, de verdade... também ficaria louco se estivesse lutando com o maníaco que tinha assassinado um dos seus pais. Era trabalho dele, ele concluiu, trazê-la de volta ao chão e mostrar a imagem completa.

— Com licença?

Maddox se virou. Um médico alto de cabelo claro de uniforme azul tinha atravessado o átrio os procurando.

— Vocês vieram por causa de Thomas Grove, certo?

— Sim. — Seneca se empertigou. — Ele está bem?

O médico apertou os lábios.

— Ele está com fraturas múltiplas, um braço quebrado e contusões na face. Também sofreu algumas queimaduras de segundo grau, inalou um pouco de fumaça e possivelmente tem uma concussão. Mas, se a ressonância dele estiver boa, ele vai estar de pé em poucos dias.

Maddox engoliu em seco. Alguns *dias*? Por outro lado, podia ter sido bem, bem pior.

— A gente pode vê-lo? — perguntou ele com voz trêmula.

— Ele está sedado. É melhor ele dormir. — O médico abriu um sorriso gentil. — Liguem para o hospital amanhã de manhã. É provável que ele já esteja mais lúcido.

— Obrigada — disse Seneca com gratidão.

Todos apertaram a mão dele. O médico assentiu e se virou na direção da porta do pronto-socorro. Maddox ficou aliviado... mas também perturbado. Para onde eles deviam ir agora? Como começariam a procurar Damien? Ele pensou em Brett e Aerin juntos. Aonde estavam indo? O que Brett tinha na cabeça? Se ao menos eles pudessem falar com alguém que conhecesse o *verdadeiro* Brett, não os codinomes. Ele olhou para as letras da placa do hospital até seus olhos embaçarem. De repente, uma ideia surgiu como um raio e ele se empertigou.

— Esperem um minuto. — Ele apontou para uma lista pendurada atrás do pianista, que estava tocando agora, adequadamente, a música "Piano Man". — Chelsea Dawson foi trazida para cá. A gente devia falar com *ela*. Ela passou horas trancada com Brett. Talvez ele tenha dado alguma dica sobre onde está e para onde estar indo ou... alguma coisa.

Houve um brilho nos olhos de Seneca também.

— Meu Deus, você tem razão. — Ela esticou a mão e apertou a de Maddox. — Bem pensado.

— Obrigado. — O estômago dele parecia estar se balançando em uma daquelas cordas do programa *American Ninja Warrior*. Ele teve vontade de puxar Seneca para perto. Só uns dois minutinhos. Só para definir melhor o que eles tinham se tornado. E para dizer a ela, sem termos incertos, como ele se sentia protetor e o quanto a segurança dela era importante para ele.

Mas era hora de voltar para o hospital e fazer algumas perguntas. O estômago de Maddox ficou embrulhado com a ideia de ficar cara a cara com Chelsea de novo. Naquela manhã mesmo, ela estava presa em uma casa com Brett, obedecendo a todos os caprichos dele, provavelmente morrendo de medo. Era a mesma situação, percebeu ele com um tremor, que Aerin estava vivendo agora.

Ainda mais motivo para saber como Chelsea estava, por ter saído daquilo viva.

QUATRO

QUANDO AERIN KELLY acordou, parecia que sua língua pesava mil quilos. Ela estava com um gosto horrível na boca, meio metálico, meio de borracha de pneu, e seu pescoço estava virado em um ângulo incômodo, como se ela tivesse acabado de passar a noite dormindo em uma pedra.

Ela piscou algumas vezes, muito desorientada. Que horas eram? Onde ela estava? Uma cortina preta pesada cobria uma janela, deixando só pequenas frestas de luz cinzenta nas bordas. Um ar-condicionado grande de piso sacudia. O chão era acarpetado e as paredes e o teto estavam pintados de branco. O local todo tinha um cheiro sufocante de hortelã. *Outra* coisa tinha cheiro de hortelã recentemente... mas qual? O interior de algum lugar. De um *carro*. Um carro recém-lavado, fresco, com cheiro de hortelã e horrivelmente errado.

E aí, ela lembrou.

Atingiu-a como um martelo na nuca. *A entrada do hotel. Eu coloquei as malas no porta-malas. Entrei com aquele cheiro de hortelã no estofado. E... Brett.*

Quando sua visão entrou em foco, ela reparou em uma figura escura de boné parada ao lado de uma porta. Seu coração deu um pulo e ela deslizou para a cabeceira, tomada de medo. Ela tentou gritar, mas o som saiu abafado. Levou a mão à boca, mas percebeu que os pulsos estavam presos com lacres de plástico. Quando tocou nos lábios, ela sentiu várias tiras de fita adesiva neles, grudenta e forte.

Ela deu um gritinho ao tentar arrancá-las sem sucesso. Brett se aproximou e segurou os pulsos dela na cabeceira da cama.

— Ora, ora. — Ah, Deus, a *voz* dele. Estava carregada de sarcasmo. — Se você for boazinha, eu tiro a fita. Mas, se você gritar, não só nós vamos ter que deixar a fita, mas eu também vou ter que prender as suas mãos na cama. Você não quer *isso*, quer?

A pulsação de Aerin latejou na garganta. Ela nunca tinha sentido tanto medo e repulsa na vida. Ali estava o homem que assombrara seus sonhos desde que ela descobriu que ele tinha matado sua irmã. O homem que tinha se insinuado na vida dela, que tinha feito amizade com ela, tinha flertado com ela, quase a *beijado* antes de ela se dar conta de quem ele realmente era.

Ela ficou enjoada de pensar que tinha entrado no carro com ele no hotel sem perceber. Ela *achou* que fosse Thomas; o Ford branco era idêntico, e o perfil de Brett atrás das janelas com película escura, de boné, não a fez hesitar. Quando se deu conta do erro, era tarde demais. E agora, ela se perguntava: era ela o objetivo de Brett o tempo todo? Talvez tivesse sido por isso que ela os atraiu para Avignon; sequestrar Chelsea tinha sido um jogo divertido, mas era Aerin que ele realmente queria. Era possível? Ele *tinha tido* uma paixonite por ela. Ele *tinha parecido* abalado quando ela o rejeitou, e não era atrás das garotas que o rejeitavam que ele ia?

— Promete que não vai gritar? — perguntou Brett com uma voz sinistramente calma.

Aerin assentiu freneticamente.

— Tem *certeza*? — insistiu ele.

Aerin assentiu de novo.

Brett tirou lentamente a fita da pele de Aerin. Quando tudo tinha se soltado, Aerin tossiu.

— Onde nós estamos? Que dia é? Alguém sabe que a gente está aqui? — Ela visualizou Seneca e os outros no hotel. Thomas contaria que Aerin não tinha aparecido. Eles a encontrariam. Ela *sabia*. Seus quatro melhores amigos eram excelentes investigadores, eram capazes de resolver qualquer coisa.

Brett riu com deboche.

— Duvido. — Mesmo na luz fraca, Aerin viu o sorrisinho debochado. — É bom ouvir sua voz, Aerin. Eu senti sua falta. Você sentiu a minha?

Aerin segurou uma gargalhada sem alegria. Ele era louco?

Brett esticou a mão e passou o dedo na panturrilha de Aerin. O toque dele parecia uma lixa, parecia um milhão de agulhas pequenininhas. Ela teve vontade de dar um tapa nele, mas não dava para fazer muito com os pulsos presos. Então, ficou deitada, impotente, olhando o dedo dele desenhar um oito na pele dela.

Lágrimas surgiram nos cantos dos olhos de Aerin. Brett não merecia tocá-la.

Ela sentiu os dedos subirem até o joelho e a outra mão tocar sua bochecha. Era aquilo que Brett tinha feito com Helena? Ela imaginou Brett parado ao lado da sua irmã nos últimos momentos dela, fazendo carinho na bochecha dela, dizendo baboseiras sobre como era *bom*, que ele esperava que eles fossem *amigos*. Ela teve vontade de vomitar.

Ele a mataria. Era assim que aquilo terminaria.

— Você pode dizer que sentiu a minha falta também? — pediu Brett, aninhando o queixo dela.

Aerin se encolheu. O assassino de Helena queria que ela falasse com ele docemente? *Sério?*

— Não — disse ela, balançando a cabeça.

Os dedos de Brett ficaram paralisados na mandíbula dela.

— Como é? — A voz dele soou meio aguda.

Ela olhou para ele de cara feia.

— Eu não vou fazer isso.

Ele apertou o queixo dela com força. A dor e a surpresa percorreram o corpo de Aerin, e ela soltou um grito feio. Brett virou o rosto de Aerin e ela foi obrigada a fazer contato visual. Pelo pouquinho de luz que entrava pela janela, ela viu os olhos desalmados.

— Você... sentiu... a minha... falta? — sussurrou ele, a voz baixa e calma.

Aerin sentiu o queixo tremer.

— S-sim, tudo bem, eu senti a sua falta — disse ela, cheia de vergonha.

Brett a soltou e a empurrou no travesseiro. Aerin se encolheu, a garganta apertada, a mandíbula doendo.

Ela visualizou Seneca e os outros. Eles ainda estavam no hotel? Tinham percebido? Claro que Seneca queria a encontrar, Seneca nunca desistiria.

Mas havia uma pergunta. Ela a encontraria a *tempo*?

CINCO

NINGUÉM FALOU QUANDO eles andaram rapidamente pelo átrio do hospital, contornaram o cara tocando o piano de cauda e foram para o balcão de informações. A cada passo, Seneca ia ficando mais ansiosa. Ela só conseguia pensar em Aerin presa com Brett. O que ele estava fazendo com ela? Ela estava com medo? Ela rezou para que Chelsea tivesse uma pista importante que os guiasse para ele. Chelsea tinha passado quase uma semana com o sujeito. Ela devia saber de *alguma coisa*.

Ou, se não soubesse, talvez Viola fosse saber. Ela verificou o e-mail na esperança de Viola ter recebido sua mensagem e respondido. Mas não havia mensagens novas.

Atrás do balcão de informações, um homem idoso com cabelo grisalho em tufos avaliou o grupo.

— Só duas pessoas podem ver pacientes psiquiátricos de cada vez — disse ele em resposta ao pedido. — Um de vocês vai ter que esperar lá embaixo.

— Eu vou — ofereceu-se Seneca. Ela que não ia ficar fazendo hora por trinta minutos. Queria ouvir as informações sobre Brett em pessoa.

— Eu prefiro *não* ir — disse Madison, parecendo aliviada. — Hospitais me dão arrepios.

Maddox e Seneca se olharam.

— Então vamos nós — disse Maddox.

A ala psiquiátrica ficava no quarto andar. Seneca apertou o botão do elevador e esperou. As portas se abriram e ela e Maddox entraram. Quando as portas se fecharam, eles se viraram um para o outro ao mesmo tempo.

— Ei. — Maddox abriu um sorriso nervoso, torto.

O queixo de Seneca tremeu.

— Ei.

— Você está bem?

Ela respirou fundo.

— ... Não.

Maddox passou o braço pelo ombro dela e a puxou para um abraço. Apesar do caos, houve um tremor no peito de Seneca. Ela olhou para cima, para os olhos dele. Deus, como ela queria beijá-lo. Queria esquecer o pesadelo por alguns segundos... mas seu cérebro não permitia.

Ela se afastou.

— Seneca? — disse Maddox.

— Desculpa — replicou ela. Maddox pareceu constrangido, e ela tentou consertar. — Não que eu esteja dizendo que a gente não deva... você sabe. Eu só... — Ela soprou a franja do rosto, odiando como estava falando desajeitada. — Vamos ver o que conseguimos com Chelsea e aí a gente resolve. Está bem?

Maddox levantou as mãos como quem diz *Não precisa atirar.*

— Eu só estava te abraçando.

Seneca sentiu uma pontada de irritação. Maddox parecia na defensiva. Ela não queria discutir sobre aquilo agora.

— A gente devia estar levando essa situação o mais a sério possível, você não acha? Nós não temos tempo pra distrações.

Maddox olhou os números.

— Quem disse que eu não estava levando Aerin a sério?

— Não, eu sei que você está, eu só...

O elevador apitou, o que encerrou a discussão, embora Seneca continuasse inquieta. Uma recepcionista com cara de sono usando um uniforme da cor de sopa de ervilha olhou para eles com curiosidade. Seneca empertigou os ombros e se aproximou.

— Oi. Nós viemos ver Chelsea Dawson.

— Nomes? — pediu a recepcionista.

Seneca disse seu nome e o de Maddox. A recepcionista digitou alguma coisa e franziu a testa.

— Desculpem. Vocês não estão na lista de visitantes aprovados.

Seneca fungou.

— Eu acho que ela falaria com a gente. Você pode pelo menos perguntar?

— Se vocês não estiverem na lista, não há nada que eu possa fazer.

Maddox se mexeu com inquietação. Seneca revirou os ombros e se inclinou na direção da recepcionista até os rostos estarem frente a frente.

— Olha — disse ela com voz baixa. — A srta. Dawson foi sequestrada. Nós a salvamos. Eu não vou embora enquanto você não perguntar, está bem? Você vai ter que me arrastar pela porta.

A recepcionista pareceu alarmada e depois irritada. Seneca continuou sem interromper o contato visual. Seu coração batia forte no peito.

Finalmente, a recepcionista pegou o telefone. Não dava para saber se ela ia ligar para alguma enfermeira ou para a segurança, mas Seneca a ouviu dizer:

— Dr. Lowenstein? Tem umas pessoas aqui que... — Ela falou o resto com uma voz abafada demais para Seneca ouvir.

Seneca se empertigou e se virou até encarar Maddox. Ele estava perplexo.

— Você vai nos fazer ser expulsos — sussurrou ele, apesar de parecer impressionado.

Seneca deu de ombros.

— Não necessariamente.

A recepcionista desligou o telefone com um estrondo e olhou de cara feia para Seneca e Maddox.

— Chelsea concordou em falar com vocês, mas pedimos que seja rápido. Alguém virá a qualquer momento.

— Obrigada — disse Seneca. Ela abriu um sorriso satisfeito para Maddox e se aproximou e apertou a mão dele. Ele apertou a dela. E, num piscar de olhos, a tensão entre eles desapareceu.

Uma enfermeira de uniforme cinza (não havia uniformes mais alegres para a ala psiquiátrica?) chamou Seneca e Maddox e os acompanhou por uma porta trancada. Eles passaram por uma sala vazia cheia de mesas, estantes e com uma televisão e uma máquina de refrigerantes, depois por uma janelinha de farmácia e entraram em uma ala de quartos de pacientes. Seneca resistiu à vontade de espiar por cada porta; ela nunca tinha entrado em uma ala psiquiátrica, e os pacientes ali não a faziam se sentir exatamente apreensiva... estava mais para curiosa. O que diferenciava gente doente a ponto de precisar estar no hospital das pessoas lá fora? Às vezes, tinha medo de *ela* precisar estar em um lugar daqueles. Principalmente nos últimos dois meses, quando ficou caçando Brett.

A enfermeira abriu a porta com o número *16* e a empurrou, revelando um quarto comum com cama de solteiro, janela grande e uma jarra de água em uma mesinha lateral.

— Aqui estão seus visitantes, Chelsea — disse ela, e saiu para o corredor.

Chelsea Dawson estava sentada na cama encostada nos travesseiros, usando uma calça jeans rasgada e uma camiseta branca. Os olhos estavam com uma expressão vidrada e os cantos dos lábios estavam virados para baixo, em uma expressão intrigada. Os dedos tremiam no colo, puxando fios imaginários da calça jeans, e o cabelo loiro-claro estava oleoso nas raízes. Aquela não era a mesma garota glamourosa e cheia de vida com meio milhão de fãs no Instagram. Seneca ficou de coração partido. Era culpa do Brett. Mais uma vida que ele tinha destruído.

— Oi — disse Seneca gentilmente, se aproximando. — Como você está se sentindo?

Chelsea olhou lentamente de Seneca para Maddox.

— São vocês. — A voz dela estava trêmula e insegura. — Vocês me encontraram hoje.

Seneca assentiu.

— Nós estávamos te procurando. Ficamos muito preocupados.

— É mesmo? — Chelsea puxou a barra da calça jeans. — Eu achei que ninguém se importava. Ninguém se importa *mais*, isso é certo.

O noticiário tinha pintado Chelsea como fraude, uma mentirosa narcisista. Graças às maquinações do Brett, todos acharam que ela havia fingido o sequestro para ganhar notoriedade nas redes sociais.

— Bem, *nós* nos importamos — disse ela. — Estão te tratando bem aqui?

— Estão.

— Sua família veio te ver?

Chelsea baixou os olhos e deu de ombros.

— Minha família… está estranho agora.

Seneca esperou mais explicações, mas não houve nenhuma. Estava estranho com a família porque a família também pensava que ela tinha mentido sobre o sequestro? Mas, se era esse o caso, por que eles não ouviram o lado de Chelsea da história? Seneca odiava como Brett foi preciso com o desaparecimento de Chelsea: ele tinha escolhido uma pessoa que já era vista como narcisista e inconstante, fez com que ela parecesse uma garota que denunciava uma mentira. Que sensação de impotência devia se ter quando ninguém acreditava em você. Desesperador.

A enfermeira enfiou a cabeça no quarto.

— Pessoal, vocês têm dez minutos.

Seneca piscou. Só dez minutos? Ela tinha esperança de ir com calma na entrevista, deixar Chelsea à vontade primeiro. Parecia insensível entrar e fazer perguntas. Irritada por não ter escolha, ela chegou mais perto da cama de Chelsea.

— Me desculpe por fazer isso, mas nós temos umas perguntas sobre o que aconteceu com você. Tudo bem?

Chelsea apertou os olhos.

— Vocês são da polícia? Eles já me fizeram perguntas. — Ela fez uma careta como quem diz: *e isso não adiantou de nada.*

— Não, nós somos... investigadores. Mas queremos te ajudar. E achamos que você pode nos ajudar.

Chelsea baixou o olhar para o lençol. Um comercial do Dunkin' Donuts passou sem som na televisão no canto.

— Alguns terapeutas disseram que eu não devia pensar nisso. Que ninguém me sequestrou. Que está tudo na minha cabeça.

Maddox fez um ruído de deboche.

— Você sabe que não é verdade.

Chelsea olhou para a porta com nervosismo.

— Mas negar que eu fui sequestrada talvez seja a única forma de eu conseguir sair daqui. Eles querem que eu admita que sou egocêntrica. Que armei tudo porque gosto de atenção. Talvez seja melhor eu dançar conforme a música.

A luz forte do teto estava começando a fazer Seneca ficar com dor de cabeça. A pobre Chelsea estava presa em um pesadelo. Todo mundo na vida dela, até os médicos, estava tentando dizer que Brett não era real.

— Olha — disse ela severamente. — Eu não sou médica, mas você *foi* sequestrada. Se nos ajudar, talvez a gente consiga encontrar o cara que fez isso com você. Aí você vai poder receber um tratamento *real* em vez dessa porcaria aqui.

Chelsea começou a morder o lábio inferior. Seneca viu a ambivalência nas feições dela. Uma campainha tocou em algum lugar no andar. Enfermeiras passaram de um lado para o outro no corredor. Finalmente, Chelsea inspirou.

— Tudo bem. O que vocês querem saber?

Seneca deu um suspiro de alívio.

— Bem, primeiro preciso contar que nós também conhecemos o Gabriel.

Chelsea piscou lentamente.

— *Como?*

Seneca e Maddox se olharam. *Como*, mesmo. Maddox chegou um pouco para a frente.

— É uma longa história, mas ele fez mal a todos nós. Ele matou a irmã da nossa amiga.

— E a minha mãe — disse Seneca, a voz falhando.

Chelsea arregalou os olhos.

— Vocês estão falando sério?

Seneca assentiu e olhou para os dedos de Chelsea apertarem o lençol com força. Veias azuis saltaram nas costas da mão dela.

— Tem certeza de que está tudo bem falarmos sobre isso?

— Acho que sim — disse Chelsea, mas não parou de apertar o lençol.

— Bom, agora o Gabriel… bom, ele sequestrou nossa amiga, Aerin — disse Seneca lentamente. Ela procurou alguma reação negativa da parte de Chelsea. O horror voltar com tudo, talvez. Mas Chelsea só olhou para eles, a boca firme, os olhos arregalados, quase como se estivesse se sentindo vingada de alguma forma estranha por ter acontecido de novo. Por ela *não ser* maluca. Por Gabriel ser mesmo um monstro.

"Mas nós não podemos procurar a polícia senão ele vai matá-la", continuou Seneca. "E nós não temos nenhuma pista pra encontrar esse cara e estávamos com esperança de você poder ajudar. Qualquer coisa que você possa contar sobre ele de quando vocês estavam naquela casa seria importante. Se ele tiver te contado alguma coisa, se tiver agido de algum jeito, se tinha algum hábito estranho, padrões que ele tinha..."

Chelsea os interrompeu.

— Espera aí. O Gabriel não está morto?

Novamente, Maddox e Seneca se olharam. Como dizer isso exatamente? Chelsea surtaria? Era tão inconcebível.

— Ele simulou a própria morte — disse Seneca finalmente. — Botou outra pessoa no carro, uma pessoa parecida com ele.

Por um momento, Chelsea só piscou.

— Então ele ainda está por aí? — O queixo dela tremeu. — E se ele me encontrar no hospital? E se fizer mal a mim por contar pra polícia sobre ele?

— Ele não vai — insistiu Maddox. — Nós vamos cuidar disso.

— Exatamente — concordou Seneca. — Nós prometemos.

Chelsea arregalou os olhos.

— Então a aparência dele está completamente diferente agora? E se ele já estiver por perto e a gente não souber que é ele? E se for enfermeiro do hospital?

— Ele não é — garantiu Seneca, embora Chelsea tivesse uma certa razão. E se Brett *estivesse* escondido bem à vista de novo? E como eles *iam* impedir que ele voltasse e atormentasse Chelsea? Por outro lado, Brett estava ocupado agora com Aerin. Ele seria burro de voltar e enfrentar sua vítima. Além do mais, hospitais tinham câmeras. Segurança. Narcóticos fortes que poderiam injetar em Brett se o pegassem.

Por outro lado, os médicos não acreditavam que Brett fosse real.

Quando Chelsea pareceu ter se acalmado, Seneca respirou fundo.

— Vamos falar sobre antes do Gabriel te sequestrar. Por quanto tempo você o conheceu? Ele contou alguma coisa sobre a família, sobre de onde era?

O olhar de Chelsea se fixou em um quadro branco do outro lado da sala. Só a data estava escrita no alto, mais nada. Ela demorou um pouco para responder.

— Nós nos conhecemos por dois anos antes de ele... você sabe. — Ela baixou o olhar, uma expressão de vergonha e medo surgindo nas feições. — Eu só o via no verão, quando a minha família vinha para as férias. Ele talvez morasse no condomínio o ano todo... eu não sei.

Seneca bateu no lábio.

— Ele mencionou a família? Uma irmã, talvez?

Uma luz surgiu nos olhos de Seneca. Ela estalou o dedo.

— *Sim*. Teve uma vez que ele falou que a irmã o ensinou a jogar Banco Imobiliário. E ele mencionou algumas vezes que eles eram próximos.

— Ele alguma vez a visitou? Você sabe onde ela mora?

Chelsea balançou a cabeça.

— Acho que ele não a visitou... ou pelo menos nunca me contou sobre isso. Mas às vezes eles falavam no telefone.

— Celular?

— Linha fixa, na verdade. Eu achei superestranho ele *ter* uma linha fixa... quem ainda tem isso? Mas ele sempre reclamava que o sinal de celular era péssimo no prédio.

Seneca pensou em quando foi no apartamento do "Gabriel"; ele deixou que eles ficassem lá uma tarde quando teve que ir trabalhar, e Seneca ficava horrorizada agora de eles terem passado tantas horas no espaço particular do Brett e *nem tinham ideia de que era Brett*. Ela não se lembrava de ter tido problema de celular no apartamento, mas talvez a operadora do Brett fosse outra.

— Você se lembra de qual foi o assunto da conversa deles? — perguntou ela.

— Definitivamente não. Ele se fechava no quarto sempre que falava com ela. — Chelsea pareceu pensar nisso por um momento. — Pensando bem, isso foi meio estranho. Eu sempre me perguntei por que ele fazia isso.

Maddox cruzou os braços.

— Gabriel tinha algum hobby ou interesse estranho?

— Não consigo pensar em nenhum interesse além do surfe. Mas ele não era muito bom. Não era como Jeff e os outros caras. Eu sempre achei isso engraçado, as ondas o derrubavam. Mas às vezes as pessoas amam coisas em que não são boas, né?

— Eu amava jogar minigolfe, mas jogo muito mal — concordou Maddox. — Então vocês eram próximos, certo?

— Sim. — Chelsea baixou a cabeça. — Burrice minha, né?

— Nem um pouco — garantiu Seneca. — Gabriel é mestre em enganar pessoas pra que pensem que ele é uma pessoa segura de se ter por perto. Ele fez isso com a gente também. E o que vocês faziam juntos, como amigos? — perguntou Seneca.

Chelsea deu de ombros.

— A gente conversava. Ia pra uma loja de frozen yogurt. Ia a um outro lugar onde a gente pinta cerâmica. Eu fiz uma caneca pra ele. — Ela afastou o olhar, constrangida. — Ele sempre estava disposto a ouvir os meus problemas… talvez até *demais*. — Ela riu com vergonha. — Eu contei todo tipo de coisa pra ele. Reclamei do meu namorado, da escola, da minha família. Ele era ótimo em ficar sentado… *absorvendo*.

Seneca segurou os braços da cadeira plástica cor de laranja ao lado da cama de Chelsea. Quando Brett os ajudou no caso de Helena em Dexby, ele ouviu os problemas dela também. Quando ela falou sobre a mãe assassinada, ele ficou sentado em silêncio, sem nunca interromper, uma grande esponja absorvendo toda a dor dela. Mal sabia ela na ocasião que ele estava lambendo cada migalha da confissão dela, provavelmente pensando: *Rá. Eu provoquei essa dor. Eu fiz isso a ela. Eu sou o rei do mundo.*

— E quando vocês saíam, era sempre em Avignon? — perguntou Seneca. — Nunca em outra cidade de praia ou mais para dentro do continente ou em outra casa de praia?

— Não — disse Chelsea. — A maior parte das vezes era na varanda do apartamento dele. Raramente em outro lugar.

Seneca conhecia bem aquela varanda. Ela e Maddox tinham ficado lá também... cara a cara com Brett como Gabriel, e nem se deram conta.

— E depois que ele te sequestrou? A personalidade dele mudou?

Houve um *ding* no corredor que quase pareceu um timer tocando. Chelsea olhou para a porta por um momento e para Seneca de novo, a expressão séria.

— Ele fez um 180. — Ela tremeu. — Foi como se eu estivesse conhecendo uma pessoa totalmente diferente... só que com o mesmo rosto. Ele estava no controle. Gelado. Apavorante.

Seneca trocou um olhar significativo com Maddox. Era o que Brett fazia depois de um tempo, não era? Ele ganhava a confiança de alguém e mudava, se tornava seu verdadeiro eu. E desaparecia e fazia tudo de novo.

Ela se inclinou para a frente.

— Ele já disse por que te sequestrou?

— Eu perguntei. Eu queria saber se tinha feito algo de errado. Mas ele nunca disse. Só falava dos meus seguidores do Instagram. — Ela riu com pesar. — Ele ficava querendo que eu me arrumasse e tirasse fotos para o Instagram, para todos verem como eu era bonita.

Seneca trincou os dentes. Claro que Brett fez isso... era parte do plano dele para fazer as pessoas pensarem que Chelsea tinha fingido o sequestro.

Chelsea começou a enrolar uma mecha de cabelo no dedo.

— Mas vou dizer uma coisa. Ele não me tratou tão mal. Eu tinha comida. Tinha roupas limpas. E ele ficava dizendo coisas tipo: *Você não está feliz com o vestido novo? Não gostou do xampu que eu comprei pra você?* Como se estivesse tentando fazer com que fosse um sequestro cinco estrelas.

— Ele queria que você gostasse dele, mesmo você sendo vítima dele — refletiu Seneca em voz alta. — Ele queria que você sentisse gratidão, talvez. Como se estivesse te fazendo um favor.

Maddox fez um ruído de deboche.

— Que favor.

— E teve uma coisa estranha, quando ele ligou a televisão. Estava passando o noticiário, uma história sobre Gabriel Wilton ser suspeito do meu sequestro. E eu me virei para ele e disse *Eles vão te pegar*... mas Gabriel ficou tão controlado. Ele disse *Não vão, não*. Ele não pareceu nem um pouco incomodado. Isso me fez me dar conta: talvez essa não seja a primeira vez que ele faz isso. Ele estava tão confiante, tão seguro de que ia ficar livre. — Ela olhou para cima com timidez. — Isso faz sentido?

— Perfeitamente — disse Seneca, sentindo um arrepio subir pela coluna. Brett sentia tanta confiança com tudo, não era?

— Tem mais alguma coisa de que você se lembre de Gabriel fazer durante a semana que ele te manteve na casa? — perguntou Maddox. — *Qualquer coisa?*

Chelsea balançou a cabeça.

— Acho que não. Me desculpem.

— Mais uma coisa — disse Maddox. — Alguma vez Gabriel mencionou uma pessoa chamada Damien Dover... ou talvez Sadie Sage?

Chelsea pensou por um momento.

— Nenhum desses nomes me parece familiar.

A porta se abriu. A mesma enfermeira apontou para o relógio na parede.

— Muito bem, pessoal. Acabou o tempo. A srta. Dawson precisa descansar.

Seneca se virou para Chelsea com pesar. Ela odiava largar tudo em cima da pobre garota e deixá-la mal. Parecia que havia novos círculos debaixo dos olhos de Chelsea desde que eles chegaram. Os ombros dela estavam murchos. Seneca não tinha ideia de que remédios os médicos tinham dado a ela, mas estava claro que o interrogatório a tinha exaurido e que tinha colocado um monte de medos novos na cabeça dela.

Ela passou as mãos suadas no vestido.

— Obrigada. Isso foi muito importante. E não se preocupa, tá? A gente vai encontrá-lo. A gente vai fazer todo mundo acreditar no seu lado da história. E vai cuidar pra que ele nunca mais te faça mal.

— Aham. — Chelsea parecia prestes a cair no choro.

Ao reparar em uma caneta e papel ao lado da cama, Seneca escreveu seu número de telefone e e-mail.

— Se você tiver vontade de conversar, liga ou escreve. Estou falando sério. Nós sabemos pelo que você está passando. Não queremos que se sinta sozinha.

— Obrigada. — Chelsea abriu um sorriso fraco e segurou o bloco junto ao peito. — Pode ser que eu faça isso.

Eles saíram do quarto em silêncio e foram na direção da saída. Quando estavam sozinhos no elevador de novo, Seneca expirou, sentindo mais desespero do que antes.

— Coitadinha.

— Demais. — Maddox passou as mãos na nuca.

A porta se fechou e o motor começou a fazer barulho.

— Brett dando o tratamento de honra a Chelsea me parece estranho. Os sequestradores costumam cuidar das vítimas assim? — disse Seneca quando o elevador foi descendo de andar em andar.

— Se eles a amam, talvez. — Maddox ficou vermelho com a palavra *amam*. Seneca afastou o olhar, se perguntando se Brett achava que amava Aerin também.

Quando chegaram ao térreo, eles encontraram Madison sentada em uma cadeira perto da entrada, o olhar atento na tela do celular. Ela deu um pulo quando Seneca e Maddox se aproximaram.

— Bem, Chelsea confirmou que Brett tem uma irmã — anunciou Seneca. — Mas nós não descobrimos nada de novo sobre *ele*.

— Mas isso é bom — disse Madison. — A irmã é real. Talvez Viola saiba de alguma coisa.

— Eles podem estar trabalhando juntos — disse Seneca com cautela, explicando que Chelsea disse que Brett falava com Viola com a porta fechada. — Nós temos que conseguir falar com ela. — Ansiosa, ela escreveu uma nova mensagem para Viola, como resposta da que tinha enviado apenas uma hora antes. *Eu sei que não nos conhecemos e peço desculpas por tantos e-mails, mas, falando sério, nós precisamos conversar com você sobre seu irmão. É muito importante.*

O celular dela fez um ruído quando o e-mail foi enviado.

— Eu queria que houvesse outra forma de fazer contato com ela que não fosse esse endereço de e-mail aleatório — disse Seneca, suspirando. — Até onde eu sei, essas mensagens podem estar indo pra caixa de spam.

Madison estourou a bola do chiclete.

— Se nós pudéssemos acessar os registros do celular do Brett, talvez desse para pesquisar todos os números para os quais ele ligou e encontrar Viola.

Maddox ergueu as sobrancelhas.

— Chelsea viu Brett falando com Viola pela linha fixa do apartamento. A gente conhece alguém da empresa telefônica?

— Vou verificar um dos nossos canais no CNE — disse Seneca. O site era cheio de viciados em resolução de crimes, muitos deles com carreira na polícia, na medicina e na investigação particular. — Acho que AveVermelha94 talvez consiga acesso a registros telefônicos.

— Legal — disse Maddox.

Seneca também estava se sentindo melhor. Ela ainda ouvia a voz de Brett ecoando em seus ouvidos: provocando, rindo, totalmente no controle. Mas, se as coisas fossem como ela queria, ele não estaria no controle por muito tempo. Ela o encontraria. E talvez, só talvez, aquilo tudo acabasse, finalmente.

SEIS

— JÁ CHEGA, Maddox. Eu nunca mais vou viajar de carro com você — resmungou Madison quando o Jeep entrou em um estacionamento em Catskill, Nova York, na manhã seguinte. — Desde quando você passou a dirigir com tanta raiva? — Ela saiu para o asfalto. — Eu achei mesmo que você ia dirigir *por cima* daquele Fiat na estrada.

— Ele estava na pista de ultrapassagem indo a setenta quilômetros por hora — disse Maddox com rispidez. — Quem faz isso?

Ele se sentia mal hoje. Era por causa de todas as corridas que não tinha feito. Sua cabeça estava sombria e confusa, e ele quase sentia as pernas balançando como um cachorro entediado, perguntando por que não podiam ir brincar. Mas não pareceu certo ir correr naquela manhã; correr era uma atividade afirmadora de vida, com tantos passos largos e os pulmões se enchendo de ar e o coração batendo forte, e pareceu um tapa na cara da pobre e traumatizada Aerin, presa. Ele também tinha medo de Seneca achar a atividade mesquinha. Como se ele não estivesse levando as coisas *a sério*.

Só que agora Maddox estava trincando os dentes e não conseguia parar de enfiar as unhas no tecido da bermuda cargo; ele *devia* ter corrido alguns quilômetros. Correr sempre foi seu Prozac.

Ele abriu a porta do carro. O ar estava seco e frio, como se o outono já tivesse chegado. Havia montanhas verdes ao redor, e a cada oitocentos metros havia um marcador de mais uma trilha de caminhada. Infelizmente, lugares cheios de florestas assim sempre lembrariam a Maddox o Acampamento Spruce Creek, que ele frequentou entre nove e doze anos. A experiência foi horrível: roedores correndo pelas paredes da cabana a noite toda, boatos sobre unhas na comida, e ele se perdeu em uma caminhada uma vez e passou uma hora andando em círculos pelo bosque, assustado a cada estalo de graveto e sombra estranha, com pânico de não sair dali vivo.

O celular de Seneca apitou. Ela clicou na tela cheia de esperança no rosto, mas amarrou a cara.

— Não é da Viola, imagino? — perguntou Maddox.

— Não — resmungou Seneca. — *Nem* da AveVermelha. Mas se alguém quiser um cartão com cinquenta por cento de desconto da Barnes and Noble é só falar comigo.

— AveVermelha vai fazer contato — garantiu Maddox. Na noite anterior, no quarto que todos dividiam no Reeds Hotel em Avignon, Seneca havia examinado todas as pistas que eles tinham sobre Brett... mas encontrou bem pouco. Como uma pessoa podia simplesmente se dissipar em moléculas? Tinha que haver rastro de Brett em *algum lugar*.

Por outro lado, Madison e Maddox pesquisaram Damien Dover e encontraram um monte de coisas. Eles criaram um perfil e uma linha do tempo do desaparecimento de Damien. Na pesquisa de Maddox no Google, ele descobriu que a família Dover tinha um lugar chamado Aventura Catskills; ficava na boca de um rio, oferecia aluguel de mountain bike e caiaque e tinha trajetos de cordas e uma tirolesa que lembrou demais a da qual ele quase tinha caído no Acampamento Spruce Creek. Agora, eles estavam ali. Trezentos e vinte quilômetros ao norte de Avignon. Em um estado completamente diferente. Procurando um garoto desaparecido que não era Aerin.

O estacionamento estava quase todo vazio, mas o local abria às oito horas, o que significava que os Dover já deviam estar lá, se preparando para os turistas de sábado. Maddox olhou para o parquinho de madeira enorme do local, um canal de água gigantesco no qual as crianças podiam garimpar atrás de ouro e outros minerais, e uma barraca de sorvete antiquada. Sadie tinha observado Damien lá, sorrateiramente, enrolando até poder sequestrá-lo?

— Meu coração está com o garoto — dissera Maddox para Seneca na noite anterior, quando os dois estavam deitados na cama king-size, embora a uma grande distância um do outro, duas ilhas remotas e solitárias. Ele não ousava agir até ela estar bem. Havia mostrado a Seneca uma foto recente de Damien. — Eu era magrelo como ele quando tinha nove anos. Tinha até o mesmo cabelo boi lambeu. E olha! Ele ama Lego e o videogame favorito dele é *Civilization*, eu amava esse jogo. E, quer saber? Aposto que ele adoraria aquela brincadeira de *Que doce mais se parece com você?*. — Era uma piada interna dos dias de conversa dos dois pela internet; Seneca costumava associar pessoas da vida dela a marcas de chocolate, o que Maddox achava adorável.

Um leve sorriso surgiu no rosto de Seneca.

— Maddox, nós vamos examinar esse caso, tá? Você não precisa me convencer usando detalhes do Damien.

— Eu só quero que você também olhe. Pensa só: talvez investigar Damien nos dê alguma ideia de quem Brett é. E não esqueça que, embora procurar Chelsea tenha sido uma distração, nós a encontramos no fim das contas. E se a gente encontrar Damien *e* Aerin? Não seria uma vitória dupla?

— Eu sei. De verdade. É que é frustrante fazer o que o Brett manda, só isso. — Mas ela colocou a mão no ombro de Maddox. — Nós estamos sintonizados, eu juro.

Agora, Seneca apontou para a única construção da propriedade, que tinha o nome do estabelecimento e uma placa que dizia: *Inscreva-se para sua saga épica aqui!*

— Vamos nessa.

Eles andaram na direção da entrada. No caminho, Maddox reparou em uma garota com cabelo rosa tingido, usando uma jaqueta militar e sentada em uma colina pequena entre dois pinheiros. Havia uma mochila de camping enorme no colo dela e suas botas de caminhada estavam coladas com fita adesiva. Ele a reconheceu de algumas fotos online, embora o cabelo estivesse castanho na época.

Ele cutucou Madison.

— Aquela é a irmã do Damien, Freya?

Madison parou e olhou a garota de cima a baixo.

— É, acho que é.

Dentro da construção, ventiladores grandes faziam circular o ar com cheiro de fumaça de madeira. Um hino pop-punk dos X Games estava tocando nos alto-falantes, e placas listavam os vários serviços e aluguéis. Maddox reparou em um homem com chapéu de *Crocodilo Dundee* e uma camiseta vermelha que dizia *Aventura Catskills* atrás de um balcão. Ele tinha as mesmas sobrancelhas de lacraia e o mesmo cabelo cor de canela do homem de um dos clipes que ele tinha visto, suplicando para que quem sequestrou Damien levasse seu filho para casa.

— Posso ajudar? — perguntou o sr. Dover ao grupo, abrindo um sorriso fraco.

— Hum, oi. — Maddox deu um passo na direção dele. — Nós somos de um grupo online que investiga casos encerrados e costumamos encontrar coisas que a polícia não encontrou. Você é o sr. Dover, não é? Nós soubemos do seu filho. Queremos ajudar.

Os lábios finos do homem tremeram. Ele olhou para a lanchonete. Naquela hora, uma mulher que Maddox reconheceu como sendo a mãe de Damien apareceu vindo da cozinha. A camiseta *Aventura Catskills* dela se esticava na barriga ampla. Fios de cabelo grisalho tinham se soltado do rabo de cavalo dela.

— Essa gente quer conversar sobre o Damien — disse o homem para ela com monotonia.

A sra. Dover ficou rígida.

— Não. Se vocês quiserem informações, procurem a polícia.

Maddox se mexeu com desconforto.

— Mas nós soubemos que a polícia não tem pistas.

A sra. Dover olhou com impotência para o marido.

— Eu te falei pra deixar gente assim *fora* daqui, Harry.

O sr. Dover levantou as mãos.

— Eu não mandei que eles viessem!

Maddox reparou em um movimento na janela. A garota de cabelo cor-de-rosa estava lá, olhando.

— Por favor, vão embora. — A voz da sra. Dover tremeu quando ela se virou para eles. — *Por favor*. — Ela apontou para a porta. Naquele exato momento, uma família ávida que parecia ter comprado a loja REI toda entrou. As pessoas olharam para Maddox e para os pais Dover com apreensão, como se tivessem dado de cara com um roubo.

Maddox recuou e saiu da construção. O sol estava forte demais na calçada. Um sopro de odor de esterco agrediu suas narinas. Aquele não era um bom começo. Talvez Seneca estivesse certa, talvez eles devessem se concentrar em Brett e somente Brett.

Mas ele reparou em um movimento rosa desaparecendo nas árvores. *Freya*.

— Ei! — chamou ele. A garota não se virou. — Ei! — Ele foi atrás dela, olhou por cima do ombro e fez sinal para os outros o seguirem. — É a irmã do Damien. Vamos!

Os tênis dele escorregaram no caminho úmido de orvalho. Embaixo da cobertura das árvores, o mundo escureceu. Maddox tremeu pela queda intensa e repentina de temperatura. O cabelo cor-de-rosa de Freya apareceu numa subida na trilha, mas quando Maddox e os outros chegaram ao local ela havia sumido. Ele parou e olhou em volta. Onde ela estava? O ar estava silencioso e imóvel. Uma sombra se moveu à direita, e ele pulou. Folhas fizeram barulho. Seneca inclinou a cabeça com uma expressão inquieta no rosto.

— Essa é a parte do filme em que os alienígenas aparecem e nos abduzem — sussurrou Madison.

Como se combinado, Freya saiu de trás de uma árvore. Todos pularam. Madison soltou um grito.

— Que parte de *por favor, vão embora* vocês não entenderam? — gritou a garota.

— Está tudo bem — declarou Maddox, o coração batendo nos ouvidos. — Nós só queremos falar com você. Queremos ajudar com o seu irmão.

Freya os encarou, as narinas se dilatando como se ela fosse um animal selvagem. Depois de um momento, ela deu uns passos para trás na trilha e correu para a esquerda. Todos foram atrás. A trilha dava em outra clareira, e lá o grupo viu uma barraca grande. Havia uma fogueira pequena cercada de pedras na frente e de um varal pendiam vários sinos e latas enferrujadas.

Freya viu Maddox observando o varal.

— É pra que os ursos não comam a minha comida.

Madison fez um barulho assustado, mas Maddox se manteve firme.

— Por que você não nos deixa ajudar?

Freya balançou a mão em um gesto de dispensa.

— A polícia também achou que podia ajudar. Mas adivinha? Não encontraram merda nenhuma. — A expressão dela endureceu. — Saiam daqui.

Ela conseguiu entrar na barraca, mas Seneca gritou:

— Espera.

Freya se virou.

— Eu sei como é ser deixada de lado pelas autoridades. Quando a minha mãe foi morta, os policiais agiram como babacas, cuidaram mal de provas, não seguiram as pistas certas, basicamente foram para os lados erados e nunca levaram o assassino à justiça. — Seneca fez uma pausa de um momento para deixar Freya absorver tudo. A boca da garota tremeu, mas seus olhos continuavam frios. — Nós somos do Caso Não Encerrado. É um site real com gente real que resolve casos que a polícia abandonou. Nós *conseguimos* resultados.

Freya os olhou de cima a baixo por alguns longos momentos. Por fim, grunhiu:

— Meu Deus. *Tudo bem*, tá?

Seneca inclinou um quadril.

— Você vai falar, então?

— Você vai *ajudar*? — disse Freya.

— Nos conta o que aconteceu com o seu irmão e nós vamos ver o que conseguimos fazer.

Freya se sentou do lado de fora da barraca e fez sinal para o grupo se sentar em alguns troncos espalhados em volta da fogueira.

— Um dia, Damien estava aqui; no dia seguinte, não estava mais — disse ela. Pareceu que ela tinha dito a mesma coisa um monte de vezes. — Acham que foi nossa professora de piano, mas imagino que, se vocês forem especialistas mesmo, vocês já sabem disso.

— Nós sabemos — disse Maddox baixinho. — Sadie Sage.

Freya franziu o nariz.

— Parece um nome falso. Eu devia ter percebido.

— Você a conhecia? — perguntou Seneca.

— Hã, *sim*. Eu também tive aulas com ela. Talvez eu devesse ter imaginado.

Maddox inclinou a cabeça, intrigado.

— Por quê?

— Bom, ela era... esquisita. *Amava* o Halloween. Comemorava o ano todo. Ela dava aulas de piano em uma escola de música em outra cidade, e todas as salas eram salas de aula genéricas com instrumentos dentro. Mas ela decorava a dela. Parecia uma coisa de doido. Você tocava Beethoven embaixo de uma gárgula grande e de um esqueleto com chapéu de bruxa. Ela tinha outras coisas estranhas lá também, algumas gaiolas sem pássaros dentro, sapatinhos de boneca enfileirados no parapeito da janela, instrumentos cirúrgicos antigos.

Madison arregalou os olhos.

— Que tipo de instrumentos?

— Nada perigoso. Ficavam atrás de vidro e nada era afiado, mas era... estranho. Se bem que, quando a polícia fez a conexão de que Sadie tinha desaparecido na mesma época que Damien, eu pensei: *Ah, só desconfiam dela porque ela é gótica. São pessoas preconceituosas de mente limitada.*

— Mas talvez eles estivessem certos? — palpitou Madison.

Freya pegou uma pinha, tirou as camadas e jogou no chão.

— A polícia nos disse que predadores de crianças costumam oferecer algo tentador para elas, algo a que não conseguem resistir. Isso me fez lembrar. — A expressão dela se fechou, como se ela não quisesse continuar.

— Lembrar o quê? — perguntou Maddox.

Algo se mexeu na vegetação próxima, e uma ave soltou um grito.

— Sadie falava que queria levar os alunos pra Orlando pra visitar os parques — disse Freya. — Damien estava doido pra ir pra Orlando, via um monte de vídeos no YouTube sobre a Universal Studios. Ele pediu aos nossos pais pra ir, mas era caro demais. Talvez Sadie tenha percebido isso. Talvez tenha surpreendido meu irmão com ingressos.

Seneca franziu a testa.

— Mas ele teria simplesmente *ido* com ela? Sem pedir?

— Acho que sim, porque ele sumiu agora, né? — Freya parecia estar prestes a cair no choro ou dar um soco em um deles.

Maddox inclinou a cabeça.

— Por que você acha que a Sadie o sequestrou? Ele brigava muito com seus pais? Será que esse foi o ângulo de Sadie, ela achou que, ao levar Damien, estava o "salvando" de uma situação ruim?

Freya revirou os olhos.

— Essa pergunta tem *tanta* cara de polícia.

Maddox sentiu uma pontada e se perguntou se Thomas o tinha contaminado. Ele tomou uma nota mental de ligar para o hospital para ver se Thomas já tinha acordado.

— Eu não acho que ela estivesse tentando salvá-lo — continuou Freya. — Acho que ela o levou por outro motivo.

— Que seria... qual? — perguntou Seneca.

Freya apertou os lábios.

— Ela amava crianças. Talvez quisesse ter filhos. E ela parecia amar *mesmo* o meu irmão. Eu a via olhando para ele de um jeito meio maravilhado, sabe? Como se não conseguisse acreditar que ele existia.

Madison pareceu incomodada.

— Não era *bizarro* — disse Freya rapidamente. — Eu não tive uma sensação de que ela fosse uma daquelas professoras que quer dormir com os alunos. Era mais uma coisa espiritual. É difícil explicar.

Houve uma longa pausa. Em algum lugar acima das árvores, Maddox ouviu um avião. O vento mudou e ele sentiu o cheiro do xampu de coco de Seneca.

— Estou supondo que ela não o levou pra Orlando — disse Seneca.

— Não. Eles pegaram um ônibus pra Nova York. Acho que eles poderiam ter entrado em outro ônibus pra Orlando, mas a empresa de ônibus não tem nenhum registro. Talvez a vaca tenha usado uma identidade falsa ou tenha roubado o carro de alguém. Antes de a polícia decidir que não valia a pena, eles olharam um monte de imagens de segurança da Universal, da Disney, do Six Flags... de qualquer parque em que a gente conseguisse pensar. Não encontraram nada.

— Será que eles podem ter ficado em Nova York? — sugeriu Maddox.

Freya franziu o nariz.

— Espero que não. Damien odeia a cidade.

— Seria difícil esconder alguém em Nova York — disse Seneca. — Tem câmeras e policiais demais. Ele talvez esteja em algum lugar mais remoto.

— Ou morto. — A voz de Freya tinha um tom ousado de quem não liga.

— Duvido — disse Maddox.

Seneca levantou a cabeça. Ela balançou a cabeça de leve. *Não*.

Mas Freya já estava se virando para ele, a expressão de esperança ressentida.

— Ah, é? E como *você* saberia?

Maddox engoliu em seco. Ele não devia ter dito aquilo. Brett não tinha oferecido nenhuma prova.

— Eu... eu só quis dizer que, de acordo com o perfil que nós fizemos, não *parece* que ela seja do tipo que o mataria — gaguejou ele. — É opinião nossa que ela o levou pra outro lugar... mas que ele está bem.

A expressão sarcástica de Freya estava de volta.

— Porque você é um tremendo especialista.

Seneca batucou nos joelhos.

— Os relatórios da polícia dizem que ela não mandou bilhete pedindo resgate.

Freya balançou a cabeça.

— Ela não nos procurou.

— Tem alguma coisa que descobriram sobre Sadie que nós poderíamos investigar? — perguntou Maddox. — Ela tinha amigos com quem a gente pudesse falar? Gente na cidade que a conhecesse bem?

— A polícia disse para os meus pais que ela não tinha amigos.

— Ela nunca recebeu ligações durante as suas aulas? — insistiu ele. — Você nunca a viu em público com ninguém?

— Eu nem me lembro de ela *ter* um telefone e nunca a vi na cidade. — Freya deu um sorrisinho debochado. — Agora vocês entendem por que a polícia largou o caso? Não tem nada pra investigar.

Maddox trincou os dentes.

— Tem que haver. As pessoas não desaparecem do nada. Sadie tem que ter uma história. Ela tem que ter família, amigos… de *algum lugar*. A polícia poderia usar isso como pista.

— Não. — Freya sorriu como se fosse dizer a frase de efeito. — Os registros de Freya só têm três anos, de quando ela veio morar aqui. Antes disso, ela não existe.

O mundo ficou imóvel. Quando Maddox olhou para a frente, Seneca estava olhando fixamente para ele, provavelmente pensando o mesmo que ele: isso se parecia muito com *outra* pessoa que eles conheciam.

Eles fizeram mais algumas perguntas a Freya, a maioria sobre como Sadie Sage era durante as aulas de piano (*como uma porcaria de professora de piano, o que mais?*) e se as crianças iam ter aulas na casa dela (*não, e eu não tenho a menor ideia de onde ela morava, embora tenha certeza de que a polícia sabe porque eu ouvi que revistaram a casa dela e não encontraram nada*). Finalmente, Maddox se levantou e esticou os braços acima da cabeça.

— Obrigado por falar com a gente.

Freya fez um ruído de deboche.

— Não vai adiantar nada.

O olhar de Seneca foi na direção da barraca.

— Você está dormindo aqui?

Freya deu de ombros e evitou contato visual.

— Talvez.

— Qual é o problema de casa?

Ela fungou.

— Não é da sua conta. — E, com isso, entrou na barraca e fechou o zíper. Um punk rock rápido e furioso começou a tocar lá dentro, mas ela enfiou a cabeça para fora mais uma vez e olhou para Seneca. — Sinto muito pela sua mãe, sei lá.

Na caminhada de volta até o carro, Maddox pisou em uma poça que encharcou seus sapatos.

— Ela me lembra Aerin quando a conhecemos — disse Seneca depois de um tempo. — Lembra como ela vivia na defensiva? Como era fechada? Estou surpresa de *ela* não estar dormindo em uma barraca no bosque.

— E Sadie Sage, hein? — sussurrou Madison. — Atrair crianças para Orlando? Sem registros antes de três anos atrás? Ela mudou de identidade, obviamente. Mas por quê?

— Ela é a versão feminina do Brett — murmurou Seneca enquanto entrava no banco do passageiro. — Ela aparece e some da vida pública. Está um zilhão de passos à frente de todo mundo. Tem um objetivo... mas nós não sabemos qual é. Assim como não sabemos qual é o do Brett.

Madison arregalou os olhos.

— E se *ela* for a irmã do Brett? Viola?

Maddox retorceu a boca.

— Nas histórias sobre ela, as pessoas avaliaram que ela tinha uns quarenta e tantos anos quando sumiu com Damien. Nós não sabemos *exatamente* quantos anos o Brett tem, mas ele não parece ter muito mais do que vinte e cinco. Isso dá uns vinte anos de diferença entre eles.

— Não vamos descartar completamente — disse Seneca, parecendo desarmada... mas também empolgada. — Eu nunca tinha *pensado* nisso, Madison.

— Bem, seja ela quem for, nós temos que encontrá-la — disse Maddox, sentindo o estômago se contrair. — Porque, até onde nós sabemos, esse final, com Aerin, vai acontecer daqui a pouco.

SETE

AERIN TEVE UM sono agitado ao longo da noite, e, de manhã, tudo estava doendo: o estômago, as costas, os olhos. Ela estava louca por um Tylenol, mas não queria se endividar com Brett ao pedir. Nas horas antes do amanhecer, ela ficou deitada na cama, os pulsos e tornozelos presos, os olhos abertos em pânico. Forçou o cérebro a pensar em qualquer coisa que não fosse se ela sairia de lá viva.

Aerin pensou em beijar Thomas até que a fantasia ficou dolorosa demais. Pensou em comida porque tinha se recusado a comer qualquer coisa que Brett tivesse lhe dado; ela preferia morrer de fome a deixar aquele babaca ter o prazer de a matar. Pensou na mãe executando a rotina diária: se preparando para passar na franquia de sorvetes Scoops para ver se tudo estava indo bem. Indo para a ioga no Dexby Bikram. Fazendo uma refeição Blue Apron para o jantar. Como sua mãe podia não saber que ela estava presa com um louco. Não havia alguma espécie de alarme extrassensorial que disparava quando um filho estava em perigo? Helena teria pensado a mesma coisa antes de Brett a matar?

A única coisa que acalmou Aerin foi uma alucinação com Helena pouco antes do sol nascer. Quando olhou para a porta, ela pôde jurar que viu a figura etérea e tremeluzente de Helena, o cabelo loiro cortado curto, o casaco branco com a gola de pele que ela tinha usado no último dia em que Aerin a viu fechado até o pescoço, um sorriso tranquilizador no rosto. Sua irmã andou na sua direção, sinistramente translúcida, majestosamente calma. *Vai ficar tudo bem*, disse ela. *Eu prometo. Você só precisa encontrar a saída.*

Como?, perguntou Aerin. Mas Helena sumiu como uma bolha de sabão.

Quando a luz entrou, ela começou a investigar um pouco mais o espaço. Havia uma cômoda encostada na parede mais distante; conseguiria empurrá-la, jogá-la pela única janela do quarto? Mas ela não devia ser forte o bastante e precisaria usar as mãos. A única hora que Brett a soltava era quando ela precisava ir ao banheiro... e ele ficava perto, como um guarda de prisão.

Aerin desceu da cama, se contorceu até a janela e levantou a cortina pesada. O vidro estava coberto por tábuas, então não daria para sair assim. Encostou o ouvido na janela e prestou atenção em busca de pistas, passos, um apito de trem, *qualquer coisa* que pudesse revelar onde eles estavam. Do nada, houve um rugido. Ela ficou paralisada. Era algum tipo de caminhão de construção. Começou a apitar, dando ré. Parou e apitou de novo.

Mas aquele barulho não a tiraria dali. Aerin voltou para a cama com dificuldade e se deitou no colchão, exausta. Talvez o banheiro fosse a resposta; Brett a deixava fechar a porta enquanto o usava, e havia uma janelinha perto do teto por onde entrava luz e ar fresco. Havia algo em que Aerin pudesse subir para alcançar a janela e sair?

De repente, a porta se abriu. O corpo de Aerin se encheu de medo.

— Bom dia, dorminhoca. — Pratos tilintaram quando Brett os colocou na mesa de cabeceira. — Fiz um sanduíche de ovo. Está tão gostoso quanto aquele que a gente comprou no food truck depois da festa em Nova York. Lembra como você estava se sentindo mal?

Aerin apertou a cabeça no travesseiro suado, sentindo certo desconforto. De ressaca depois da festa que Brett tinha dado no Ritz-Carlton, ela devorou o sanduíche de ovo em praticamente uma mordida só. Ainda assim. *Não finja que me conhece*, pensou ela com raiva.

Mas Brett ainda estava falando.

— Todo mundo ficou destruído naquela manhã. — Ele riu de leve. — Mas eu sempre vou me lembrar daquela festa. Foi a melhor noite da minha vida.

Aerin se virou. Ela sabia aonde ele queria chegar. Eles quase tinham se beijado naquela noite. Ele estava tentando lembrá-la.

As molas do colchão gemeram quando Brett se sentou ao lado dela. Ele soltou os pulsos e os tornozelos dela, tocando a pele por mais tempo do que o necessário.

— Está tudo bem?

Ele passou a mão pela panturrilha dela. Uma sensação oleosa se espalhou por ela, e ela sentiu o estômago contrair. Mas não ousou se mexer. Reagir significava que o toque dele a afetava. Ela queria que ele entendesse que ela não sentia *nada* por ele.

— Eu entendo. Você não precisa falar. — Brett afastou os dedos e se inclinou para trás. — Mas escuta. Se você comer, vou te contar sobre a minha conversa com Seneca ontem.

Aerin prendeu o ar. *Que bom*. Seneca sabia. Isso elevou seu ânimo. Mas por que Brett estava se comunicando diretamente com Seneca? Parecia burrice da parte dele.

Mas não. Ela não perguntaria. Não jogaria pelas regras dele.

— Não se encha de esperança — continuou Brett com voz provocadora. — Seneca sabe que estamos juntos, mas eu falei pra ela que, se ela procurar a polícia, vai se arrepender.

O nariz de Aerin tremeu. *Não se mexa. Ele só está tentando te fazer reagir.*

Ele bateu no colchão.

— Aliás, esse colchão é confortável? Comprei especialmente pra você, um pillow top Serta. É do mesmo modelo em que sua irmã morreu.

Foi como se ele tivesse enfiado um atiçador de lareira pelo corpo dela. Sem querer, Aerin levantou o rosto e o encarou com os olhos arregalados. Ele sustentou o olhar dela, achando graça. O coração dela estava na garganta. Aquele cara podia matá-la com tanta facilidade. Ele sabia tudo sobre ela. Conhecia as fraquezas dela, os sinais. O que ela precisava fazer era ser qualquer coisa *diferente* daquela garota. Alguém que ele não fosse entender. Mas isso era mais fácil falar do que fazer.

O cheiro de manteiga de amêndoas estava deixando Aerin tonta. Ela se sentou, querendo de repente começar o plano de fuga imediatamente.

— Eu quero tomar um banho.

Brett apertou os olhos.

— De repente você quer tomar um banho?

— Sim.

Ele olhou para ela de cima a baixo.

— Você está limpa. Não tem nem 24 horas que você tomou seu último banho.

Um meio sorriso surgiu no rosto dele, e Aerin sentiu um frisson inquieto. Talvez Brett estivesse blefando, ou talvez ele não soubesse exatamente que horas ela havia tomado banho no dia anterior. Isso a abalou e foi preciso toda a sua força de vontade para não recuar.

— Eu... quero... tomar... um... banho — repetiu ela.

— Tudo bem. — Brett levantou as mãos em um gesto de rendição. — Você tem dez minutos.

Aerin correu pela porta do banheiro e a fechou. Para sua consternação, a porta não trancava. Ela olhou em volta procurando uma câmera, mas não encontrou.

Ela ligou o chuveiro para sufocar o som dos seus movimentos e espiou a janelinha perto do teto. Parecia se abrir apertando uma aba pequena de metal na estrutura. Usando a escova do vaso, ela cutucou a aba até se abrir uns dois centímetros, enchendo-a de alegria. Se ela subisse lá, poderia abrir ainda mais e sair.

Mas como ela poderia subir tão alto? Quando o aposento se encheu de vapor, Aerin abriu o armário debaixo da pia. As únicas coisas lá eram um spray de banheiro e um pacote de papel higiênico. Aerin pegou o papel higiênico, o colocou no chão ao lado da parede e tentou subir nele, mas não aguentava seu peso nem ficava alto o suficiente para chegar à janela.

Merda. *Merda.* Aerin segurou as laterais da pia e olhou para seu reflexo em pânico no espelho. Mas uma coisa na bancada chamou a atenção dela. Cabelo castanho curto. Não era dela. Era do Brett?

Ela olhou para o cabelo por um momento, sabendo que poderia ser útil de alguma forma. Abriu uma gaveta e outra, procurando uma forma de guardá-lo. Finalmente, na última gaveta, ela encontrou uma caixinha de lentes de contato. Ela a lavou e secou, botou o fio de cabelo dentro e guardou a caixa no bolso.

Houve uma batida à porta.

— Seus dez minutos acabaram! — gritou Brett do outro lado.

Aerin ficou paralisada. Isso era impossível, só três minutos tinham se passado, no máximo. Ela enfiou o papel higiênico no armário na hora que Brett entrou. Ele pareceu confuso com o armário aberto e o chuveiro ligado. O olhar dele se desviou para a janelinha... foi quase como se ele *soubesse* o que ela estava tramando.

O coração de Aerin despencou.

— Eu... — Ela procurou uma desculpa, mas que desculpa ela podia dar?

Brett apertou os olhos. Ela quase sentiu a fúria tomando conta dele. Quando ela foi desligar o chuveiro, ele partiu para cima dela e a derrubou no chão. Aerin soltou um gritinho, mas Brett colocou a mão sobre a sua boca e os dedos apertaram a garganta.

— Você acha mesmo que é mais inteligente do que eu? — Gotículas de saliva bateram na bochecha dela, misturadas com o vapor. — Você deveria estar se curvando para mim, beijando meus pés por eu ter sido tão gentil com você, por falar com você direitinho, por fazer comida, *por ainda não ter te matado*. Porque você acha que me conhece, mas você *não* me conhece. — Ele bateu com força no chão, o punho a centímetros do corpo dela. — *Você... não... sabe... do... que... eu... sou... capaz*. Por exemplo, quer saber onde está aquele seu namoradinho ridículo agora? No hospital.

O coração de Aerin parou.

— O quê? Por quê?

— Eu mandei ele pra lá. Eu posso fazer essas coisas acontecerem. Você já devia saber disso. Então, é melhor ir ajustando essa sua atitude, senão as coisas vão ficar bem complicadas.

Aerin fechou bem os olhos.

— Desculpa — disse ela, a voz abafada. Ela sentiu o cheiro de água sanitária no piso do banheiro. Uma brisa leve entrou pela janela aberta e refrescou sua pele.

— O que você disse?

— Eu... me desculpa!

Brett a puxou para cima, arrastou-a até o quarto, jogou-a na cama e prendeu seus pulsos e tornozelos com lacres novos. Em seguida, virou-se, derrubou o café e a torrada no chão sujo, saiu do quarto e bateu a porta com força.

Aerin despencou no colchão, chorando. *Thomas*, pensou ela, desesperada. O que Brett tinha feito com ele? Ele viveria? Brett tinha feito mal a ele *por causa dela*?

Ela foi tomada de raiva, seguida de desespero, seguido de uma pontada humilhante de dor. Seus dedos inspecionaram o pescoço; já estava dolorido e, provavelmente, ficaria com hematomas em algumas horas.

Mas talvez Brett tivesse razão em uma coisa: ele ainda *não* a tinha *matado*. Talvez ela *devesse* ficar agradecida por isso. Tinha que encontrar um jeito de impedi-lo de fazer isso pelo tempo que pudesse... talvez fosse o único jeito de *encontrar a saída*, como Helena havia, dito. O que tinha acabado de ocorrer... ela não suportaria que acontecesse de novo.

Aerin fechou os olhos, e uma resposta ocorreu a ela de repente. Não era uma resposta da qual ela gostasse, mas talvez fosse a única coisa que salvaria sua vida.

OITO

— É A PRÓXIMA à esquerda ali na frente. — Seneca indicou a entrada que se aproximava. Maddox virou o volante do Jeep, os pneus derrapando na estrada. À frente, havia uma construção baixa marrom sozinha em um estacionamento. A única coisa que indicava que eles estavam no lugar certo eram as várias viaturas da polícia paradas nos fundos com letras apagadas dizendo *Departamento de Polícia de Catskills* na lateral.

Maddox desligou a ignição, mas ninguém se moveu para sair do carro. Eles estavam reunidos em volta do celular de Maddox, falando com Thomas no hospital.

— Não sai antes da hora — disse Seneca no microfone. — Você ainda não fez a ressonância.

— Mas eu tenho que sair. — A voz de Thomas estava grave e sonolenta. — Eu preciso te ajudar a encontrar Aerin. Não acredito que isso esteja acontecendo.

— A gente está cuidando de tudo, cara — garantiu Madison. — A gente vai encontrá-la. Agora, nós só precisamos que você melhore.

Eles desligaram e ficaram em silêncio. Tinha sido difícil ligar para Thomas e dar a notícia daquilo tudo, mas Thomas merecia saber. Mas

Seneca ainda sentia uma certa culpa. Que tipo de pensamentos de pânico e impotência estavam passando pela cabeça do Thomas? Ele estava com medo? Se Brett tinha tentado fazer mal a ele uma vez, ele podia fazer de novo, principalmente agora que Thomas estava vulnerável e fraco.

Isso significava que eles tinham que encontrar Brett, e rápido. E isso significava encontrar Damien também. Maddox estava certo, eles não tinham alternativa além de seguir as ordens de Brett. E depois de falar com Freya, Seneca estava envolvida. A história sobre o desaparecimento de Damien a tinha tocado, e ela agora sentia pena do garoto, da família, e sentia raiva da polícia inútil que tinha abandonado o caso. Além do mais, Sadie *poderia* ser Viola? Era uma ideia interessante. Por outro lado, Brett os apontaria na direção de um crime que sua irmã tivesse cometido? Qual era o objetivo dele? Que tipo de migalhas de pão ele estava deixando para eles seguirem?

Seneca se encurvou e abriu a porta do Jeep. Silenciosamente, os três andaram pelo cascalho até a porta de entrada da delegacia. O saguão tinha cheiro de fumaça de madeira e parecia o interior de uma cabine de caça, com paredes de madeira e vigas expostas. Havia uma máquina velha de refrigerantes no canto, zumbindo. Um ventilador de mesa soprava em uma cadeira vazia na recepção.

— Olá! — chamou Seneca.

Uma porta nos fundos se abriu. Uma mulher grande de camiseta com desenho de dois lobos com cara de maus saiu, observando com atenção alguma coisa no celular. Ela ergueu uma garrafa de Coca de dois litros presa debaixo da outra axila e estava cantarolando uma música que parecia ser "Look What You Made Me Do", da Taylor Swift. Quando ergueu o rosto e os viu, ela deu um pulo e franziu a testa.

— Sim?

Maddox deu um passo à frente com nervosismo.

— Sim, oi. Meu nome é Thomas Grove e eu sou do departamento de polícia de Dexby, Connecticut, e tenho familiares por aqui. Eu queria saber se posso falar com o policial de serviço.

— Eu sou a policial de serviço. — A mulher virou uma plaquinha na mesa que Seneca não tinha notado e bateu nela com a unha comprida. Dizia *Policial Lorna Gregg.*

— Ah, ótimo — disse Maddox, sem nem hesitar. — Há alguma chance de eu verificar os registros do caso Damien Dover? Entrevistas, perícia, coisas assim?

A policial Gregg girou a tampinha da garrafa de Coca. Fez um chiado sinistro.

— Posso ver suas credenciais? Você não tem cara de policial. Parece adolescente.

Maddox corou. Ele fez questão de remexer com alarde nos bolsos em busca do distintivo.

— Se você ligar pra delegacia de Dexby, vão confirmar quem eu sou, eu juro...

— Só para — disse a policial Gregg com voz gelada. Todos os sinais de simpatia tinham sumido. — Você sabe que é crime se passar por um policial, né?

Maddox parou de remexer nos bolsos. Seneca engoliu em seco.

— Nós só estamos tentando ajudar — disse ela. — Você pode pelo menos nos contar onde Sadie Sage morava? — A única coisa que eles tinham conseguido descobrir online era que Sadie Sage alugava uma propriedade em Catskills. Eles ligaram para todas as corretoras da região, mas ninguém admitiu ser quem alugava para Sadie Sage. Só uma colega professora de música, Dahlia Quinn, deu uma pista: Sadie sempre falava que o lugar onde ela morava era "só dela", que ela havia sido a primeira a alugar. Isso significava que ela podia deixar a marca dela no lugar, concluiu a professora. Mas era um lugar novo? Ou que ninguém queria?

A policial balançou a cabeça.

— Eu não posso dar esse tipo de detalhe para o público. A investigação ainda está em andamento.

Seneca sentiu a irritação crescer dentro dela.

— Em andamento? Nós soubemos que vocês abandonaram o caso. Era de imaginar que vocês iam querer toda ajuda que pudessem ter.

A policial Gregg olhou para ela com irritação de novo e começou a folhear alguns papéis na mesa.

— Eu aconselho vocês a saírem da cidade. E você — ela olhou de cara feia para Maddox — nunca mais finja que é policial. Sorte sua eu não ter te algemado.

Maddox murmurou alguma coisa baixinho e se virou para sair, mas Seneca ficou firme. Ela ainda não tinha terminado com aquela moça.

— Por que vocês não estão trabalhando mais pra encontrar Damien? Por que você está na delegacia, tomando Coca, preguiçosa demais até pra botar um uniforme?

Os olhos da policial Gregg faiscaram.

— *Seneca* — sussurrou Maddox em tom de alerta.

Mas agora que Seneca tinha começado, ela não conseguia parar. Damien merecia uma investigação melhor. Toda a família merecia. E, sim, tudo bem, talvez ela estivesse misturando a situação com a experiência da família *dela*, quando a polícia também não fez muita coisa para encontrar o assassino da mãe dela, mas justiça era justiça.

— Que outros crimes vocês têm para se preocupar aqui? — Ela indicou as montanhas pela janela. — Por que não chamaram reforços de outras cidades? Por que não fizeram arrecadação de dinheiro para transformar isso em notícia nacional? Nem apareceu direito em um site... e é um *garoto desaparecido*. O filho de alguém. A vida de uma família foi *arruinada*.

Maddox enfiou as unhas no braço dela. Tudo bem, talvez ela estivesse exagerando... mas aquela policial precisava entender.

A policial Gregg se levantou. Ela levou a mão à cintura; debaixo da camiseta havia um coldre com uma arma preta.

— Ameaçar uma policial também é crime, sabia.

Seneca se encolheu, mas não recuou.

— Só nos deixa olhar a casa dela. Nos dá dez minutos.

A policial apontou para a porta.

— Saiam. Agora.

— Mas…

— Saiam daqui senão vou multar vocês. É o que vocês querem? E se eu souber que vocês estão xeretando por lá, vou prender vocês por invasão de propriedade particular.

Seneca a encarou. O telefone na mesa dela começou a tocar. A policial Gregg deixou tocar, ainda os observando, a mão ainda no cinto. Um caroço se formou na garganta de Seneca. Não daria para vencer com aquela mulher.

— Tudo bem — murmurou ela e deu meia-volta.

— *Agora* o que a gente faz? — murmurou Maddox quando destrancou o Jeep.

Seneca espiou pelo vidro sujo da janela da delegacia. Gregg tinha atendido a ligação e estava agora com os pés apoiados na mesa, rindo como se não tivesse nenhuma preocupação no mundo. Quando a mulher botou o telefone no outro ouvido, Seneca se lembrou do dela, guardado no bolso. Ela o pegou e olhou a tela pela quinquagésima vez naquela manhã.

— Nada de Viola *ainda* — murmurou ela com amargura. — Talvez ela *seja* Sadie.

— E nada da AveVermelha ainda? — perguntou Maddox.

— Eu até mandei uma segunda mensagem pra ela pelo CNE e nada. — Não havia pista *nenhuma*.

Eles entraram no Jeep e ficaram sentados lá por um tempo. Maddox começou a alongar os braços e a girar os pulsos, bufando pelo nariz conforme ia aumentando os alongamentos.

— Será que você pode *parar*? — disse Seneca com rispidez.

— Desculpa. — Maddox abaixou os braços. — Eu tenho muita energia nervosa.

— Nós podemos dirigir por aí, perguntar pras pessoas se elas sabem de alguma coisa — sugeriu Madison no banco de trás. — Além do mais, a casa deve ser por aqui. De repente, a gente acha por acaso. Não estaria coberta de fita da polícia?

— Nós não temos outros planos mesmo... — disse Maddox, ligando o motor.

Eles dirigiram pela rodovia até a cidadezinha. Como Sadie Sage devia fazer compras em algum lugar, eles pararam em um mercadinho chamado Wink's e mostraram a foto dela para todos, desde o caixa até o sujeito na lanchonete e um pré-adolescente com cara de abandonado do lado de fora. Todo mundo foi solidário, mas meio distante.

— Ah, sim, aquele pobre garoto — disse uma mulher idosa ensacando compras. — Acho que vi essa tal Sadie uma vez, mas não sei muito sobre ela.

— Sabe de uma coisa, eu não tenho a menor ideia de onde ela morava — respondeu um homem na farmácia; ao que parecia, Sadie passava lá para comprar remédios e revistas de sudoku, mas nunca recebia nenhum remédio com receita que exigiria que ela fornecesse endereço e telefone. — Ela não falava muito. Ficava na dela.

Eles encontraram o lugar onde Sadie dava aula de piano, um complexo de salas que abrigava vários consultórios de dentista, uma tinturaria e um chafariz grande ao ar livre cujo fundo de azulejos estava coberto de moedas. Mas a porta das salas de música estava bem trancada e não havia ninguém para deixá-los entrar. Seneca queria ver a sala que Freya descrevera; parecia cheia da personalidade dela e talvez estivesse cheia de pistas. Eles ouviram um *"Pst"* atrás deles. Uma mulher pequena e meio hippie estava na porta de um estúdio de ioga, olhando para eles como se soubesse exatamente o que eles estavam fazendo.

— Nós já entramos aí de madrugada — sussurrou a mulher, olhando disfarçadamente para um lado e para o outro para ter certeza de que ninguém estava olhando. — Não sobrou nada na sala daquela mulher. *Nada*. — Ela arregalou os olhos. — E por três anos eu disse *namastê* pra ela no estacionamento. Eu não tinha ideia...

Todos voltaram para o Jeep com sensação de impotência. Seneca olhou o celular *de novo*. Surpresa, surpresa, nada da AveVermelha nem Viola.

— Desculpa, pessoal, mas eu estou morrendo de fome — admitiu Madison depois, quando eles passaram por uma barraca de cachorro--quente na beira da estrada. — A gente pode parar?

Seneca queria seguir em frente, mas seu estômago também estava roncando. Maddox fez o retorno e voltou. Depois que eles estacionaram, Madison entrou na fila para comprar cachorros-quentes, e Seneca se sentou em um banco e ficou olhando fixamente para as montanhas. Maddox tocou no ombro dela com hesitação e ela pulou.

— Aquilo que você disse pra Freya sobre a polícia fazer besteira no caso da sua mãe. Eu não sabia que era ruim assim.

Seneca ficou vermelha.

— Ah. É.

— Quer falar sobre isso?

Do outro lado do estacionamento de cascalho, um garoto estava soltando uma pipa em forma de dragão. Ou estava tentando, pelo menos; o vento estava fraco e ele estava correndo com a pipa e quase sempre ficava arrastando no chão. Parte de Seneca *queria* contar para Maddox tudo pelo que ela tinha passado. Tipo que foi quase criminoso os policiais não terem encontrado nada na cena do crime e que isso a fez se sentir impotente e perdida.

Mas também era... bem, *difícil*. Ela havia construído um muro no cérebro entre aqueles sentimentos sensíveis, frágeis e terríveis em relação à mãe e seu eu seminormal e semifuncional. Mergulhar profundamente demais nos detalhes derrubaria esse muro, e o que havia atrás dele era bem sombrio. Tipo quando ela arrancou o colar da mãe do corpo dela no necrotério. Ou que ela ficava na cama em algumas noites, prendendo o ar pelo máximo de tempo que conseguisse, tentando sentir o que sua mãe devia ter sentido antes de morrer. E havia todas as emoções complicadas que ela tinha sentido quando a história de Helena Kelly chegou ao noticiário e ocupou todo o espaço disponível, empurrando a morte da sua mãe para o fundo da pilha. E seus sentimentos de satisfação (ou talvez alívio) quando o caso de Helena não foi resolvido? Não era que ela quisesse que Helena tivesse um final infeliz. Ela só queria de forma egoísta que alguém mais se sentisse tão infeliz quanto ela. Outras pessoas que tinham tragédias na vida pensavam assim... ou era só ela?

O barulho de cascalho interrompeu seus pensamentos. Madison estava voltando, equilibrando três cachorros-quentes e refrigerantes em uma bandeja de papelão.

— Eu tenho novidades — cantarolou ela. — A casa de Sadie fica em Frontage Road 101. Fica só a três quilômetros daqui, mas é por essa estrada na floresta e não tem sinalização.

Seneca piscou, sem entender.

— Como você descobriu *isso*?

— Eu flertei com o cara da barraca de cachorro-quente e, quando eu perguntei sobre Sage, ele disse que sabia o endereço. Ele é daqui, claro que sabe onde Sadie Sage mora. E ouve isso: o cara ouviu que, quando a polícia foi ao local, não havia móvel nenhum. Ela deve ter tirado tudo antes de ir embora.

— Ah. — Seneca franziu a testa.

— Por que ela faria isso? — perguntou Maddox, pegando seu cachorro-quente.

— Provavelmente pra que a polícia não tivesse pista de quem ela era — murmurou Seneca. — Nem digitais, nem DNA.

— Pra onde foi tudo? Ela arrumou uma caçamba de lixo? Uma van de mudança? Ninguém confessou que a ajudou?

— De repente ela pagou alguém. — Madison se sentou no banco ao lado deles. — Nunca se sabe.

— E ninguém a viu levando as coisas dela pra fora ou pra van? — perguntou Seneca. — Nem uma testemunha?

— Nós saberíamos se tivéssemos os registros da polícia. — A mordida que Maddox deu no cachorro-quente foi tão grande que foi quase metade do pão. — Será que Thomas consegue mexer os pauzinhos?

Seneca pensou nisso, mas balançou a cabeça.

— Nós só devemos incomodar o Thomas se ficarmos desesperados. — Claro que Thomas ficaria furioso se soubesse que ela tinha dito isso, mas ela preferia que ele se concentrasse em ficar bom.

Na estrada, como se combinado, um caminhão de mudança enorme passou. Seneca olhou por um tempo, o motor do caminhão rugindo, a forma gigantesca criando uma ventania própria. Algo se moveu na mente dela.

— Aposto que Sadie largou as coisas dela em algum lugar. Parece loucura ela levar a casa inteira nas costas no surto do sequestro.

— Verdade — disse Madison, limpando mostarda do rosto.

— A gente devia ir olhar a casa? — perguntou Maddox, se levantando.

— Definitivamente — disse Seneca.

Madison jogou o guardanapo no lixo e acenou flertando para um homem gorducho de boné que estava atendendo um cliente.

— Obrigada de novo! — disse ela. — Tchauzinho!

O trajeto até a antiga casa de Sadie não levou mais de cinco minutos, quando eles viram uma caixa de correspondência preta na lateral da estradinha com o número *101*. Havia uma casinha quadrada e marrom aninhada na colina. Não havia carro na entrada, não havia luz acesa dentro, mas pedaços de fita amarela da polícia estavam evidentes em toda a propriedade: presa nos galhos, caída na grama, até enrolada em um poste. Só podia ser ali.

Eles pararam o carro e andaram lentamente até a propriedade. Maddox espiou pela janela da frente.

— O cara do cachorro-quente não mentiu. Só tem umas teias lá dentro.

Seneca tentou a maçaneta, mas estava trancada. Verificou as tábuas do chão da varanda para ver se encontrava uma chave escondida, mas não encontrou. Ela girou e olhou a vista, uma vista de 360 graus de árvores, montanhas e nuvens. Eles não tinham visto um único carro enquanto seguiam por aquela estrada... então talvez *não tivesse havido* testemunhas que vissem Sadie tirar as coisas de casa. Mas quem viveria num lugar daqueles? Alguém que não queria contato com humanos. Alguém que estava recomeçando. Se bem que recomeçando de *quê* Seneca ainda não sabia.

Ela saiu da varanda e foi para a lateral da casa, apontando a lanterna para cada janela. Havia um varal antigo pendurado entre dois postes. Uma área isolada que talvez tivesse sido um jardim estava tomada de mato. De repente, o pé de Seneca prendeu em uma coisa no chão a centímetros da lateral da casa. Ela tropeçou. Quando recuperou o equilíbrio, ela se virou e olhou em que tinha tropeçado. A um primeiro olhar, não havia nada de especial no chão: nem raízes aparecendo nem pilhas de pedras. Mas o local era um pouco inclinado, quase como se a grama formasse uma pequena prateleira. E quando ela apertou a grama com cuidado com o dedo do pé, o chão pareceu oco e sem sustentação. Seneca ficou de joelhos e cavou na grama. A dois centímetros havia... *madeira*. Ela raspou mais grama até encontrar uma parte do que só podia ser uma porta de porão.

— Opa. — Maddox se ajoelhou ao lado dela.

Seneca limpou a terra das mãos.

— Acho que é um abrigo para tempestades. Deve levar a um porão. Minha avó tinha um alçapão assim.

Depois de cavar mais um pouco, ela encontrou uma alça meio podre. A porta gemeu um pouco, com raízes enormes arrebentando ao serem arrancadas da terra, mas finalmente a porta se moveu um pouco e revelou degraus pequenos e escuros.

— Segura isso aberto pra mim — disse ela para Maddox e inclinou o corpo para passar pela abertura e descer a escada.

— Tem certeza? — Maddox obedeceu e segurou a porta, mas pareceu horrorizado. — Você não sabe o que tem aí embaixo...

Seneca olhou para o abismo de novo. Ela teve a sensação de que a polícia não sabia que aquilo existia. *Podia ser sua resposta.*

— O que quer que esteja lá embaixo, é melhor ter cuidado — disse ela. — Eu estou chegando.

NOVE

MADDOX NÃO SE incomodava com filmes de terror. Era capaz de assistir a maníacos portando serras elétricas perseguindo adolescentes ou uma garota fantasma tremeluzente traumatizando pessoas por linhas telefônicas. Mas quando viu sua namorada fazer a coisa clássica de filme de terror, descer em um abrigo escuro, mofado e abandonado, ele sentiu culpa por todas as vezes em que ficou sentado comendo pipoca vendo o assassino do machado fazer picadinho da personagem principal.

Ele foi atrás de Seneca e acendeu a lanterna para iluminar o caminho.

— Maddox! — sussurrou Madison acima da cabeça dele. — Não me deixa aqui em cima sozinha!

— Vai ser só um segundo — prometeu ele à irmã. — Fica vigiando, tá?

— Eu prefiro não! — gritou Madison, mas não fez nada para ir atrás.

O facho da lanterna percorreu teias de aranha, tijolos esfarelados e bolas de poeira. Um aquecedor antigo ocupava um canto. E quando a luz dançou pela parede, ele viu manchas escuras de... *alguma coisa*.

— Aquilo é *sangue*? — gritou ele, apontando a luz para lá.

Seneca chegou mais perto e apontou a lanterna para a parede.

— Só sujeira, cara. Relaxa.

Maddox tremeu. O cheiro lá embaixo era horrível, como de um esgoto estragado. O ar estava abafado e claustrofóbico. Quando atravessou uma teia de aranha sedosa, ele soltou um gritinho e começou a bater no ar. Ele olhou por cima do ombro com nervosismo para a pouca luz que descia da escada. E se Sadie Sage ainda estivesse na propriedade e os trancasse? E se aquilo fosse uma armadilha e *Brett* estivesse lá?

— Pronto — sussurrou ele. — Não tem nada aqui.

— Espera. *Olha*.

A lanterna iluminou uma porta. Seneca girou a maçaneta e a porta se abriu, dando para outra escadaria bamba; devia levar à casa em si. Ela começou a subir, e Maddox foi atrás dela. Ele tinha que admitir que era um pouco melhor voltar para a superfície, mesmo sendo dentro de uma construção que eles tinham sido estritamente proibidos de visitar.

O térreo tinha cheiro do chuveiro mais mofado e sujo do antigo acampamento de verão dele. A luz de fora entrava, mas a camada de poeira e sujeira em todas as superfícies era impressionante e nojenta ao mesmo tempo. Não restava um único móvel. Nenhum item havia sido deixado para trás em nenhuma gaveta da cozinha. Seneca apontou a lanterna para o chão em busca de pistas, mas Maddox tinha certeza de que não havia nada.

Seneca se encostou na bancada e olhou para ele.

— Vamos pensar nisso. Sadie Sage quer Damien por algum motivo. Ela elabora um plano de sequestrá-lo. Tem um lugar para onde o levar. Deve ser um lugar seguro, não é? Um lugar particular. Ela encontra uma janela de tempo na qual o pegar. Um pouco antes de agir, ela pega tudo que tem e leva embora, mas provavelmente pra jogar fora. — Seu olhar percorreu o aposento de novo. — Não sei como era este lugar antes de Sadie ir embora, mas se era como Freya descreveu a sala onde ela dava aulas, cheio de coisas esquisitas, acho difícil de acreditar que ela tenha conseguido arrumar tudo de forma metódica e apressada. Eu a imagino jogando tudo em caixas rapidamente, tirando tudo o mais rápido possível.

Maddox apertou os olhos. Ele sabia aonde Seneca estava querendo chegar.

— Você acha que ela esqueceu alguma coisa? — Ele indicou a sala vazia. — Sei lá. Ela parece uma ótima embaladora. Uma garota propaganda da U-Haul. E a polícia não teria encontrado?

Ela moveu a mandíbula.

— Não vamos desistir ainda. — Ela começou a andar pelos aposentos de novo, abrindo portas de armário, se curvando para olhar atrás de grades de aquecimento, tateando atrás de gabinetes. — Anos morando em um lugar significa muita coisa acumulada e muita coisa esquecida. Por muito tempo, depois que minha mãe morreu, meu pai não esvaziou o armário dela. Quando decidiu fazer isso, ele só enfiou as coisas em caixas para acabar com a tarefa o mais rápido possível. Alguns dias depois, eu fui olhar. — Ela parou para espiar atrás da geladeira desligada da tomada. — O armário *parecia* vazio, mas havia uma gaveta em uma das prateleiras embutidas que ele tinha deixado passar. Estava meio emperrada e deve ter sido por isso que ele achou que estava vazia, mas eu consegui abrir.

Maddox ficou arrepiado.

— Havia alguma coisa dentro? — perguntou ele com cautela.

— Umas fotos velhas. Coisas sobre as quais a gente tinha esquecido. — Ela estava de quatro agora, tateando atrás de uma portinha na parede que levava a um espaço apertado. Ela inspirou fundo. Quando recuou, estava segurando um envelope. Maddox arregalou os olhos. Era como se ela tivesse feito um truque de mágica.

— Viu? — disse Seneca suavemente, como se não conseguisse acreditar. — Estava preso lá. Eu falei, as pessoas sempre esquecem coisas.

Maddox chegou mais perto. O envelope simples estava amarelado pelo tempo e coberto de poeira e teias. Seneca fez que o abriria, mas Maddox segurou a mão dela.

— Vamos olhar na luz.

Era um blefe, ele só queria sair dali. Felizmente, Seneca concordou. Os dois saíram pela porta de entrada e encontraram Madison correndo na direção deles com expressão de alívio.

— Bingo — disse Seneca, balançando o envelope acima da cabeça.

Eles colocaram o envelope sobre um toco de árvore próximo, e Seneca abriu lentamente a aba. Um *estalo* quebrou a concentração de Maddox. Ele se empertigou, alerta, procurando na floresta pontilhada pelo sol. Havia alguém observando? Ele se lembrou da ameaça da policial Gregg de que os prenderia se os pegasse perto da casa. Aquela moça parecia ser do tipo que cumpriria a promessa.

— Ué — disse Seneca, olhando o conteúdo do envelope.

Havia dois itens dentro. Um era uma cartela de passagens de um barco chamado Balsa da Ilha Tally-Ho; metade das passagens tinham sido rasgadas. E havia uma fotografia de um garoto e uma garota de nove e doze anos respectivamente. Os dois tinham cabelos castanho-escuros, sorrisos largos e estavam segurando sorvetes de casquinha. A cor estava desbotando. As laterais da foto estavam enrolando de velhice.

— Damien? — perguntou Madison, apontando para o garoto.

Seneca retorceu a boca.

— *Meio* que se parece com ele… mas também não tanto. E esse envelope está tão sujo, deve estar lá há anos. Essa foto deve ser bem velha.

Maddox olhou com mais atenção. As duas crianças tinham narizes e queixos semelhantes. Irmão e irmã? Primos? Eles estavam em uma calçada estilo de subúrbio, embora fosse impossível saber onde estavam. Eles não estavam perto de nenhum local identificável, nem placa de rua nem caixa de correspondência. Eles estavam de short e camiseta, então devia ser verão. Ou talvez eles só morassem em um lugar de clima quente.

Madison bateu nas passagens de balsa.

— Alguém já ouviu falar da ilha Tally-Ho?

— Não — disse Seneca. Ela digitou *ilha Tally-Ho* no Google e leu em voz alta o que encontrou na Wikipédia. — *A ilha Tally-Ho é uma comunidade remota acessível apenas de balsa a partir de Staten Island, em Nova York. Tem 400 residentes fixos, mas costuma oferecer dunas e parques atraentes para turistas em passeios de um dia.*

Madison mexeu nas passagens restantes.

— Deve ser da Sadie, pessoal. Mais ninguém morou nesta casa. E olha: só algumas passagens foram usadas. O que significa que ela usou algumas pra ir pra essa ilha Tally-Ho. — Ela pareceu empolgada. — Será que foi pra lá que ela levou o Damien?

— O que significaria que o motivo pra ninguém conseguir rastrear Sadie e Damien depois de Nova York foi que eles pegaram uma balsa — disse Madison, pensativa. — Muitas balsas não são rigorosas e não pedem identidade.

— Acho que sabemos pra onde a gente vai agora. — Maddox passou o braço nos ombros de Seneca e ela deixou. Até se aproximou mais. Finalmente pareceu que eles estavam indo a algum lugar.

Eles entraram no carro, que estava começando a ficar abafado depois de todo o tempo que eles passaram lá. Seneca gemeu quando colocou o cinto.

— Eu odeio dar um banho de água fria, mas tem uma pessoa com quem a gente precisa falar.

— Ah, merda — murmurou Maddox. *Brett.*

Mas Madison se animou, intrigada.

— Espera. A gente vai ligar pra ele, né? — Seneca assentiu. Madison abriu um sorriso misterioso. — Eu talvez tenha um jeito de rastreá-lo. É uma coisa sobre a qual eu li hoje de manhã.

Seneca pareceu chocada.

— Por que você não nos contou sobre isso antes?

— Eu não posso fazer promessas — avisou Madison quando Maddox se afastou da casa. — Mas, se vocês falarem com ele por tempo suficiente, pode ser que dê pra chegar a algum lugar.

DEZ

SE BRETT TIVESSE que estimar quantos quilômetros tinha andado no corredor curto do lado de fora do quarto de Aerin naquele dia, ele diria pelo menos dez. Quando não estava falando com ela ou na internet, ele andava de um lado para o outro, de um lado para o outro, tentando decidir o que fazer, tentando se acalmar, oscilando entre empolgação perversa de tocar Aerin e irritação por ela odiar isso. Havia a vergonha e a culpa que ele sentia pelo fato de estar fazendo mal a ela e o orgulho inflado que sentia por estar *controlando-a totalmente* e ter toda a vantagem.

Para um lado do corredor era *Eu gosto de machucar Aerin*. Para o outro era *Eu não devia machucar Aerin*. Para um lado do corredor era *Eu amo Aerin*. Para o outro, *Eu odeio Aerin*. Isso sem parar, hora após hora, anda, anda, anda, até chegar a hora de preparar a comida dela ou atender outra ligação de Seneca ou garantir que Aerin estivesse dormindo ou entrar no quarto dela e... Prazer! Horror! Repulsa! Êxtase!... tocar nela de novo.

Estava tão quente lá, então ele foi até a janela do seu quarto e a abriu. Em seguida, olhou no quarto dela. Aerin estava dormindo de novo. O cabelo dourado estava espalhado no travesseiro. Ela nem se mexeu quando a porta gemeu. Ele a olhou por um tempo, ciente da própria respiração pesada, e a fechou de novo, sufocando os próprios desejos. Por mais que quisesse se deitar ao lado dela, a expectativa era mais deliciosa do que o ato em si. Ele se *deitaria* ao lado dela um dia… e ela aprenderia a gostar. Nas fantasias dele, esse dia chegaria quando eles estivessem realmente juntos, quando ela percebesse tudo que precisava saber sobre ele, quando percebesse que era ele que ela devia amar.

Ou esse dia chegaria quando ela estivesse morta e a única coisa em que ele se aconchegaria seria o cadáver dela. Era impressionante, observou Brett, como sua mente podia mudar de forma radical.

O celular dele tocou no bolso de trás. Ele o pegou, olhou para a tela e sorriu. Seneca estava ligando.

— Oi, querida — ronronou ele. — O que há de novo?

Como se ele já não soubesse. Ele tinha visto o marcador do GPS ir até Catskills, primeiro até a casa dos pais de Damien, depois para a delegacia e para o meio da floresta. Eles tinham encontrado a casa.

— Nós achamos uma cartela velha de passagens de balsa na casa de Sadie Sage — disse Seneca com voz entrecortada.

Brett ergueu uma sobrancelha. *Impressionante.*

— Olha só — disse ele.

— As passagens são pra um lugar chamado ilha Tally-Ho, que fica perto de Staten Island. Nós vamos pra lá agora.

— Balsa pra *onde*? — perguntou Brett.

— Ilha Tally-Ho — repetiu Seneca. — Já ouviu falar?

O olhar de Brett voltou para a janela aberta do quarto. As cortinas flutuaram na brisa. Seu coração parou. O que ele estava pensando? Era como pendurar um letreiro em néon em cima para Aerin dizendo *Fuga por aqui!*. Ela já tinha tentado fugir uma vez, ia tentar de novo.

Ele correu até lá e a fechou rapidamente. Não conseguia acreditar que quase tinha cometido um erro tão crucial. A primeira regra do sequestro era cuidar para que não houvesse como seu prisioneiro escapar. Todo mundo sabia disso.

— Ilha Tally-Ho? — repetiu ele com deboche, percebendo que estavam esperando a resposta dele. — Parece um nome falso. Tipo eu sou um cavaleiro indo pra batalha. *Tally-Ho!* — Ele falou com sotaque britânico, mas ninguém riu. Ele olhou de cara feia para a janela fechada. Precisava botar cadeado em todas as janelas, na verdade. Por que não tinha pensado nisso antes?

Um novo alerta piscou na tela de Brett, esse do software de segurança que ele tinha instalado recentemente. *Aviso. Estão tentando acessar seu local. Desligue e reinicie em trinta segundos, senão sua segurança será violada.*

Brett agarrou o celular e viu tudo vermelho. *Inacreditável.*

— Você acha mesmo que vai ser fácil assim? — disse ele em voz baixa.

— Hã? — Seneca pareceu pega de surpresa.

— Você acha mesmo que vai me encontrar pelo celular de vocês? Se quer uma pista sobre onde eu estou, Seneca, você devia ter pedido. Porque, quer saber? Você *sabe* onde eu estou. Você já esteve aqui.

— Espera. *Eu estive* aí? Só eu? O que você quer dizer?

Brett apertou o botão vermelho e jogou o celular do outro lado do quarto. Ele estava se sentindo mal, mas não por estarem tentando acessar sua localização. Teria ficado insultado se eles *não tivessem* tentado fazer isso. Era outra coisa que o estava deixando agitado, uma coisa inesperada surgindo das profundezas dele, rindo em seu ouvido. As janelas. Definitivamente, as janelas. Como ele tinha se esquecido de proteger as janelas?

Ora, ora, uma voz dentro dele falou em tom de provocação. *Tem mesmo alguma coisa que tira o cruel e calculista Brett Grady do prumo?*

Claro que não, disse ele para a voz, afastando o sentimento. Ele estava no controle e estava satisfeito; Seneca e os outros estavam fazendo tudo que ele queria. Ainda era a mente diabólica ali. E eles eram massinha nas mãos dele.

ONZE

– MERDA – sussurrou Seneca, batendo com o punho no banco do passageiro. — Merda, merda, *merda*.

O celular de Madison estava conectado ao dela por um cabo USB, com um aplicativo capaz de encontrar as torres de celular perto de onde uma pessoa estava ligando desde que a ligação durasse ao menos dois minutos. Seneca tinha tentado esticar o tempo da ligação com Brett, e, lentamente, a barra de status do aplicativo tinha começado a ficar cheia.

Até Brett perceber. *Algum dia* eles conseguiriam superá-lo? Aquela era uma batalha perdida?

Seneca começou a mexer com irritação na argola de metal da lata de refrigerante que ela tinha comprado na barraca de cachorro-quente, girando-a de um lado para o outro, de um lado para o outro. Tão perto… e tão longe. A última coisa que Brett disse para ela girou na mente dela. *Você sabe onde eu estou. Você já esteve aqui.*

— O que Brett quer dizer com eu saber onde ele está? — murmurou ela, mais para si mesma do que para o resto do carro. — Ele voltou para Avignon? Levou Aerin de volta para Dexby? — *Mas Brett tinha dito* você já esteve aqui… *era algo específico* dela*, não dos outros. Annapolis, talvez? Era onde* ela *morava, afinal. A Universidade de Maryland?*

Ela tinha feito um semestre de faculdade lá até que sua obsessão com o Caso Não Encerrado tinha atrapalhado as aulas.

— Talvez ele só tenha dito isso pra te deixar louca. — Madison colocou um chiclete novo na boca. — Talvez não signifique nada.

— Mas e se for alguma coisa? Devo passar por todos os locais aonde fui em toda a minha vida?

— Eu concordo com Madison — disse Maddox quando ligou a seta. — É o jeito dele de te distrair do caso. Você não pode ficar obcecada com ele.

— Quem disse que eu estou obcecada?

Seneca puxou a argola da latinha com tanta força que se soltou nos dedos dela. O metal exposto cortou sua pele e uma bolha de sangue surgiu. Ela levou o dedo à boca e sugou. Seu sangue tinha gosto de metal, ruim e desagradável. Mais sangue escorreu pelo pulso.

— Você está bem? — perguntou Maddox com preocupação. Ele esticou a mão e abriu o porta-luvas. — Acho que eu tenho um Band-Aid...

— Eu estou bem — disse Seneca, sua rispidez surpreendendo os dois. Ela se encolheu e olhou pela janela. Sabia que estava agindo com imprudência e exagero. Mas não conseguia evitar.

Maddox pegou a rodovia para Nova York e seguiu as pontes até chegar a Staten Island. De acordo com o site, a balsa para a ilha Tally-Ho partia de um porto no sul. Quando chegaram lá, eles encontraram famílias sentadas a mesas de piquenique lanchando. Uma bandeira em farrapos com o brasão do estado de Nova York oscilava ao vento em um mastro de metal. A balsa balançava na água, pronta para partir. Seneca continuou sugando o dedo machucado, se sentindo incomodada.

Todo mundo saiu do carro. Madison foi para o banheiro, e Maddox encontrou um banco e se sentou. Ele sorriu para Seneca e bateu no assento ao seu lado. Com relutância, ela se sentou e olhou para o brilho no asfalto. Por que parecia que ela ia levar uma bronca?

— Me desculpa, tá? — murmurou ela. — Me desculpa por estar agindo de forma tão obsessiva.

— Eu não falei que você era obsessiva.

Ela botou as mãos no colo. O polegar estava rosado, mas pelo menos tinha parado de sangrar.

— Eu não consigo parar de pensar nele. É como se eu fosse perder a cabeça se não o encontrar.

Maddox suspirou. E se virou para Seneca. Ela se virou para ele. Com hesitação, ele esticou os braços para ela, puxou-a para perto e beijou a têmpora dela. Seneca enrijeceu. Ela sabia que era para ser reconfortante, mas se sentiu claustrofóbica... e culpada.

Ela se afastou e abaixou a cabeça.

— Maddox, eu não acho...

Maddox se virou para longe.

— Eu não estava tentando... — Ele deixou as mãos ficarem sobre o colo.

Seneca abraçou o próprio corpo, as bochechas quentes. Qual era o problema dela? Ele só estava tentando fazer com que ela se sentisse melhor. E ela gostava de Maddox. Mas, ao mesmo tempo, não sabia se merecia o consolo e o prazer de ter um namorado. Eles precisavam pegar Brett. Precisavam salvar Aerin. Ela não conseguia pensar em outra coisa. E, de repente, Maddox *conseguir* pensar em outra coisa a fez se sentir cruel.

Ela olhou para ele.

— Nós precisamos agir com seriedade. Precisamos nos concentrar. Não... você sabe.

Maddox olhou para ela, piscando.

— Meu Deus, Seneca! Por que você fica dizendo que eu não estou me concentrando? Aerin também é minha amiga. Mas, se eu pensar em como tudo é horrível todos os segundos do dia, eu vou ficar maluco. — Ele expirou pelo nariz. — A gente só precisa relaxar um pouco.

— *Relaxar.* — Seneca sentiu aquela pontada de irritação de novo. — Desculpa se a situação é infeliz demais pra você conseguir aguentar.

— Não foi isso que eu quis dizer. — Ele murchou os ombros e apertou a base das mãos nos olhos. — Olha, eu não consigo desligar o que eu sinto por você. Eu quero isso há tanto tempo e sei que o momento é péssimo... mas continua *aqui*, sabe? É difícil. — Ele olhou para Seneca, e embora ela quisesse responder, ela só encolheu os ombros e olhou para o colo. — Eu também quero estar *presente* pra você. Isso tudo é tão estressante e eu percebo que você está sentindo. Queria fazer alguma coisa. Achei que te beijar pudesse ajudar. Mas, se não ajuda, talvez outra coisa te distraia. Que tal *conversar* comigo? Me contar o que você está sentindo? Eu sei que é difícil pra você. Só quero saber *como*.

Havia uma nuvem enorme acima da cabeça dela no formato de um jacaré mastigando. Seneca deixou o olhar repousar nela. Como explicar para Maddox que ela *não queria* se sentir melhor? Que ela queria ficar com aquela dor, chafurdar naquela raiva, confrontar todos os sentimentos, por mais feios que fosse, porque aquela feiura a moveria para a frente e lhe daria a coragem de encontrar o que ela precisava?

Ela conseguiu sentir um calor irradiando de Maddox; a necessidade dele por ela era palpável, como as folhas de uma planta se curvando na direção da luz do sol. Mas a tristeza, a raiva e o desespero se apertavam em volta dela, formando um torniquete, bloqueando todo o sangue para as partes emotivas que precisavam de conexão humana. Ela sabia que estava sendo frágil e injusta e, sim, provavelmente obsessiva. Mas não pôde evitar.

Uma buzina forte soou na água. Uma balsa azul e branca tinha chegado ao cais, oscilando nas ondas. Madison se afastou de uma máquina de passagens com passes de ida e volta para todos. Seneca olhou para Maddox.

— A gente conversa sobre isso depois, está bem?

— Aham — disse ele, abrindo um sorriso insatisfeito para ela.

Ela se levantou e assumiu seu lugar na fila, e Maddox e Madison foram atrás. Viajantes formaram fila atrás deles. Quando o funcionário começou a receber as passagens, a dica de Brett voltou à mente de Seneca. *Você já esteve aqui.*

Ela apertou os olhos para o barco. Ele não devia estar falando da ilha Tally-Ho, então. Ela nunca tinha ido *lá*.

— Primeira vez na ilha?

Um homem na fila abriu um sorriso simpático. Ele estava usando uma camiseta de cachorro preto de Martha's Vineyard, tinha um binóculo pendurado no pescoço e seu nariz estava queimado de sol.

— É — disse Madison. — Primeira vez.

— Espero que vocês gostem. — Ele apontou para o celular na mão de Maddox. — Mas vocês sabem que isso não vai funcionar quando a gente chegar lá, né? — Ele apontou para o mar. — É proibido sinal de celular lá. É uma zona de silêncio. Mesmo que você conseguisse sinal, o que você provavelmente não vai conseguir, ninguém pode ligar e você não pode ligar pra ninguém se não for 911. — O sorriso dele deixou os olhos enrugados. — Eu adoro, mas entendo que pra vocês, jovens, pode ser meio tenso sem Instagram e sem Snap-sei lá.

Seneca trocou um olhar assustado e intrigado com Maddox e Madison. Talvez eles encontrassem algo na ilha Tally-Ho. *Ninguém pode ligar e você não pode ligar pra ninguém.* O lugar parecia ser um buraco negro, isolado do mundo.

Parecia o lugar perfeito para fazer coisas bem ruins.

DOZE

AERIN ESTAVA MUITO exausta de pânico, preocupação e pavor. E porque foi orgulhosa demais para comer durante todo o dia, seu estômago estava se consumindo. Ela também estava com sede, porque Brett não a deixava ir ao banheiro nem para pegar um copo de água. Sua garganta parecia uma lixa. Seus olhos estavam pesados, mas, sempre que ela os fechava, via Brett parado à frente, os olhos loucos, pronto para matá-la.

Está tudo bem, disse ela para si mesma. *Eu tenho um novo plano*. Ela ainda não gostava do plano, mas com sorte a manteria viva pelo máximo de tempo possível. Até Seneca a encontrar. Até ela poder ir para casa. Até poder ir até o leito de hospital de Thomas para mantê-lo vivo pela sua mera força de vontade. Não tinha ousado perguntar a Brett exatamente o que ele tinha feito, e sua imaginação tinha espiralado em direções loucas e irracionais.

A porta se abriu e Brett entrou.

— Aqui — disse ele rigidamente, deixando uma bandeja na mesa de cabeceira. Sem olhá-la nos olhos, ele cortou os lacres. — Cinco minutos.

— Obrigada — disse Aerin, pegando uma colher e enfiando no lámen que ele tinha levado. Era parte do plano: nada de recusar comida. Ela precisava comer e ficar forte se fosse lutar com ele em algum momento. Ela tomou a sopa rapidamente, com avidez, olhando para Brett para ver a reação dele, mas ele não estava olhando para ela. Desde a fuga fracassada, ele tinha ficado distante. Esse novo Brett a assustava ainda mais do que o atencioso que vivia tocando nela. Ele ainda devia estar com raiva pela quase fuga dela, mas também parecia distraído. E se ele estivesse cansado dela? E se soubesse do cabelo no bolso de trás dela? E se a matasse?

Aerin não podia deixar que isso acontecesse.

— Brett? — chamou ela, colocando a tigela na cumbuca.

Brett olhou para ela com cansaço. As mãos estavam enfiadas nos bolsos e a mandíbula estava firme.

— Eu ainda posso te chamar assim? — perguntou Aerin. — Eu nem sei seu nome de verdade. — Ela virou as pernas para ficar de frente para ele. Quando ofereceu um sorriso, Brett piscou, a confusão e a desconfiança óbvias no rosto dele.

— Brett está ótimo — resmungou ele.

Aerin comeu. O lámen estava delicioso. Na sua vida antiga, na escola, ela debochava de alunos que botavam no micro-ondas potinhos de lámen de noventa e nove centavos no almoço; era o sushi bar campeão da escola ou nada para uma garota como ela.

— Eu estava pensando. Como você convenceu a minha mãe de que eu ia pra Los Angeles? Foi você, né? Porque eu não tenho ideia de por que ela achou isso.

Os olhos de Brett se deslocaram de um lado para o outro, como se ele estivesse tentando entender se era algum tipo de armadilha.

— Eu hackeei seu e-mail. Escrevi uma mensagem pra ela como se fosse você.

— Uau. Que impressionante.

Brett observou o rosto dela. Aerin percebeu que ele queria apreciar o elogio, mas ainda não tinha certeza.

Ela comeu mais um pouco de lámen.

— E por que Los Angeles?

Brett olhou na direção da janela.

— Não sei. É longe.

Aerin esticou as pernas compridas. Por um momento, Brett resistiu a olhar, mas acabou cedendo e pareceu beber cada centímetro dela.

— Acho que você não me conhece tão bem quanto pensa. Eu não suporto Los Angeles. Quer saber por quê?

Ele levou um momento para responder.

— Por quê?

— Meu pai me levou pra lá numa viagem de trabalho quando eu era mais nova. A gente ficou no Hollywood Boulevard e, na frente do nosso hotel, tinha um cara vestido de Homem-Aranha que me abordava toda vez que eu saía para o sol. Eu odiei que a gente ficava preso no trânsito toda hora. Eu odiei a vista. E o ar tinha cheiro estranho.

Brett não abriu um sorriso, mas também não tinha ido embora ainda.

— Me conta pra onde eu *deveria* ter te mandado.

Ela sentiu a alma se erguer do corpo e examinar a cena de cima. *Você está tendo uma conversa racional com seu sequestrador*, gritou uma voz na cabeça dela. *Qual é o seu* problema*?*

— Bom, muito tempo atrás, meus pais me levaram com Helena pra Mallorca — disse Aerin, ignorando a voz. — Eu tinha uns sete ou oito anos. Foi lindo. *Lá* é meu lugar de fantasia.

— Do que você gostou lá? — perguntou Brett, se sentando na cama. *Sim*, pensou Aerin, embora também estivesse nervosa. Brett estava tão perto. Ele poderia esticar a mão e apertar o pescoço dela, enfiando os dedos nos hematomas que ainda estavam roxos e doloridos.

Ela tentou manter a calma e tomou um gole de água.

— A casa era aberta e fresca. Tinha uma piscina incrível com vista para o mar. E o cheiro lá era tão bom... não era como o das praias daqui. No fim de duas semanas, eu não queria voltar pra casa. — Ela chegou um pouquinho mais para perto dele. — Você já foi à Espanha?

— Eu não fui a lugar nenhum. Não viajava de férias quando era criança.

— Não? Por quê?

Brett deu de ombros.

— É uma longa história.

Aerin o viu morder a parte interna do lábio. Ele pareceu incomodado de repente. Ela não queria levá-lo em uma direção incômoda.

— Mas você tinha aquela casa de praia em Avignon antes de nos visitar em Dexby. Então você *aprendeu* a gostar da praia.

— Isso é verdade. Eu comprei aquele lugar já adulto. Fui pra lá na maioria dos verões.

— O que você fazia no inverno?

— Ah, você sabe. — Ele ergueu o olhar para ela. O rosto estava cheio de confiança de novo. Arrogante, até. — Isso e aquilo.

— Ah, para com isso. Você trabalhou em um navio de cruzeiro? Foi esquiar em Aspen? — *Sequestrou pessoas? Matou mulheres?*

— Por que você não me conta mais sobre essa viagem pra Mallorca que você amou tanto? — Ele inclinou a cabeça e um sorriso tenso brincou nos lábios dele. — Você beijou um espanhol sexy quando estava lá?

— Eu tinha *sete* anos — lembrou Aerin. — Eu nem olhava pra garotos. Mas, mesmo que olhasse, os espanhóis emburrados não fazem meu tipo.

Isso pareceu intrigar Brett.

— Por que é seu lugar de fantasia, então?

Aerin afastou o olhar e sentiu uma onda surpreendente de honestidade. Ninguém nunca tinha feito essa pergunta a ela. Ela nunca tinha falado sobre Mallorca com ninguém, nem mesmo Thomas.

— É tão... *diferente* — admitiu ela. — E eu não conheço ninguém lá. Tenho a sensação de que poderia ser qualquer pessoa lá. E o melhor é que os meus problemas não me seguiriam. — Ela engoliu em seco, se lembrando de uma coisa. — Um ano atrás, eu roubei o cartão de crédito da minha mãe e comprei uma passagem só de ida pra Mallorca. Eu precisava sair de Dexby, *muito*.

— Por quê?

Aerin puxou os joelhos para o peito e revirou os pulsos doloridos. Cinco minutos tinham se passado, mas ela não ia lembrar Brett para prendê-la de novo.

— Bom, a minha mãe estava no meu pé porque eu não estava matriculada em muitas aulas avançadas na escola. Ela ficava falando *O que você vai fazer em relação à faculdade?* E era aniversário da Helena, mas ninguém lembrou. Meu pai estava com raiva porque eu não tinha ido visitar ele e sua namorada nova na cidade; ela é só alguns anos mais velha do que eu, isso é nojento. — Ela deu de ombros. — A coisa estava feia e eu queria fugir. É o que eu faço.

— Você foi?

Aerin fechou os olhos.

— Não. Eu amarelei. Só me escondi no meu quarto. Não falei com ninguém. Enchi a cara de Mike's Hard Lemonade sozinha… o mesmo de sempre.

— O que te fez ficar?

Aerin apertou os lábios. Ela sabia o porquê. Foi porque ela não quis botar os pais em outra situação de filha desaparecida. Eles talvez a ignorassem, talvez não fossem presentes para ela como ela precisava que eles fossem, mas ela tinha visto como Helena fez mal aos dois. Nunca poderia fazer aquilo voluntariamente com alguém.

O olhar de Brett desceu para o próprio colo e uma expressão contemplativa surgiu no rosto dele.

— Eu entendo você querer se esconder, sabe. Eu passo por fases assim também.

Uma sensação estranha percorreu Aerin. Havia algo de tão frágil na voz dele, tão fraco e pequeno e totalmente… *humano*. Por um momento, ela se perguntou se estava vendo o verdadeiro Brett.

Algo apitou no corredor. Brett virou a cabeça para a porta e se levantou. Ele se inclinou sobre ela e recolocou os lacres, mas pareceu relutante, até arrependido, e os deixou um pouco mais frouxos desta vez.

— Foi bom conversar — disse ele quando pegou a bandeja. — Eu te falei que sou um cara legal quando você me conhece.

— É. — Aerin conseguiu sorrir.

Só quando ele desapareceu foi que ela pôde liberar toda a pressão acumulada no corpo. Ela se deitou na cama, sem saber se queria rir ou chorar ou chutar alguma coisa. *Mas pelo menos ele não te machucou*, ela disse para si mesma. *Ora, ele mal* tocou *em você.*

Missão cumprida.

TREZE

A ILHA TALLY-HO parecia um cruzamento entre um paraíso escondido e um local abandonado de apocalipse zumbi. O que Maddox via da paisagem era legal, com muitos juncos ondulando e dunas, água até onde o olho alcançava, uma torre alta, mas onde estavam as pessoas? Os outros passageiros da balsa desembarcaram e foram engolidos pela neblina, desaparecendo como fantasmas. Maddox pensou que devia haver postes telefônicos, torres elétricas, placas de rua, coisas que eram sinal de civilização, mas estava enevoado demais para ver. A cabine de compras de passagem no final do pequeno estacionamento parecia sinistramente abandonada; ele estava quase preparado para que um zumbi saísse mancando de lá, babando e meio doido e infectado por uma doença originária da ilha.

— Uau — refletiu ele com o grupo. — A gente sai de Nova York e de repente está em outro planeta.

Para a surpresa dele, um homem saiu da cabine. Era idoso, estava usando uma camisa de botão de manga curta e tinha um boné do Mets enfiado na cabeça. Seneca foi na direção dele.

— Com licença, o senhor viu essa pessoa? — Ela mostrou o celular para ele, na tela uma foto de Sadie Sage que eles conheciam de cor agora.

Os olhos castanhos do homem se apertaram.

— Não tenho certeza. No verão, muita gente vai e vem desta ilha.

Maddox quase soltou uma gargalhada. *Sério?* Ele olhou para a paisagem desolada. *Onde elas estão escondidas?*

— Mas essas são turistas, né? — insistiu Seneca. — Só gente que visita por um ou dois dias. Eu li sobre essa ilha. Não tem hotéis aqui, certo?

— Certo. — O homem que vendia passagens assentiu. — Nós já fomos abordados por algumas cadeias de hotel, mas nós gostamos de manter a ilha só pra residentes.

— E alguém se mudou pra ilha de um mês pra cá? — perguntou Seneca.

Ele pensou sobre isso e assentiu.

— Na verdade, sim. Um mês atrás chegou um carregamento enorme na balsa. Uns móveis. Umas caixas.

O coração de Maddox saltou. Talvez Sadie Sage *tivesse* ficado com os pertences dela.

— De quem eram?

— De uma mulher. A primeira residente nova que temos em um tempo. — Ele olhou para a fotografia de novo. — Essa aí *pode* ser ela... mas não tenho certeza. Ela é reservada. Eu não a vi desde que ela se mudou.

— Tinha alguém com ela? — perguntou Seneca. — Um garoto, talvez?

O homem mordeu o lábio inferior.

— Sabe, talvez houvesse um garoto. Mas eu não estava prestando muita atenção.

Os pelos na nuca de Maddox ficaram arrepiados. Ele trocou um olhar carregado com Seneca; eram Sadie e Damien?

O homem olhou diretamente para eles.

— Tem algum problema aqui? Nós somos uma comunidade pacífica. Não queremos agitação.

— Ah, não é nada assim — garantiu Seneca. E puxou o grupo na direção da única estrada visível. — Obrigada pela sua ajuda! — gritou ela enquanto andava.

Quando eles estavam a uma distância segura do vendedor de passagens, Madison disse em um sussurro:

— A pessoa na ilha só pode ser Sadie, vocês não acham?

— Nós temos que descobrir onde ela mora — disse Seneca.

Maddox sorriu.

— Eu tenho uma ideia de como. Mas nós temos que encontrar pessoas primeiro.

Eles continuaram pela estrada. Maddox tinha que admitir que era bom andar depois de tantas horas preso no carro, e começou a correr na frente das meninas, levantando bem os joelhos, aumentando a passada. Seus pulmões se encheram de ar. Seu coração pareceu sorrir. Ele sairia para correr na manhã seguinte, definitivamente.

De vez em quando, casas surgiam na neblina, umas casas velhas que pareciam ter apanhado do tempo. Aves enormes, assustadoras, do tamanho de pterodátilos voavam em círculos no mar. Nuvens cinzentas pesadas bloqueavam o sol. Mas um shopping pequeno a céu aberto apareceu em meio à neblina. Maddox correu na direção de lá. Havia um mercadinho, uma sorveteria, um lugar que vendia isca e coisas de pesca e uma lojinha chamada Cantinho do Quilting.

— A-há — disse Maddox, vendo uma loira bonita pela janela da sorveteria. — Deixem isso comigo.

Os sinos tilintaram quando ele abriu a porta. A lojinha tinha cheiro de baunilha, casquinha de sorvete e um aroma horrível de pot-pourri que a mãe de Maddox amava. A garota atrás do balcão usava um avental rosa com o logotipo do negócio e um chapéu pontudo no formato de um sorvete de casquinha. Ela sorriu para Maddox com interesse. Hora de ativar o charme.

— Oi — disse ele, se aproximando dela e oferecendo um dos seus sorrisos registrados de quem diz “sou um astro da corrida lindinho”. — Gostei do chapéu.

— Ah, meu Deus. — Ela tocou nele com vergonha. — Essa coisa é horrível. Me obrigam a usar.

— Que nada, é fofo. — Maddox se virou para a janela. As duas estavam olhando para ele com curiosidade, principalmente Seneca. — Eu só vim passar o dia. Essa ilha é uma coisa, né? Você mora aqui?

A garota fez que não.

— De jeito nenhum. Eu venho e vou todos os dias de Staten Island. Eu ficaria maluca se morasse aqui. — Ela revirou os olhos.

— Né? Eu não sabia dessa história de não dar pra usar o celular até entrar na balsa. — Maddox abriu um sorriso de pena para ela, que deu uma risadinha. Ele esticou a mão. — Eu sou Maddox, aliás.

— Amberly.

— Amberly — repetiu Maddox quando eles apertaram mãos. — Bonito.

Ela deu outra risadinha. Ele tinha esquecido como era fácil flertar. Ao olhar por cima do ombro, ele viu Seneca se mexendo junto ao meio-fio. Não era que Maddox quisesse deixá-la com ciúmes exatamente, mas não seria tão ruim se ela visse que ele se dava bem com as garotas. E, tudo bem, a discussão estranha que eles tiveram enquanto estavam esperando a balsa ainda o incomodava. Sim, sim, era um momento ruim... mas eles não podiam ficar juntos *e* resolver o caso? E como ela podia acusá-lo repetidamente de não levar as coisas a sério? Não estar surtando 24 horas por dia não significava que ele não ligava para a segurança de Aerin. Sinceramente, ele achava que estava sendo mais sensato do que Seneca. Ela andava tão impetuosa ultimamente, tão imprevisível. Se ao menos ela *conversasse* com ele, talvez ele entendesse. Mas ela estava fazendo o oposto de conversar. Estava empurrando Maddox para longe.

Ele se apoiou no balcão perto de Amberly de novo.

— Tem *alguma* criança ou jovem que mora na ilha?

Amberly lavou uma concha de sorvete em uma pia de metal pequena.

— Tinha uma família que tinha um, mas eles se mudaram. Mas tem um bebê com a mãe que sempre vêm aqui.

— E alguma criança de nove anos? Disseram que um garoto acabou de se mudar pra cá.

Ela olhou para o ventilador de teto por um momento.

— Ah, sim... talvez. Eu só o vi uma vez. — Ela fez uma careta. — Ele deve ser tão sozinho.

— Ele mora perto do mar? Uma casa na praia não seria tão ruim.

— Não, acho que mora na Tweed Lane. É legal. Meio que na floresta.

Bingo.

— Você tem ideia de em que casa?

Amberly passou as mãos no avental.

— A rua não é grande, mas não.

Maddox fingiu olhar o celular.

— Ugh. Eu me inscrevi numa caminhada que começa em dois minutos. — Ele revirou os olhos. — Será que posso te ver de novo? — Ele bateu no vidro do freezer onde ficavam os potes de sorvete. — Guarda pra mim uma bola de menta com chocolate?

Os olhos de Amberly cintilaram.

— Pode deixar.

Maddox saiu com o peito estufado em triunfo. Madison estava no meio-fio, olhando de cara franzida para o celular.

— Cadê a Seneca? — perguntou ele, de repente preocupado com ela ter interpretado errado. Ela devia saber que ele só estava flertando para conseguir informações, certo?

— Ali. — Madison apontou para o outro lado do estacionamento. Seneca estava conversando com um casal mais velho empurrando um carrinho de compras. Ele viu quando ela agradeceu e voltou andando para o grupo.

— A mulher nova se mudou pra uma casa vermelha na Tweed Lane — relatou Seneca. — Fica a oitocentos metros seguindo a estrada.

— Isso que é roubar meu show. Eu descobri a mesma coisa. — *Só que não a parte da casa vermelha*, pensou ele com irritação.

Seneca olhou com expressão de *dã* para Maddox.

— Não foi tão difícil descobrir, Maddox. Essa mulher é a única pessoa que se mudou para a ilha em anos. Claro que todos os moradores sabem onde ela mora. — Ela deu um beliscão fraco no antebraço dele. — Além do mais, nunca mais tenta me deixar com ciúmes indo flertar com uma garota de chapéu de sorvete. Você já devia saber que eu não caio nessas coisas.

— Me pegou — disse Maddox, agradecido pela leveza de Seneca. Ele bateu com o quadril no dela. — E é por isso que eu gosto de você.

A TWEED LANE tinha uma placa torta e era cercada de uma floresta densa. A primeira casa que eles encontraram era em estilo rancho, pequena e com aparência de velha com alguns cachorros uivando e uma Kombi na frente. A segunda casa era colonial, com duas pessoas idosas sentadas em cadeiras Adirondack no jardim da frente. Elas acenaram para Maddox, e ele ficou tentado a perguntar onde a mãe solo morava, mas não queria atrair a atenção para o grupo caso acontecessem coisas doidas.

— *Olhem* — sussurrou Madison.

Ela apontou para uma entrada de cascalho arrumadinha à frente. Pelas árvores, dava para ver uma casinha estilo suíço vermelha e bem-cuidada. Não havia carro na frente, mas uma luz estava acesa na janela.

Eles foram na direção da casa. Seus passos pareciam bombas explodindo. Cada vez que Maddox ouvia um pequeno *snap*, seu estômago fazia uma pirueta. Ele foi se aproximando do vidro e prestou atenção. Uma criança presa dentro de casa não faria barulho?

De repente, uma figura apareceu e sumiu pela janela do segundo andar. O coração de Maddox disparou. Era uma criança. Parecia ser da idade do Damien.

— Será que é...? — sussurrou ele, apontando.

A figura sumiu. Seneca ficou olhando para a janela. Madison prendeu o ar. Todos esperaram Damien aparecer de novo. Maddox ouvia o coração nos ouvidos. Ele não tinha pensado que eles chegariam àquele ponto. O que eles fariam se *fosse* ele? Não dava para ligar para Brett de lá porque não havia sinal de celular. Eles poderiam ligar para 911, mas e se isso fosse contra as ordens de Brett? Eles não tinham discutido o que fazer caso encontrassem quem estavam procurando.

Eles ouviram um novo som, bem mais perto, atrás da cabeça de Maddox. Era um som agudo e metálico de algo clicando no lugar. Antes que Maddox pudesse se virar e entender o que era, ele sentiu uma coisa pesada e dura encostada na cabeça. Ele se encolheu e desviou o olhar para a direita. Viu uma mecha de cabelo ruivo. O coldre de metal de uma arma. Uma expressão louca nos olhos de alguém.

— *Parados, babacas* — disse uma voz. E Maddox fez exatamente isso.

QUATORZE

SENECA OLHOU PARA a arma. A mulher que a segurava era alta e com queixo pontudo, e embora o cabelo fosse ruivo, ela podia ser Sadie Sage. Ela mirou a arma com a facilidade de alguém que tinha prática. Suas narinas estavam se dilatando. Como se combinado, o vento soprou nas árvores. Galhos caíram do céu e um passou perto da cabeça de Seneca.

— Saiam da minha propriedade! — gritou a mulher. — Saiam, senão eu atiro, eu juro!

— Espera um minuto! — A voz de Maddox soou firme. — Vamos nos acalmar. Nós sabemos o que você fez. Tem gente te procurando. Se formos com *calma*, ninguém vai se machucar.

A mulher pareceu furiosa.

— Eu não vou *a lugar nenhum*.

Ela ergueu mais a arma. Seneca ficou tonta. Era uma péssima ideia. Sadie Sage era uma maníaca. Claro que ela não iria com calma. Claro que ela atiraria em qualquer pessoa que a encontrasse.

Seneca olhou na direção das árvores. Eles conseguiriam correr até lá? Talvez pudessem voltar para o shopping a céu aberto, encontrar um telefone e chamar a polícia. Mas e se Sadie fosse atrás? E se atirasse em Damien escondido lá dentro?

Era *esse* o objetivo de Brett? Talvez ele soubesse o tempo todo que Sadie era louca e assassina. Talvez quisesse levá-los direto até ela para que ela os matasse.

— Ele tem família — disse Maddox, os olhos ainda grudados em Sadie. — Pense no quanto ele está com medo. O menino só quer a mãe de volta.

A mulher balançou a arma de leve.

— *Eu sou* a mãe dele. Eu sou a mãe *deles*. Por acaso Gerald disse que eu não era? Que tipo de baboseira é *essa*? — Ela apontou a arma diretamente para ele. — Eu te mato, mas não deixo você tirar ele de mim. Eu *juro*.

Eles? Seneca piscou com força. Alguma coisa ali não parecia certa.

De repente, a porta de correr se abriu e uma cabecinha apareceu.

— Mãe? — O rosto do garoto ficou branco como papel. — Mãe! O que você está fazendo?

— Vão embora! — O olhar da mulher ainda estava fixo em Sêneca e no grupo. — Volte para dentro, Marcus!

Marcus? Seneca ousou olhar para ele. O garoto devia ter uns nove anos, mas não estava de óculos, seu cabelo não era encaracolado, ele não era magrelo como Damien nas fotos. Na verdade, ele não se parecia nem um pouco com Damien.

Enquanto ela olhava, mais duas crianças apareceram. A garota parecia ter uns sete anos. Ela estava segurando a mão de uma criança bem pequena de camiseta e fralda. As duas crianças olharam a cena com olhos arregalados e marejados.

Seneca desviou o olhar das crianças para a mulher. Ela percebeu que os outros estavam registrando a mesma coisa: Madison soltou um ruído de surpresa, e Maddox deu um passinho para trás. De repente, o garoto correu da porta de vidro e passou os braços pela cintura da mulher. Ela soltou um grito e a arma caiu no chão. Madison a pegou, segurou nos braços por alguns segundos apavorados e a jogou do outro lado da entrada de carros, onde ninguém alcançaria.

— Olha só — disse ela, se virando para o grupo. — Vamos todos nos acalmar.

Mas a mulher não estava ouvindo. Ela e o filho eram uma poça de lágrimas. As outras crianças saíram também e choramingaram junto da mulher. Elas se agarraram a ela desesperadamente, as pequenas unhas afundando nas costas dela.

— Eu não quero voltar, mamãe — disse o garoto mais velho, chorando.

— Eu sei, querido — murmurou a mulher. — Eu sei que não quer. E eu não vou deixar acontecer. Eu prometo. Lembra que eu prometi?

O coração de Seneca deu um nó. Nenhum garoto sequestrado abraçaria sua sequestradora assim, não é? Ele não podia ser Damien. Aquilo não encaixava.

— Hã... — sussurrou Maddox, sentindo a desconexão também. O caroço na garganta de Seneca se expandiu. Eles tinham ido parar numa coisa ruim, mas não parecia um sequestro.

Ninguém sabia o que fazer enquanto a mulher e as crianças se acalmavam. Pareceu grosseria ir embora, mas também pareceu grosseria ficar. Seneca desejou poder se dissolver e reaparecer em outro lugar da ilha, fingindo que aquilo nunca tinha acontecido. Finalmente, a mulher ergueu a cabeça e olhou para eles com súplica.

— E aí? O que vocês vão fazer?

Seneca fechou os olhos.

— Eu sinto muito. Nós estamos procurando uma mulher que sequestrou uma criança, só *uma criança*, no norte de Nova York. Nós achamos que podia ser você.

— Eu não sequestrei nenhum deles — suplicou a mulher. As três crianças ficaram olhando para eles com olhos grandes e assustados. — Se Gerald está dizendo isso, ele está mentindo.

— A gente nem conhece o Gerald, a gente jura — explicou Maddox. — Isso foi um caso horrível de confusão de identidade. Gerald não sabe que vocês estão aqui. A gente jura.

— E nem vamos contar pra ninguém que vocês estão aqui — disse Madison.

A mulher os observou com desconfiança, ainda agarrada de forma protetora aos filhos. Estava claro que eles só tinham uns aos outros.

— De verdade? — perguntou ela depois de um momento.

— De verdade — disse Seneca. — Honestamente.

— A gente entende — disse Maddox gentilmente. — Você só os está protegendo. Imagino que Gerald vivia dizendo que ia mudar, mas ficava fazendo as mesmas coisas sem parar.

Os olhos da mulher estavam vermelhos, cheios de fúria e vergonha. Ela não confirmou o que Maddox disse, mas também não negou.

— Algumas pessoas são más até o fim. — A voz de Maddox tremeu. — Sempre vão ser. Sempre vão fazer coisas ruins. Claro que você tinha que ir embora. — Ele olhou em volta. — Este lugar é seguro até onde a gente sabe. Ninguém vai te fazer mal.

Seneca observou Maddox, orgulhoso de como ele pareceu sábio. A garganta da mulher tremeu quando ela engoliu em seco. Sem dizer mais nada, ela pegou as mãos dos filhos e os empurrou pela porta de tela.

— Saiam daqui. Se eu vir vocês em dois minutos, vou chamar a polícia.

Eles correram pela entrada de carros. Depois que chegaram à estrada, Seneca desmoronou de repente, soltando as lágrimas apavoradas que estava segurando. Maddox a segurou e a abraçou com força, e Madison se juntou a eles. Ela nunca tinha se sentido tão perto da morte quanto com aquilo que ela tinha acabado de passar... e, considerando todos os encontros deles com Brett, isso era dizer muito. Ninguém falou nada por um tempo.

Talvez as coisas *estivessem* ficando intensas demais, como Maddox disse. E, pior ainda, eles tinham seguido uma pista falsa. Tinham encontrado uma mulher assustada e triste e o filho, que obviamente estavam fugindo de um abusador... não Sadie Sage.

Depois de um tempo, Maddox limpou a garganta e olhou o relógio.

— A não ser que a gente queira dormir na praia, a gente tem que voltar. A última balsa sai em meia hora.

O sino da balsa estava tocando quando eles chegaram à doca e tiveram que correr para chegar à prancha antes do barco zarpar. Quando estavam a bordo, Seneca ficou agitada, constrangida, precisando de alguma coisa para fazer com todo o excesso de energia. Eles tinham perdido uma tarde toda naquela ilha. Só tinham alguns dias para resolver aquilo e não estavam mais perto de chegar à resposta. Cada vez que avançavam, o alvo mudava, e de repente eles estavam longe de novo.

Seneca pegou o telefone para ver se havia resposta de Viola, mas lembrou que não havia sinal ali. Quem conseguia *morar* em um lugar assim? Ela pegou a cartela de passagens velha que eles tinham encontrado no porão de Sadie Sage e olhou para ela de cara amarrada. Aquilo era pista, por acaso? Talvez Sadie só tivesse ido lá fazer um passeio. Talvez gostasse de passeios para ver baleias, qualquer coisa assim.

O barco se balançou de um lado para o outro quando se afastou da margem. No céu, as nuvens estavam ficando mais escuras, ameaçando chover. As passagens fizeram um ruído de papel quando Seneca mexeu nelas.

— Onde você encontrou isso? — perguntou uma voz acima dela. — Em um brechó?

O condutor parou nos assentos deles. Era o mesmo homem da cabine de venda de passagens e ele sorriu com reconhecimento.

— Perdão? — disse ela.

Ele apontou para a cartela de passagens.

— Nós não usamos cartelas de perfurar desde 2005. Tudo é digital agora. — Ele olhou para a cartela de passagens com carinho. — Não havia muita coisa na ilha nessa época. Só ficou mais turístico nos últimos sete ou oito anos. — E ele foi para os passageiros seguintes, dois turistas usando pochetes e falando outro idioma.

Seneca se virou para Maddox.

— Acho que isso significa que, se Sadie veio aqui usando essa cartela, foi antes de 2005.

— É. — Maddox fez uma careta. — Um zilhão de anos atrás. E eu nem quero imaginar como este lugar era *antes* de ser turístico.

Enquanto o barco balançava e estalava, essa peça nova do quebra-cabeça vibrou dentro de Seneca. Por que Sadie visitou uma ilha antes de haver atrações turísticas? Ela conhecia alguém ali? Ou talvez *tivesse* morado ali muito tempo antes? Mas como eles descobririam se era verdade? Afinal, ela não devia usar o nome Sadie Sage. Ela devia ser outra pessoa.

Uma coisa apitou na cabeça dela. Ela olhou para o grupo.

— Sadie usou essa cartela de passagens quase quinze anos atrás, antes de mudar de identidade. Mas nós não pensamos em *por que* ela mudou de identidade. Talvez a gente devesse.

Madison prendeu o cabelo em um rabo de cavalo.

— As pessoas mudam de identidade por vários motivos. Aposto que aquela mulher que a gente conheceu mudou de nome pra poder fugir do Gerald.

— É, mas caramba. — Seneca se segurou na amurada por causa de uma onda alta. — Uma mulher abusada não vira sequestradora. Sadie é como Brett. Não é mais provável que ela tenha mudado de identidade pra fugir de uma coisa ruim que *ela* fez?

Maddox assentiu.

— É. Eu acharia isso mesmo.

— Então, vamos supor que, na vida passada, ela fazia coisas ruins. Talvez tenha feito algumas coisas ruins *aqui*.

— Certo...

Gotas de água bateram na bochecha de Seneca. Ela puxou as mangas do moletom por cima das mãos e tremeu. As palavras que

Maddox tinha dito giraram na mente dela: *Imagino que Gerald vivia dizendo que ia mudar, mas ficava fazendo as mesmas coisas sem parar.* Isso mexeu com ela, lembrou uma coisa que ela já tinha ouvido. De repente, ela soube o motivo: no hospital, Chelsea tinha dito que, quando saiu a notícia sobre Gabriel Wilton ser uma pessoa de interesse, Brett nem se abalou. *Talvez não tenha sido a primeira vez que ele fez isso,* disse Chelsea.

Velhos hábitos são difíceis de largar. E se Sadie Sage estivesse seguindo um padrão tóxico também?

Os braços de Seneca ficaram arrepiados.

— Talvez Damien não seja a primeira vítima de Sadie.

Maddox piscou.

— Você acha?

— Pode fazer sentido. Pode ser o motivo de ela ter mudado de nome alguns anos atrás. Também pode ser o motivo de ela ter conseguido roubar Damien sem deixar rastros. Ela é *boa* nisso. Já fez isso antes.

— Mas como isso se conecta com a ilha Tally-Ho? — perguntou Madison. — Por que ela veio pra cá? O que tinha de vantagem pra ela? Tem alguma conexão?

Maddox franziu o nariz.

— Ela poderia ter *sequestrado* alguma criança daqui? A garota da sorveteria disse que tinha mais crianças aqui antes...

Seneca assentiu com seriedade.

— Bingo.

Mas Maddox só deu de ombros.

— Isso é interessante, mas não nos ajuda a encontrar Sadie *agora.*

— A gente não sabe disso. — Seneca olhou para a água escura e ondulante. — Outro sequestro pode nos dar informações sobre os padrões de Sadie. É interessante ela ter guardado a cartela de passagens. Talvez ela guarde lembranças de crimes passados. Aquela foto daquelas outras crianças também pode ser uma lembrança.

Seneca nunca tinha ficado tão empolgada de conseguir sinal de celular como quando o barco parou na margem. Depois de verificar rapidamente se Viola tinha respondido (não, e nada de AveVermelha também), ela digitou *Sequestros, ilha Tally-Ho* no Google. A página de busca carregou e um artigo chamou a atenção dela.

Ela soltou um grito fraco.

— Aqui. Um garoto foi sequestrado na ilha em 2002.

Maddox se inclinou sobre a tela.

— *Jackson Jones, nove anos, desapareceu de casa na ilha Tally-Ho, Nova York, no dia 5 de junho de 2002* — leu ele.

Seneca parou na hora.

— Espera. *Jackson?*

Maddox pareceu confuso.

— O que tem de importante em Jackson?

Os passageiros atrás dela a cutucaram para que Seneca continuasse andando pela prancha, mas as pernas dela estavam duras. O coração estava disparado e a cabeça estava confusa. Ela respirou fundo.

— Lembra aquela cabana em Jersey onde a gente achou que o Brett estava escondendo a Chelsea? Que Aerin e Thomas foram olhar e acabou não dando em nada?

— Sim… — Maddox apertou os olhos.

— Aerin encontrou uma garça de papel lá. Tinha o nome *Jackson* embaixo.

— E isso significa…? — Madison pareceu assustada.

— Não sei — disse Seneca, baixinho. Com mãos trêmulas, ela consultou o Google de novo. *Jackson Jones*, digitou ela na caixa de busca. *Garoto sequestrado, ilha Tally-Ho, 2002.*

Resultados um pouco diferentes apareceram. Seneca clicou no primeiro. Jackson Jones tinha nove anos quando aconteceu. Ele morou a vida toda na ilha Tally-Ho. A suspeita era de que uma mulher chamada Elizabeth Ivy o tinha sequestrado. Ela era professora de piano dele; Jackson tinha ido ter uma aula com ela no continente e não voltou.

Piano, como Damien. E ele se parecia muito com Damien: em uma foto, ele tinha o mesmo cabelo castanho, o mesmo tipo de feições comuns, óculos redondos estilo Harry Potter e um sorriso levado, mas comum. Na verdade, ele se parecia com o garoto da foto que eles tinham encontrado no porão da Sadie. O que se parecia com Damien... mas também não se parecia.

Com mãos trêmulas, Madison apontou para uma linha no fim da história.

— Olha o nome do meio do Jackson.

Seneca olhou para o celular. Mas, mesmo uma fração de segundo antes dos olhos dela absorverem o nome, ela soube qual seria. A fotografia que eles tinham encontrado na casa de Sadie ardeu no cérebro dela. Ela imaginou aquele garoto novo e esquisito, o sorriso genérico no rosto. Quando envelheceu aquelas feições, quando deu alguns saltos mentais, a resposta estava bem ali.

Brett.

Ela pegou o celular e ligou para o número no topo da lista de ligações.

— Seu verdadeiro nome é Jackson Brett Jones — sussurrou Seneca quando Brett atendeu. — Sadie Sage te sequestrou também.

QUINZE

BRETT ESTAVA ESPERANDO a ligação; como Seneca tinha descoberto a ilha Tally-Ho, as peças se encaixariam. Ela era uma garota inteligente. E, graças à internet, todas as informações estavam lá, para quem quisesse encontrar.

Mesmo assim, foi difícil ouvi-la jogar seu passado na cara dele. Claro, ele queria que aquele grupo soubesse quem ele era de verdade; isso era parte do plano, e queria que *eles* chegassem à verdade em vez de vomitá-la desde o começo. Mas também foi tenso. Desde que conseguia lembrar, ele sempre controlou sua identidade, mudou sua história. Nunca tinha precisado contar o que era real.

— Sim — disse ele depois de uma pausa. — Eu sou Jackson Brett Jones. Você ganhou nota dez, Seneca. Uma estrelinha dourada.

— Você cresceu na ilha Tally-Ho. Conheceu Sadie Sage. Ela te ensinou a tocar piano. E te sequestrou. Era *por isso* que você queria que a gente resolvesse o caso do Damien. A sequestradora dele é a *sua* sequestradora.

— Só que ela não usava o nome Sadie na época — murmurou Brett. — Ela se chamava Elizabeth Ivy. Você não leu o artigo?

— Foi sua garça de papel que nós encontramos naquela cabana em Jersey? — perguntou Maddox. — A que dizia *Jackson* embaixo? Foi lá que ela te manteve preso?

Brett riu.

— Ah, não. Eu plantei a garça lá. Foi só uma piadinha interna engraçada comigo mesmo. Eu dei uma garça pra Helena também. — Ele riu baixinho. — Lembra daquela? Dizia *Hi* embaixo. — Ele ouviu Seneca inspirando. — Eu quis dizer *Hi* mesmo, oi em inglês, mas vocês acharam que significava *Harris Ingram*. Mas foi uma dedução inteligente. E eu não ia estourar sua bolha... além do mais, levou à prisão do Harris.

— Mas você plantou aquela garça escrita *Jackson* deliberadamente — disse Seneca. — Você queria que a gente descobrisse isso.

Brett apoiou a cabeça na parede.

— Claro. Nós somos amigos, não somos? E amigos contam aos amigos sobre o passado.

Houve uma longa pausa. Brett percebeu que todo mundo estava absorvendo o que ele tinha dito. Era meio surpreendente, se você pensasse bem. Ele sentia orgulho de ter conseguido manter aquele segredo e também sentia orgulho deles por terem descoberto.

— Sadie guardou uma foto sua na casa dela — acrescentou Seneca. — Nós a encontramos junto com as passagens pra Tally-Ho.

— Eita — disse Brett secamente, embora, na verdade, tivesse feito sua pele ficar arrepiada pensar que ela ainda tinha uma foto dele. Quando ela tinha *tirado* uma foto? *Ele* não se lembrava de câmera nenhuma. Por outro lado, ele tinha apagado tanta coisa daquela época...

— Quanto tempo ela ficou com você? — perguntou Maddox depois de um momento.

— Seis anos. — Era tão horrível dizer em voz alta. Ele nunca tinha contado para ninguém. — De quando eu tinha nove anos até ter quinze e finalmente ficar mais forte do que ela.

— Meu Deus — murmurou Maddox. A voz dele falhou um pouco. — Isso é... *horrível*.

— Ah, bom. — Brett andou pelo corredor. — Nem todo mundo pode ter uma vida perfeita.

— Mas ninguém merece isso. Como aconteceu? Você se lembra? Porque, se fosse eu, eu teria bloqueado a lembrança.

As lembranças circulavam a cabeça de Brett como moscas voando em torno de um pedaço de carne estragada. Não tinha planejado contar a ele mais do que o básico, mas Maddox estava sendo tão legal, como se realmente se importasse.

— Nós éramos amigos. Ela me dava aulas de piano, às vezes na ilha, às vezes no estúdio dela no continente. Meus pais a achavam ótima; eu não frequentava a escola, aprendia em casa, e não interagia com muita gente. Eles ficaram felizes de eu ter feito uma amizade. Uma tarde, ela me disse que me levaria a uma convenção de Harry Potter na cidade. Eu era obcecado pelos livros. Mas, no caminho, ela se virou para mim. Disse que meus pais não me queriam mais. Disse que iam me botar num lar adotivo. — Ele engoliu em seco. — Eu surtei. E ela diz: *Eles dizem que você é um peso terrível e inútil.* Ela disse que, se eu não fosse com ela, eu seria entregue ao estado e teria que morar com gente que eu não conhecia.

— Isso nunca teria acontecido — observou Seneca.

Brett expirou pelo nariz.

— Eu tinha nove anos. Como eu ia saber disso? Então, eu entrei no carro dela. E esse foi o fim da minha vida.

— Pra onde vocês foram? — perguntou Maddox.

Brett olhou pela janela, para os esquilos nas árvores no jardim da frente. Eles estavam andando em volta um do outro de um jeito estranho, quase como se estivessem se preparando para fazer sexo.

— Pra uma casa perto do mar. Eu nunca podia sair. *Nunca*. Bom, às vezes ela me colocava no barracão *atrás* da casa. Mas eu ficava trancado. — As palavras estavam saindo em um jorro, como sangue. — A primeira vez em que me fechou lá dentro foi alguns meses depois que eu tinha começado a ficar com ela. Eu tinha tentado fugir. Tinha saído pela porta da frente quando ela estava levando o lixo para fora, e duas casas depois eu vi um carro na entrada. Bati na porta e uma mulher abriu, segurando uma garotinha. Contei o que estava acontecendo. Eu estava chorando muito e não consegui falar direito. Achei que ela ia chamar a polícia na hora, mas adivinha o que ela fez?

— O quê? — perguntou Seneca, sem fôlego.

Brett riu sem alegria.

— Ela *me levou pra casa*. Ao que parecia, Elizabeth já havia se apresentado para a mulher. Já a tinha encantado. Disse que tinha um filho com questões comportamentais, eu. Elizabeth segurou meu braço com força. Ela ficou muito agradecida à mulher por me devolver. As duas se abraçaram e foram carinhosas uma com a outra, e, enquanto isso, eu pensei *Vocês só podem estar de sacanagem*. E aí, claro, assim que a mulher foi embora, Elizabeth me jogou no barracão. Por *dias*. Só com água. Vocês sabem como isso é desmoralizante?

— Meu Deus — murmurou Maddox.

— Por que você não gritou por socorro? — perguntou Seneca.

— Eu achei que não ia adiantar. Elizabeth já tinha inventado uma história de que eu era um garoto perturbado. As pessoas iam achar que eu estava fazendo birra.

— Mas como aquela mulher que te levou pra casa não reconheceu você nem Elizabeth do noticiário? — perguntou Seneca.

Brett fungou.

— Elizabeth mudou a cor do cabelo, perdeu peso. Quanto a mim... — Ele parou de falar. Tinha feito essa pergunta muitas vezes para si mesmo. — Ela raspou a minha cabeça. Eu também perdi peso. Não me achei *tão* diferente, mas as pessoas só veem o que querem ver. Aquela mulher da rua queria acreditar que Elizabeth era uma boa mãe. Ela não queria acreditar que algo pudesse dar errado em uma cidadezinha de praia feliz.

Ele estava respirando com dificuldade agora, a cabeça girando, o coração disparado. Contar a história o fez se sentir naquela praia de novo, tremendo de medo, suplicando para aquela vaca o deixar sair. E falar com o grupo, por mais perturbador que fosse, pareceu *certo*. Havia tantas partes na história, tantas vinganças separadas e furiosas que ele tinha executado, mas todas estavam começando a se solidificar, a formar uma etapa final perfeita. Eles tinham que saber disso para o jogo dele continuar.

— Quanto tempo depois disso você fugiu? — perguntou Maddox.

Brett piscou, reconquistou a compostura e deixou alguns segundos de silêncio expectante e reverente passar. Quando superou o fato de que estava regurgitando os momentos mais terríveis da sua vida, aquilo foi uma coisa importante. Eles nem estavam se importando com Aerin naquele momento. Estavam concentrados só *nele*. Parecia que eles se importavam com ele de novo. Como estavam ouvindo com atenção! Como estavam *cativados*! Eles queriam bebê-lo como um refrigerante doce, precisando de mais e mais e mais, e isso lhe deu força renovada.

Ele respirou fundo.

— Anos. Eu precisei ficar forte pra superá-la fisicamente.

— Por que você não procurou a polícia quando fugiu? — perguntou Seneca. — Não tem nenhum artigo sobre o sequestro ter final feliz. Só dizendo que você desapareceu.

— Quando eu consegui fugir, eu voltei pra minha casa na ilha… e descobri que meus pais estavam mortos. Eu não pude me despedir deles. O que a polícia ia fazer? Como ia me ajudar?

— E a sua irmã? — perguntou Seneca. — Onde ela estava quando isso tudo aconteceu?

— Quem?

— Viola — disse Seneca. — Nós sabemos que você tem uma irmã, Brett. Onde ela estava?

Brett sentiu outro arrepio do passado e o presente se mesclando de formas que não gostava.

— Vamos deixar Viola de fora disso.

Seneca fez um ruído baixinho, com se não gostasse da resposta, mas insistiu.

— Mas você poderia ter contado para a polícia sobre Elizabeth. Poderia ter dado informações pra que a pegassem. A não ser que você não quisesse que *eles* a pegassem. É isso? Queria *você mesmo* pegá-la?

Brett revirou os olhos. Ela achava mesmo que as conclusões dela eram tão impressionantes?

— Quando eu vi aquela história sobre Damien, quando vi que a sequestradora era uma professora de piano e vi uma foto dela, eu pensei: *Aí está ela*. Então, sim. Eu estava esperando que ela agisse de novo. Eu estava esperando para *encontrá-la*.

— Mas, Brett — disse Maddox —, você não vê a ironia? Você passou por uma experiência horrível como prisioneiro, mas agora está fazendo Aerin passar pela mesma coisa. Nós vamos te ajudar de qualquer jeito se você a devolver. Nós prometemos. Uma mulher como aquela merece ir presa.

O coração de Brett se contraiu com o carinho na voz do antigo amigo. Ele *poderia* fazer isso? *Poderia* mandar Aerin de volta para eles? *Poderia* simplesmente contar com a ajuda deles, sem ter moeda de troca?

Ele fechou os olhos. *Não*. Não era esse o plano.

— Nós temos um acordo. Vocês deram em um beco sem saída na ilha Tally-Ho. Encontraram uma das vítimas *antigas*, eu. Mas isso não nos diz nada sobre onde ela está agora, e é melhor descobrirem isso antes que seja tarde demais.

Seneca soltou um ruído de protesto.

— Mas, Brett…

— Nada de *mas*! — Ele foi tomado de fúria. — Vocês estão ficando sem tempo. A família de Aerin vai começar a procurá-la em breve, então encontrem Elizabeth ou Sadie ou qualquer que seja o nome que ela usa agora, senão vocês nunca mais vão ver Aerin. Nós vamos sair daqui de avião muito rápido. Ela nunca vai ver a família. Nunca vai ver *ninguém*. Ou talvez eu bote fogo nela, como fiz com o namorado dela. Se vocês querem foder comigo, vão em frente, mas, se não querem, vocês têm até segunda à noite.

Ele apertou o botão vermelho do celular e o largou no chão, tentando segurar os demônios quentes e furiosos para que não deslizassem pelo portão trancado no cérebro dele. Mas, quando se virou, ele viu que tinha deixado a porta do quarto de Aerin aberta. Aerin estava sentada na cama, a boca aberta, as mãos tremendo no colo.

Ela havia ouvido tudo.

DEZESSEIS

AERIN NÃO CONSEGUIA se mexer. Se Brett a tocasse agora, ela sentia que se desintegraria em pó. Desmoronaria até os ossos.

Ou talvez eu bote fogo nela, como fiz com o namorado dela.

Ela o desprezava. Queria se afastar dele e gritar *Tudo bem, então eu também não vou ser mais legal.* Mas ela sabia que isso só o faria fazer as coisas que ele ameaçava. Só a solidariedade a salvaria, mantendo a raiva dele longe. Não que ela sentisse solidariedade de verdade por ele. O mundo era uma confusão. Coisas ruins aconteciam com pessoas boas. E, no entanto, a maioria dessas pessoas não virava monstros.

Enquanto Brett a olhava, a expressão horrorizada no rosto dele começou a mudar para irritação. *Pensa*, uma vozinha dentro de Aerin insistiu. *O que uma amiga diria agora? O que ele quer que você faça?* Tentou lembrar o que queria que as pessoas dissessem para ela depois que Helena desapareceu. Poucas pessoas disseram a coisa certa. Eram sempre apelos para ela falar sobre seus sentimentos, ou trivialidades estranhas sobre o destino de Helena estar nas mãos de Deus, ou a sua favorita, que o universo só dava para as pessoas o que elas eram capazes de aguentar.

— Que coisa horrível — disse ela baixinho, torcendo para que não parecesse tão sarcástico quanto ela sentia.

Brett afastou o rosto rapidamente. Sua mandíbula se contraiu, mas o ar pareceu sumir dos pulmões dele. Ele deslizou até estar sentado no tapete logo na entrada do quarto dela.

— Ela trancou mesmo você num barracão?

Ele deu de ombros.

— Para com isso — Aerin conseguiu dizer. — Você pode conversar comigo sobre isso.

Ele olhou para ela de um jeito estranho.

— Eu sei que você não quer ser legal comigo. Sei que você ouviu o que eu fiz com o seu carinha.

Aerin sentiu uma onda de medo a percorrer. *O seu carinha*. Ela queria arrancar os olhos dele com as unhas. Esmagar o crânio dele. Ele tinha *queimado* Thomas? Como?

Ela precisou de toda sua força de vontade para abrir um sorriso gentil e solidário e deixar o comentário de lado. Porque ele queria a solidariedade dela, ela percebeu. Ele queria falar sobre aquilo com ela.

— Quando você estava na casa, eram só você e ela? — perguntou ela. — Vocês estavam sozinhos?

— Não totalmente sozinhos.

Aerin ergueu uma sobrancelha e esperou que Brett explicasse. Ele não falou nada.

— O nome da sua sequestradora era Elizabeth, certo? — continuou ela.

— Era como eu a chamava.

— Ela sempre foi horrível?

Brett mexeu os pés, fazendo desenhos nas fibras do tapete. Mas ele se virou para ela. *Olhou* de verdade para ela. A expressão dele foi arrasadora. Ele pareceu tão jovem, talvez até mais jovem do que ela era, e tão perdido.

— Não. Às vezes, ela agia como uma… *mãe*. — Ele se contorceu ao dizer a palavra. — Ela sabia como eu estava assustado e cantava cantigas de ninar na hora de dormir, apesar de eu estar velho pra esse tipo de coisa. E nós trabalhamos em leitura juntos. Matemática. Ela era inteligente. E quando estava de bom humor, ela me deixava ver televisão. Nunca o noticiário nem nada, porque podia haver notícias a meu respeito, e ela se dedicava a me fazer acreditar que *ninguém* ligava para onde eu tinha ido parar. Nós víamos desenhos animados. Programas sobre a natureza. *Os caçadores de mitos!*

— Até que não parece ruim. Eu também vejo programas sobre a natureza quando estou estressada.

Brett riu sem humor.

— O outro lado era que ela me batia. Me ameaçava. Abusava verbalmente de mim. E havia o barracão. Cada vez que ela me trancava lá, eu perdia a noção do tempo. Quando me deixava sair, eu me sentia um vampiro. O sol era forte demais. Eu estava fraco demais para falar. Também estava elétrico demais para dormir.

Aerin sentiu um aperto no peito.

— Você não procurou mesmo a polícia porque queria encontrar Elizabeth sozinho?

Os olhos de Brett estavam pretos como carvão, assombrados.

— Eu queria ver meus pais, mas, quando cheguei lá, vi que os dois tinham morrido. — Ele olhou para longe e apertou os lábios. — E aí, depois... sei lá. Eu ainda acreditava em muitas das coisas que Elizabeth me contava: que eu era um inútil, que eu era uma pessoa ruim. Eu tinha medo de que, se procurasse a polícia, fosse ter problemas.

— Por quê?

— Não sei. Minha cabeça estava uma confusão. — Brett apertou as patelas. — Eu também tinha medo de fazer qualquer coisa em público. Fugi de Elizabeth. Tenho certeza de que ela ficou furiosa. Eu tinha uma sensação horrível de que ela me mataria, se me encontrasse.

Aerin mordeu o lábio inferior com força. Que ironia: era a mesma coisa que ela sentia em relação a *ele*. Mas Brett sentado ali, no tapete, parecia tão tranquilo e inofensivo... e quase bonito. Aerin engoliu em seco, atônita porque seu cérebro podia conjurar um carinho assim por uma pessoa que ela odiava tanto. Mas as pessoas eram pessoas, não é? Todo mundo era vulnerável. Todo mundo tinha medo. Até os maníacos.

Aerin se levantou meio desajeitada e foi até ele na porta para cobrir sua mão com a dela.

— Eu sinto muito. Entendo agora como deve ser difícil seguir em frente.

Brett olhou para ela na defensiva. Ela tinha se arriscado muito ao sair da cama. Mas ele baixou a cabeça de novo. Inspirou e expirou. Deixou que ela ficasse ali.

— Ah, tá — resmungou ele.

— Não, é sério! — Ela apontou para si mesma. — Você acha que *eu* segui em frente desde que perdi minha irmã? Claro que não! Ainda estou afogada nessa dor! Praticamente apertei a pausa na minha vida porque acho que eu não mereço ser feliz porque ela... você sabe. — Ela olhou para ele. Era mais do que bizarro ela estar tendo essa conversa com a pessoa que *matou sua irmã*, mas sabia que Brett precisava que ela fizesse uma conexão. Que a sobrevivência dela dependia disso. — Então eu sei como é ficar presa no passado.

— Ah, bem. — Brett deu de ombros. — É bem difícil esquecer.

— Exatamente.

Eles ficaram em silêncio. Com cuidado, ela olhou pelo corredor. Havia duas portas no fim do corredor e um corrimão de uma escada para um primeiro andar. Eles pareciam estar em uma casa... uma casa *legal*, na verdade, com piso de madeira de qualidade e uma janela de vitral acima da escada. Não era uma casa no meio do nada. Ela sentia nos ossos. Descendo aquela escada havia uma porta de entrada que colocaria Aerin de volta na civilização.

Mas ela não saiu correndo. Ela ficou ao lado de Brett, rezando para que ele confiasse nela. Porque, se ele confiasse nela, talvez ele acabasse baixando a guarda de novo, desta vez de verdade. Ela planejaria sua fuga, uma que tivesse chance real de acontecer.

O ar-condicionado estalou. Sombras se mexeram do outro lado daquela janela de vitral. Aerin pensou em tudo que tinha acabado de contar a Brett. Ela nunca tinha pensado no quanto estava *inerte* desde que Helena tinha sumido... mas era totalmente verdade. Mas fazia sentido? *Helena* ia querer que ela ficasse em estado de pausa assim? Sua irmã não ia querer que ela fosse em frente com a vida, que fizesse coisas grandiosas, que tentasse ser feliz?

Ela olhou para Brett, desejando poder contar isso para ele. Era o garoto propaganda de como ficar preso no passado não trazia nada de bom. Ele não podia tentar deixar para trás? Não podia tentar mudar? Mas ela sabia que não era o que ele queria ouvir, e, agora, a situação era de massagear o ego dele e não de falar a verdade.

— Eu entendo perfeitamente por que você quer vingança — disse ela. — Aquela vaca merece ficar trancada pra sempre. Ela não devia poder andar pelas ruas. Só vai ficar fazendo coisas horríveis sem parar.

Brett assentiu para ela.

— É. Você está certíssima.

Mas ele mal sabia que havia mais coisas que Aerin queria dizer. Mais coisas que estavam rodopiando na cabeça dela, mordaz e sussurrante. *Ela merece ficar trancada pra sempre... e você também.*

DEZESSETE

DEPOIS DE SAIR da barca, o grupo pegou uma mesa em uma lanchonete perto da doca. Passava das seis da tarde e o local estava lotado e com cheiro pesado de gordura de batata frita. Seneca olhou para o cardápio grosso, plastificado e manchado que a garçonete entregou para ela assim que eles se sentaram, mas as palavras dançaram na sua frente, sem sentido. Uma pressão quente e incômoda estava crescendo dentro dela, pronta para explodir.

— Eu não consigo acreditar — disse Madison ao telefone enquanto a garçonete entregava as bebidas. Eles estavam falando com Thomas no hospital, ansiosos para passar as notícias. — O cara cresceu no escuro. *Literalmente*.

— Isso explica muita coisa. — Thomas parecia grogue, mas melhor do que quando eles tinham se falado mais cedo. — Nós tivemos que fazer um curso na academia de polícia sobre a psicologia de assassinos e sequestradores. A maioria tem passados confusos assim.

Madison mexeu na embalagem do canudo.

— Confuso é pouco. Um garoto de nove anos tirado dos pais e trancado em uma porcaria de *barracão*? Parece um filme de terror.

— Não tem como não ter pena do sujeito. — Maddox colocou açúcar no café. — Pra ser sincero, eu provavelmente também ia querer matar a Elizabeth.

Um grito explodiu dentro de Seneca. *Pena do sujeito?* Ela não conseguia acreditar no que estava saindo da boca deles. Era como se tivessem sofrido lavagem cerebral.

— Elizabeth Ivy, Sadie Sage, parece que tem um padrão — refletiu Madison. — Eram de uma música, ou personagens da *Vila Sésamo*?

— Esperemos que não — disse Maddox. — Uma mulher demoníaca usando personagens fofinhos de *Vila Sésamo* como nome falso? — Ele tremeu. — As vítimas dela devem estar vivendo um pesadelo.

Não era possível. Seneca bateu com o copo de água na mesa e o líquido escorreu pelos lados. Todos olharam para ela, alarmados.

— Ah, então agora a gente se sente mal pelo Brett, é isso?

Maddox balançou a cabeça.

— Eu estava pensando em *Sadie*. Se ela fez aquelas coisas com Brett, deve estar fazendo com Damien também.

— É, mas vocês se importam com ele agora. — A voz de Seneca estava tremendo. — Admitam. Vocês se sentem *mal* pelo sujeito. Foi por isso que você disse que nós o ajudaríamos a salvar Sadie mesmo se ele devolvesse Aerin. Você quer ajudá-lo de verdade.

Maddox levantou as mãos em um gesto de "*pera lá*".

— Eu falei aquilo porque achei que ia fazer Brett continuar falando, Seneca. *E* talvez ele visse o que estava fazendo e devolvesse Aerin pra nós. Isso não quer dizer que eu gosto do Brett. Só estou absorvendo esse lado novo dele.

Seneca estava com sangue nos olhos.

— Não tem *lado novo* do Brett e não tem motivo para absorver os sentimentos dele! Ele ainda é o homem que matou a irmã da Aerin e a minha mãe e está agora *mantendo nossa amiga prisioneira*! — Ela apertou os olhos. — Agora você vai me dizer que, se tivermos a chance de capturar Brett, você vai deixar que ele escape? Porque o pobrezinho já passou por muita coisa?

— Seneca, não é isso...

Seneca balançou a mão para fazê-lo parar de falar.

— Você não pode deixar que nada que Brett te conte interfira com quem ele é e o que fez. Se sente que não aguenta lidar com isso, talvez seja um assunto pra gente discutir.

Madison tocou no braço dela.

— Ei. Você sabe que eu quero Aerin de volta mais do que qualquer coisa. Não é isso que nós estamos dizendo. Ainda sabemos que o Brett é horrível. Nós só estamos conversando, tá? Tentando entender.

A garçonete apareceu para anotar os pedidos. De repente, Seneca se sentiu claustrofóbica no grudento banco de vinil do compartimento. Ela se levantou, passou por Madison e foi para a porta.

— Não estou mais com fome.

Do lado de fora, o céu estava escuro. Do outro lado da rua, em um terreno baldio, um grupo de perus selvagens bicava e fazia barulho. Seneca saiu do estacionamento e foi para um parquinho vazio ao lado para se sentar em um dos balanços. Ela sabia que devia estar feliz por eles finalmente terem descoberto quem Brett era e qual era a dele. E ela não era desalmada; a história dele *era* triste. Também mexia com ela.

Mas isso a incomodava. Ela não queria que houvesse significado nas ações de Brett. Teria ficado mais feliz se Brett tivesse escolhido o caso de Damien aleatoriamente, não por estar conectado ao passado sombrio e trágico dele. Não queria sentir nada por Brett além de ódio cego e vingativo; não queria imaginá-lo como um garotinho assustado, parecido com Damien, aprisionado por uma louca. Ele tinha feito coisas indescritíveis e era nisso que ela precisava se concentrar. Claro que ele podia botar a culpa de suas ações em um passado horrível... mas muita gente passava por coisas horríveis e não virava assassina. Por que Maddox não entendia isso? Por que ele estava tentando ser tão *objetivo*?

A porta da lanchonete tilintou e Seneca olhou. Madison percorreu o gramado e se sentou em um dos balanços ao lado dela.

— Caso você queira saber, a ressonância do Thomas foi boa. Ele não sofreu uma concussão. As queimaduras também não são tão sérias. É provável que ele receba alta em poucos dias.

Seneca segurou as correntes enferrujadas do balanço. Ela tinha esquecido que Thomas ainda estava no telefone, ouvindo sua explosão.

— E você também veio me dizer que eu passei do limite com Maddox?

Madison começou a se balançar mais alto, o cadarço desamarrado voando. Os balanços eram do tipo que gemiam ao menor movimento.

— Não. Ele está bem. Ele entende o que você está sentindo.

— Entende?

Madison olhou para ela.

— *Entende*, Seneca. Acredite se quiser, mas Maddox e Brett não são melhores amigos. Ele continua sabendo que o sujeito é um psicopata.

Seneca engoliu em seco. *Mas eu quero que ele sinta tanta raiva quanto eu sinto*, pensou ela. *Eu quero que todos vocês sintam exatamente o que eu sinto*.

— Mas, se faz alguma diferença... — disse Madison. — Eu estou passando por coisas frustrantes também.

Seneca olhou para ela sem entender. Madison, frustrada? Ela parecia tão direta, tão ajustada.

— O que você quer dizer?

Madison enfiou o dedo do pé na terra molhada para parar de se balançar.

— É meio idiotice. Eu tentei dizer para as minhas colegas de torcida que estou fazendo coisas importantes e que é por isso que eu não estou no treino de verão. Mas agorinha mesmo eu recebi uma mensagem de texto com elas dizendo *Você não se empenha. Talvez não tenha a fibra pra ser capitã*. — Ela revirou os olhos. — Sei que não se compara ao que você está passando, mas é uma droga.

— Ah. Que droga. — Seneca inspirou. Um avião passou no céu. Ela o viu desaparecer atrás de um viaduto alto. Não tinha passado pela cabeça dela que todos estavam abrindo mão de alguma coisa para estar ali. Também fez com que se sentisse mal, porque, embora ela tivesse passado a semana ao lado de Madison, se apoiando nela, contando com ela, não sentia que a conhecia muito bem. Isso precisava mudar.

Talvez sua atitude toda fosse a mudança. Não adiantava brigar com os outros. Devia ser o que Brett queria: que eles se dividissem, alguns se aliando à luta dele e outros, como ela, endurecendo ainda mais... e perdendo o objetivo de vista.

Bem. Ela não cairia nos esquemas de Brett. Eles estavam ficando sem tempo.

Ela se empertigou.

— Nós precisamos fazer isso valer a pena, então. Imagine a cara dessas vacas de torcida quando descobrirem que você solucionou um caso importante... *e* salvou Aerin.

Madison jogou o rabo de cavalo por cima do ombro.

— Eu vou ser a Mulher Maravilha da equipe.

— Vai mesmo. — Seneca segurou as correntes do balanço com força. — Aquela coisa que Brett disse sobre deixar Viola de fora foi interessante. Talvez ela *não seja* parte do plano... ou pelo menos não Sadie.

— Eu acho que você está certa.

— Se ao menos a gente conseguisse falar com ela. Pode ser que Brett queira deixá-la de fora porque ela sabe onde ele está se escondendo.

— Nada ainda da AveVermelha?

Seneca pegou o celular pela milionésima vez, esperando o mesmo resultado, mas, para sua surpresa, havia um pdf de AveVermelha na caixa de entrada dela. Ela soltou um grito de alegria. O pdf era um registro de todas as ligações feitas do número fixo do apartamento de Brett/Gabriel em Avignon no mês anterior.

— Opa — sussurrou Seneca mostrando a Madison depois de abrir o arquivo. Seus olhos saltaram com a lista comprida.

— Nossa. Parece ser tudo de negócios. — Madison apontou para linha após linha de números 1-800. Ela ligou para o primeiro número da lista e, quando alguém atendeu, caiu na gargalhada. — É uma central de videntes!

— Eu peguei a previsão do tempo do Alasca — disse Seneca, intrigada.

Elas ligaram para serviços de atendimento ao cliente do Lowes, dos trens Amtrak e vários números que estavam desligados ou não tinham atendimento no fim de semana. Por que Brett ligaria para aqueles números?

— Será que Viola trabalha em um desses lugares? — pensou Seneca em voz alta. — Será que é assim que Brett fala com ela?

— Normalmente, quando se liga para um número 1-800, quem atende é uma pessoa aleatória — disse Madison.

— Vocês repararam que tem perus selvagens do outro lado da rua?

Seneca olhou para cima. Maddox estava na frente delas, as mãos enfiadas nos bolsos. Ela afastou o olhar, com vergonha da explosão no jantar. Mas parecia mais fácil deixar o que aconteceu de lado em vez de conversar.

— Nós conseguimos a lista de ligações da linha fixa do Brett no apartamento. — Ela mostrou o pdf para ele. — Um desses números tem que ser da Viola. Nós achamos que talvez ela trabalhe em um desses lugares.

— Eu ajudo — disse Maddox. A mão dele roçou no pulso de Seneca quando ele se inclinou para olhar a tela, mas ele a puxou de volta rapidamente. Ele estava sendo cuidadoso com ela. Devia achar que ela explodiria de novo.

Maddox escolheu o número seguinte da lista.

— Sim, posso falar com Viola Jones? — Ela esperou, a testa franzida, e desligou. — Não tem Viola Jones lá.

Eles seguiram a lista com essa tática em mente, mas não havia nenhuma Viola Jones trabalhando em nenhum daqueles atendimentos. Frustrada, Seneca ligou para outra linha gratuita. Quando ouviu a voz da mulher do outro lado, seu coração caiu até os pés.

— *Alô. Obrigada por ligar para a Addams and Stern LLC em Annapolis, Maryland.*

O celular caiu da mão dela no chão úmido.

— O quê? — perguntou Maddox, levantando a cabeça. — O que foi?

Seneca nem conseguiu engolir direito.

— É... é a minha mãe.

Ela pegou o celular de novo. Sua mãe ainda estava falando.

— *Aperte um para instruções, aperte dois para falar com o advogado Christopher Addams...* — Era o escritório de advocacia onde Collette trabalhava como assistente jurídica. Como ela não sabia que sua mãe ainda estava naquela secretária eletrônica? Mais bizarro ainda, por que o escritório deixou a voz dela na mensagem de atendimento? *Como Brett sabia?*

Seneca ficou tonta. Apertou a cabeça entre os joelhos e respirou fundo. Brett devia saber que eles veriam os registros telefônicos. Era só mais um *foda-se* para lembrar a ela o que ele tinha feito, o tanto de poder que tinha. Mas ela não conseguia parar de pensar em uma enxurrada de perguntas. Por que, por que, *por que* Brett tinha escolhido sua mãe? Ela não conseguia acreditar que ela não tinha dado atenção suficiente para ele no Starbucks, tinha que ser *mais* do que isso. Mas o quê? Ela saberia algum dia?

Sem saber como tinha ido parar ali, ela estava de repente nos braços de Maddox. Ele a estava abraçando apertado, acariciando o cabelo dela, sussurrando que tudo ia ficar bem. E tinha pegado o telefone dela e desligado. Depois de outro abraço apertado, ele a afastou e olhou para ela com expressão firme e quase severa.

— Ele é um demônio, Seneca. Você não pode deixar que ele te vença.

Seneca assentiu e tentou respirar. Era isso que Brett estava fazendo. Tinha que usar a raiva para alimentar sua força para encontrar Viola e pegar Brett.

Com isso, Seneca, Madison e Maddox ligaram para outros números 1-800, perguntando repetidamente por Viola Jones. *Não, não, não.* Mas aí alguém no atendimento de uma empresa de comida de cachorro orgânica atendeu e disse:

— Nós não temos uma Viola *Jones*, desculpe. — Depois que Seneca desligou, ela começou a pensar. O escritório teria Viola com um sobrenome diferente?

— Nós estamos supondo que Viola tenha o mesmo sobrenome que Brett — disse ela para os outros. — Mas pode ser que ela tenha trocado. Talvez ela tenha se casado.

— Aquele lugar de comida de cachorro foi o único que pareceu ter uma Viola, *ponto* — disse Madison, que estava trabalhando na lista do fim para o começo. Ela clicou no celular e inseriu o número no Google. Seneca viu alguns resultados aparecerem de uma empresa chamada Planos Alimentares Pet Crus e Orgânicos da Frieda. A empresa ficava no Brooklyn, em Nova York, e quando Madison clicou em *Conheça a equipe*, havia uma Viola listada. Viola Nevins era chefe do atendimento ao cliente e escrevia uma newsletter chamada Blog do Cão.

Seneca mordeu o lábio inferior.

— Poderia ser ela?

— Nós só podemos tentar — disse Maddox.

— Mas é sábado. Qual é a chance de ela estar lá?

Maddox deu de ombros.

— Talvez o universo esteja do nosso lado desta vez.

Eles ligaram para o número de novo. Desta vez, um homem com voz mais alegre atendeu e perguntou:

— Como eu posso deixar seu dia mais fofinho? — Seneca revirou os olhos e pediu para falar com Viola Nevins, e pronto, ela foi colocada em espera ao som de "Who Let the Dogs Out?". Ela ficou nervosa de repente. Estaria prestes a falar com a *irmã* de Brett? E se ela fosse louca como Brett?

— Alô — disse uma voz. — Aqui é Viola. Como posso ajudar?

— Hum... — Seneca não conseguia acreditar que Viola tinha respondido. Ela engoliu em seco com um nó na garganta. — É Seneca Frazier. Eu te mandei um e-mail. Nós conhecemos seu irmão, Brett. Quer dizer, Jackson Brett Jones.

Houve uma pausa.

— Eu estou ocupada agora.

Seneca ficou com a pele arrepiada. *Era* a Viola certa. Não havia como Seneca deixar para lá agora que a tinha encontrado.

— Olha, ele fez uma coisa horrível. Uma coisa relacionada ao sequestro dele. Nós precisamos da sua ajuda.

Houve outro momento de silêncio.

— O que ele fez? — perguntou Viola baixinho.

Seneca ergueu uma sobrancelha para Madison, na dúvida se eles podiam confiar nela.

— Nós vamos contar se você conversar com a gente. Você o conhece melhor do que qualquer pessoa. Nós podemos nos encontrar com você onde você mora. Nós vamos a qualquer lugar. *Por favor.*

O outro lado da linha foi tomado de sons de telefones tocando e murmúrios baixos. Seneca olhou a grama na calçada. Um dos perus do terreno baldio soltou um gluglu sem sentido. *Por favor*, pediu ela mentalmente. *Por favor, que algo nesse caso dê certo.*

Finalmente, Viola suspirou.

— Tudo bem. Grand Central Station amanhã, debaixo do relógio, às 15h. Mas, só para deixar registrado, Jackson não é meu irmão. Tecnicamente, nós não temos nenhum parentesco.

DEZOITO

NO DOMINGO ÀS 15h, Maddox se mexeu com inquietação debaixo do grande relógio no centro do terminal da Grand Central Station. Ele ouviu o eco dos passos, os anúncios nos alto-falantes e a conversa das pessoas correndo para pegar o trem. Havia ido àquela estação muitas vezes; a Grand Central era o lugar em Nova York onde se pegava o Metro North para Dexby. Ele tinha dado seu primeiro beijo ali, até, em um dos corredores, com Esme Richards da corrida.

Mas ele nunca mais associaria a Grand Central ao beijo em Esme. Agora, ele a associaria para sempre com a "irmã" de um assassino.

Ele ficava esticando o pescoço, procurando Viola Nevins, apesar de isso ser uma piada; ele não tinha ideia de como Viola Nevins era. Não podia procurar uma pessoa parecida com Brett porque, como Viola tinha dito misteriosamente para Seneca, ela e Brett não tinham parentesco.

Então quem *era* ela?

Seneca estava ao lado dele, com um cheiro delicioso de café, puxando o Band-Aid no dedo. Maddox sorriu para ela, que retribuiu o sorriso. Pelo menos, ela estava sorrindo para ele de novo. A parte imatura dele queria mencionar como ele ficou magoado de ela o ter acusado de ficar ao lado do inimigo, mas ele segurou a língua. Ele estava tão cansado dos agitos na relação já frágil que eles tinham; em um minuto, Seneca estava brincando com ele, no seguinte era puro estresse de novo e descontava a frustração nele. Mas ele sabia que não devia tocar no assunto. Ela podia acusá-lo de *não levar as coisas a sério* de novo.

— Você é Seneca?

Todos se viraram. Uma mulher alta e magra de vinte e tantos anos estava a uma distância curta. Seus olhos pareciam cansados. Ela estava com um blazer preto e uma calça jeans, uma roupa que a mãe de Maddox usava quando estava indo para o encontro da turma da escola. Tinha cabelo castanho até o queixo e maçãs altas e não era nada parecida com Brett, mas havia algo familiar nela, algo que fez cócegas nos cantos do cérebro de Maddox.

Seneca deu um passo à frente.

— Viola?

Viola assentiu e olhou ao redor.

— Vamos encontrar um lugar particular.

Ela olhou para o terminal movimentado e para o mesmo corredor onde Maddox tinha tomado coragem de beijar Esme. Foi na direção de uma loja de suvenires quase vazia chamada I Coração NY. Era cheia de pelúcias de olhos grandes, globos de neve do Empire State Building e camisetas com frases idiotas como *Me apaixonei por um bagel em NY.* Viola passou por prateleiras de chiclete e meias da Estátua da Liberdade e parou do lado de uma estante cheia de livros de autoajuda. Ela avaliou todos, os braços cruzados apertados sobre o peito como um escudo.

— Obrigada por nos encontrar — disse Seneca. — Vou direto ao ponto. Jackson sequestrou nossa amiga, Aerin Kelly. Nós estamos nos comunicando com ele, e a única forma de ele nos devolver é se encontrarmos a mulher que *o* sequestrou, que está com outra criança como refém.

Por alguns momentos, Viola só conseguiu ficar olhando.

— Não. Ele nunca sequestraria uma pessoa. Isso é impossível.

— Na verdade, ele já fez coisa bem pior — murmurou Madison.

— Não. *Não.* — O rosto de Viola estava ficando vermelho. Ela olhou para o relógio e para o celular, parecendo desesperada de repente. — Vocês falaram com ele recentemente? Pode ser que eu consiga falar com ele. Isso só pode ser um mal-entendido. Ele não teria feito isso.

Maddox estava prestes a explicar, mas Seneca falou primeiro.

— Na verdade, ele nos fez prometer não envolver você. Se você ligasse pra ele, ele poderia ficar com raiva de termos contrariado a vontade dele.

Viola piscou com força.

— A *vontade* dele? — disse ela com raiva. Ela olhou para o grupo. — Isso é piada? Ele nunca, *nunca* faria uma coisa assim. Ele é um cara bom, doce.

— Então por que nós estamos conversando em particular? — Seneca apoiou as mãos nos quadris. — Por que você não queria falar? Sentiu que tinha alguma coisa errada com ele, não foi?

Viola balançou a cabeça.

— Eu não queria falar com vocês sobre ele porque o que aconteceu com o Jackson não é uma história minha pra que eu conte.

— Você quer dizer o sequestro dele? — perguntou Maddox, apertando os olhos. — Por quê?

— Vocês não entenderiam. — Viola puxou a bolsa no braço e começou a andar para a estação de novo. — Isso foi um erro.

— Espera! — Seneca segurou o braço dela de leve. — Viola. *Por favor.* Nos escute.

Viola se virou com impaciência. A dor e descrença estavam evidentes no rosto dela. *Ela não faz a menor ideia de quem Brett é*, pensou Maddox. Ele se perguntou que tipo de pessoa Brett fingia ser com ela. Um cara legal, obviamente. Uma vítima indefesa. O sujeito despretensioso que eles conheceram em Dexby. Alguém que não faria mal a uma mosca.

Seneca limpou a garganta.

— Nós estamos fazendo isso pra salvar uma vida. Quando você disse que Jackson não era seu irmão, o que você quis dizer? Nós tínhamos entendido que vocês eram da mesma família.

Viola afastou o rosto.

— É... complicado.

— Vocês eram amigos? Você também cresceu na ilha Tally-Ho?

— Não, eu cresci em Nova Jersey. — Viola olhou para uma geladeira com garrafas de água e refrigerante. Os ombros se contraíram até as orelhas.

— Então onde vocês se conheceram? — perguntou Madison. — Depois que ele foi sequestrado? Antes?

A mandíbula de Viola tremeu. De repente, Maddox entendeu por que ela parecia familiar. Havia algo no rosto dela que lembrava a garota da foto que eles tinham encontrado na casa de Sadie Sage no norte de Nova York. Ele tinha pensado muito naquela foto. Se Brett era o garoto da foto, quem era a garota? Poderia ser Viola? Mas isso significaria...

Os olhos de Seneca brilharam com a mesma percepção.

— Espera aí. Você foi sequestrada *com* Jackson?

Viola baixou o olhar. Várias emoções surgiram no rosto dela. Puta merda, Maddox pensou. Eles estavam *certos*.

— Eu tinha onze anos — disse Viola com uma voz baixa e hesitante. — A mulher... Jackson a conhecia como Elizabeth, mas eu a conhecia como Heather Peony... ela era minha professora de matemática. Eu a via toda semana. Ela era muito simpática. Fazia pulseiras da amizade. Explicou frações de um jeito que fez sentido. Naquele outono, ela parou do meu lado quando eu estava andando de bicicleta em um parque perto da minha casa. Disse que estava com filhotinhos de cachorro em casa, será que eu queria ver? — Viola balançou a cabeça com pesar. — O truque mais velho do mundo. Mas, como eu falei, eu a conhecia. Ela não era uma estranha.

— E ela te levou pra mesma casa onde Jackson estava? — perguntou Seneca.

Viola assentiu.

— Ele chegou uns três meses mais ou menos depois de mim. Quando ela foi buscá-lo, me deixou em um quarto escuro trancado com comida e água. Eu morri de medo. Não havia saída.

— Jackson nos contou que vocês ficaram perto do mar — disse Maddox.

— Sim, eu percebi isso depois que nós fugimos. Mas ela nunca nos deixava sair de casa, a não ser para o barracão, de castigo quando nos comportávamos mal.

Maddox ficou de estômago embrulhado.

— Eu fiquei feliz quando Jackson chegou lá — admitiu Viola. — Nós demos apoio um para o outro. E nós *viramos* irmão e irmã. Só tínhamos um ao outro.

Todos ficaram em silêncio. O olhar de Maddox se desviou para uma sombra no canto: um homem grisalho de uniforme de zelador estava olhando para eles, os olhos vazios e perdidos. Ele sentiu a garganta se apertar. O zelador afastou o olhar com um piscar de olhos e voltou a varrer o chão.

— Como foi viver assim por tantos anos? — perguntou Madison em voz baixa.

Uma sombra desceu pelo rosto de Viola.

— Eu... não consigo falar sobre isso. Fiz tanta terapia pra deixar tudo pra trás e tem coisas sobre as quais não consigo falar.

— Tudo foi ruim? — perguntou Maddox.

— Nem tudo. É isso que eu sempre esqueço. Às vezes, quase parecia *normal*... Nós fazíamos refeições, víamos televisão, ela nos dava aulas. Mas as horas ruins... essas eram muito ruins. E era tudo tão distorcido. — Ela mexeu no cabelo com nervosismo.

— Você pode falar de quando fugiu? — perguntou Seneca. — E sobre por que a parte de Jackson nessa história não cabe a você contar?

Viola retorceu as mãos.

— Por favor — pediu Seneca. — Ajudaria muito.

Viola respirou fundo.

— Nós arrombamos a fechadura da porta dos fundos quando ela estava dormindo. Mas ela acordou na hora que estávamos saindo. Tivemos que lutar com ela. Mas lutamos, saímos da casa e corremos. Nosso plano era ir direto pra delegacia. Eu corri até o quarteirão seguinte e parei e perguntei a uma pessoa onde ficava. Peguei o braço do Jackson pra puxá-lo comigo, mas ele se afastou. Disse que não queria procurar a polícia. E suplicou pra eu não contar que ele tinha sido sequestrado.

— Ah. — Seneca massageou o queixo. — Por quê?

— Não sei. Mesmo depois, quando retomamos contato, ele não explicou. Eu fui imediatamente até a polícia e denunciei o que tinha acontecido. Não mencionei Jackson. A polícia foi até a casa onde ficamos presos, mas Elizabeth já tinha fugido do local; ela devia saber o que estávamos planejando fazer. Eu achei que a polícia encontraria provas de que Jackson tinha estado lá comigo: roupas, DNA, alguma coisa. Mas Elizabeth tinha limpado o local todinho.

— Como ela pôde fazer isso tão rápido? — perguntou Maddox.

— Não foi tão difícil, eu acho. Ela não nos deixava entrar em muitos aposentos. E vivia nos obrigando a arrumar, limpar coisas, esfregar as pias. Nós estávamos nos livrando das nossas provas. — As mãos de Viola estavam fechadas. — A polícia me perguntou repetidamente o que tinha acontecido. Até mencionaram o outro garoto que tinha desaparecido na região, de Tally-Ho. Devem ter pensado que talvez os dois casos tivessem relação. Mas eu cumpri a promessa feita para o Jackson e não contei. Era o mínimo que eu podia fazer por ele.

— E aí seus pais foram te buscar? — perguntou Seneca.

Viola abriu um sorriso fraco.

— Eles nem acreditaram que eu estava viva. *Ninguém* acreditou. Mas demorou muito para voltarmos ao normal. — Ela apertou a mão trêmula na bochecha. — Depois de passar por isso, você meio que *nunca* volta ao normal.

Maddox assentiu. Ele nem conseguia imaginar.

— Você foi muito entrevistada? — perguntou Seneca.

Viola deu de ombros.

— A *People* queria escrever um artigo a meu respeito, mas meus pais acharam que seria traumático demais. Eu apareci em alguns jornais menores, mas em geral eles não deixaram a imprensa se aproximar muito.

Maddox ficou confuso. Por que eles não tinham encontrado esses artigos? Mas eles não estavam procurando uma Viola com sobrenome diferente. Eles também não estavam procurando uma menina sequestrada.

Viola continuou:

— E aí, quando eu fiquei mais velha, principalmente depois que conheci o meu marido, nós conversamos sobre eu procurar a imprensa pra contar o que tinha acontecido, mas eu decidi que não. Por que remexer no passado?

Seneca projetou um quadril.

— Jackson mencionou que foi procurar os pais, mas eles tinham falecido.

— Isso mesmo. Ele me ligou quando descobriu. Antes de fugirmos, eu dei a ele o número do telefone dos meus pais e falei pra ele vir morar com a minha família, mas ele disse não. Ele não queria ser um fardo.

— Ah — murmurou Maddox. Foi *por isso* que Brett não quis ficar com eles… ou já estava abalado demais àquela altura? Afinal, ele não poderia executar feitos malucos e violentos se morasse debaixo do teto da "irmã". — Você sabe onde ele foi morar? — perguntou Maddox.

— Não. Eu fiquei muito preocupada com ele. Liguei pra ele muitas vezes, mas os números que ele me dava viviam desligados. Foi ele que fez contato comigo uns dois anos depois. Disse que estava morando no Arizona. Eu perguntei o que andava fazendo, mas ele não quis me contar. Só queria falar sobre Elizabeth, sem parar. Me deixou incomodada. Eu já tinha começado a terapia e estava tentando deixar tudo pra trás. — Ela mexeu em um chaveiro com formato de ônibus turístico de dois andares. — Ele ficou obcecado por ela.

No terminal principal, houve o anúncio de um trem indo para Dexby, logo lá. Maddox sentiu uma pontada de nostalgia. Ele olhou para Viola de novo.

— Então não parece tanta loucura ele sequestrar alguém e exigir que a única forma de devolvê-la em segurança seja se nós encontrarmos a mulher que roubou a vida dele, parece?

Viola baixou o olhar para o chão.

— Mas ele é uma pessoa boa.

Todos ficaram em silêncio. Talvez naquela época ele fosse.

Seneca limpou a garganta.

— Isso vai ser difícil de ouvir, mas o Jackson... bom, ele fez umas outras coisas horríveis além de sequestrar nossa amiga. Ele também matou minha mãe. E a irmã da minha amiga.

O sangue sumiu do rosto de Viola.

— Não. Isso é loucura.

— Ele fez isso. Eu juro.

Viola estava com os olhos arregalados. Balançou a cabeça de leve.

— Não.

— Viola, ele escreveu uma carta pra nós. — Seneca olhou para ela intensamente. — Eu posso te mostrar. Ele confessou, mais ou menos.

Viola ficou de boca aberta.

— Q-quando ele fez isso?

— Cinco anos atrás.

Viola levou um momento para responder.

— M-mas isso é impossível. Jackson e eu estávamos em contato cinco anos atrás. Ele não agiu… Ele não pareceu… Não tem como!

Maddox tocou no braço dela.

— Jackson é um ator incrível. Nós demoramos um tempo pra descobrir quem ele era de verdade.

— E tem algum lugar para o qual ele gosta de voltar? Ele é dono de outra casa, em algum lugar? — perguntou Seneca.

— Nós temos que encontrar nossa amiga — declarou Madison. — Nós temos medo de ele machucá-la.

Viola afastou o olhar.

— Eu… não consigo pensar em nenhum lugar. Ele vivia se mudando. Não consigo pensar em nenhum lugar onde ele tenha ficado por mais do que alguns meses… exceto o apartamento em Avignon.

— Pra lá que ele não vai voltar — murmurou Maddox.

Seneca franziu a testa.

— Como ele pode *pagar* aquele apartamento? Você deu dinheiro pra ele?

— Não. Mas Jackson sempre teve carros bons, coisas boas. Não é herança dos pais nem nada que ele pudesse ter encontrado na casa. Ele vivia dizendo que eles não tinham muito. Contou que tinha um bom emprego, algo em tecnologia, algo que ele podia fazer de casa. — Ela mordeu o lábio e olhou em volta com nervosismo. — Jackson *era* muito inteligente. Elizabeth sempre o elogiava quando nós fazíamos coisas de escola. Mas alguma coisa me disse que ele estava mentindo. Que talvez… — Ela olhou para o chão. — Que talvez ele estivesse conseguindo dinheiro ilegalmente.

Maddox pensou no BMW que Brett apareceu dirigindo na primeira vez que eles se viram no encontro do CNE em Jersey. Brett também tinha ficado no melhor hotel de Dexby *e* dado um festão no Ritz, em Nova York. Ele nunca mencionou emprego; na verdade, quando eles o conheceram, ele disse que era neto de Vera Grady, a famosa designer de moda, e deu a entender que ela tinha deixado muito dinheiro para ele quando morreu. O que não era verdade, obviamente.

— E a sua sequestradora? — perguntou Madison. — A polícia nunca descobriu nenhuma pista de pra onde ela foi depois que vocês fugiram?

Viola balançou a cabeça.

— Não conseguiram encontrá-la. Procuraram em toda parte. Perguntaram para todo mundo que morava naquela cidade. *Muita* gente a conhecia… e todos ficaram perplexos.

Seneca apertou os olhos.

— E mais *ninguém* disse que se lembrava de Brett ter sido sequestrado com você? Nenhum vizinho que conhecia Elizabeth?

Viola fez que não.

— Nós *nunca* saíamos. As pessoas nunca nos viam. Ela deixava as janelas bem fechadas. Jackson saiu uma vez. Ele bateu à porta de uma pessoa da rua, suplicou para que ela o recebesse em casa, mas a família o levou de volta para casa e pronto. Tenho quase certeza de que foi um turista. A polícia falou mais com os moradores. — O Apple Watch dela apitou e ela olhou para a tela. — Ah. Eu preciso ir. Meu cachorro está preso em casa.

— Espera — pediu Seneca. — Só mais algumas perguntas. Onde Elizabeth prendeu vocês? Você se lembra da casa?

— Na costa de Jersey. Não muito longe da capital, em uma cidadezinha chamada Halcyon.

— Você sabe o endereço?

— Eu só conheço de vista. Era perto do mar. Nada de mais, na verdade. Só uma casa.

Seneca lambeu os lábios.

— Sei que é pedir muito, mas você poderia nos levar lá?

Viola arregalou os olhos.

— Acho que não…

— Por favor — interrompeu Maddox. — A casa pode nos dar uma pista de onde ela está escondendo Damien.

Viola continuou balançando a cabeça negativamente.

— Mas isso aconteceu anos atrás. E a polícia revistou tudo quando esteve lá. Ela não deixou nada.

— Nunca se sabe — observou Madison.

Fora da loja, um policial andando com um pastor-alemão farejador de drogas passou. Maddox sentiu o ribombar de um trem debaixo dos pés.

Viola pareceu atormentada.

— Meu marido está me esperando em casa. O domingo é o único dia de folga dele.

Seneca segurou a mão dela.

— Olha só. Tem uma criança passando um inferno agora, como você passou. Nossa amiga também está nessa situação. Então, se você nos ajudar, vai salvar duas pessoas… *e* vai botar sua sequestradora atrás das grades. Jackson precisa de ajuda. Ele está doente. Nós precisamos impedi-lo antes que ele faça mal a mais alguém. Temos apenas mais alguns dias pra resolver isso. E, se não fizermos isso, ele vai matar Aerin.

Os olhos castanhos grandes de Viola piscaram e piscaram. A luz verde pálida de uma máquina de jogos na bancada reluziu no rosto dela. Maddox odiava o que eles estavam pedindo para ela fazer, mas também percebia que ela era uma pessoa boa. Como ela poderia *não* ajudar?

Viola abaixou a cabeça, e o grupo só viu a parte de cima. Seus ombros subiram e desceram.

— Acho que eu posso pedir a um vizinho pra olhar meu cachorro. Vamos, antes que eu mude de ideia.

DEZENOVE

TODOS SE EMPILHARAM no Jeep. Viola tirou o carro de uma garagem perto da estação e dirigiu separadamente, mas ficou à vista na frente deles para que não se perdessem.

O trajeto foi frustrante. O trânsito em Nova York nunca era bom e levou uma eternidade para eles passarem pelo túnel. O sol estava baixo no céu, indicando que o domingo estava acabando. Eles só tinham a segunda-feira. Vinte e quatro horinhas.

Seneca desejou que Viola estivesse no carro com eles; queria perguntar mais detalhes como datas, horas, locais em que ela e Brett haviam se reunido cinco anos antes, cruzando as informações com as mortes de Helena e da sua mãe. Mas talvez fosse bom dar um certo espaço a ela. Eles tinham sorte de Viola ter concordado de levá-los ao lugar onde tinha ficado aprisionada.

— Sadie Sage, Elizabeth Ivy, Heather Peony — Madison ficava murmurando. — Parece uma rima. O que esses nomes querem dizer? — Ela abriu o Google no celular e fez uma busca. Seneca espiou por cima do ombro dela quando os resultados apareceram. Os primeiros resultados foram nomes de bebês. Sadie Sage era uma marca de roupas, e havia uma Elizabeth Ivy que tirava fotos de recém-nascidos e casamentos, mas não havia ligação clara entre as três.

Eles pegaram uma saída para Halcyon e seguiram por ruas bem americanas pacatas, que cintilavam no sol poente. Uma placa apontava para um calçadão; outra mostrava o caminho de um farol. Uma banda estava tocando em um coreto em uma pracinha. Seneca sentiu um puxão dentro de si. Aquele lugar parecia agradável demais para ser o local de todas as trevas que Viola e Brett enfrentaram.

O Toyota de Viola entrou em uma rua chamada Philadelphia, e Maddox fez o mesmo. Viola reduziu a velocidade para passar por uma segunda placa de pare; Seneca se perguntou se eles estavam chegando perto. De repente, Viola parou, as luzes de freio se acendendo. Maddox também pisou no freio. Seneca esticou o pescoço pela janela. As casas da rua eram bonitas, com gramados bem-cuidados, toldos alegres e varandas impecáveis. Havia uma branca linda na esquina, com balanço na varanda e terraço. Havia uma azul bem pitoresca na rua, com um cata-vento no jardim. Só uma casinha espremida entre duas maravilhas grandes de tijolos, praticamente esquecida, era diferente do resto. A fachada estava pintada de vermelho desbotado. Os toldos da janela de cima estavam podres. O único sinal de vida era um conjunto de sinos de vento bem-cuidado pendurado na calha acima da varanda da frente; eles tilintaram ruidosamente em um sopro de vento. Havia uma árvore grande no jardim da frente que tinha um quadrado perfeito queimado no tronco. Seneca olhou por um momento com algo piscando na mente.

Mas ela se virou para Viola, que estava de pé no meio-fio com as mãos nos bolsos, olhando para o local com expressão vazia. Ela apontou para uma escavadeira e um trator parados em um terreno vazio bem depois.

— Aqueles veículos deviam derrubar aqui agora.

Seneca olhou para os dois lados da avenida larga. Dois quarteirões depois, ela via uma barreira impedindo que veículos entrassem na praia; um mar com pontos de sol aparecia mais ao longe. Havia uma energia estranha no local, algo de familiar nas rachaduras da calçada, nas luzes dançando nos telhados.

— Nós podemos entrar? — perguntou Madison a Viola.

Viola deu de ombros.

— Nós viemos até aqui. Mas, se eu não aguentar, eu saio, está bem?

Seneca subiu os degraus da frente. A varanda gemeu com o peso dela. Quando tentou girar a maçaneta, ela girou com facilidade. Lá dentro, as paredes estavam pichadas e o chão cheio de lixo. Seneca se encolheu com o cheiro azedo e cobriu o nariz. Certamente adolescentes iam lá fazer farras.

Viola olhou para os dois aposentos da frente, escuros na pouca luz. Ela apontou para um local na cozinha.

— A mesa ficava ali. Nós fazíamos a "escola" ali. — Ela apontou para um aposento vazio que devia ter tido um sofá e cadeiras. — Nós não podíamos entrar ali. Tinha uma porta. Na verdade, eu nunca via a maioria desses aposentos. Ela só nos deixava entrar na cozinha, no banheiro e em um quarto. — Sua expressão mudou quando ela olhou por uma escada que descia para um porão escuro e mofado, ainda que estivesse totalmente vazio, exceto por algumas garrafas de cerveja e guimbas de cigarro quando Seneca olhou. — Foi aqui que ela me trancou quando foi sequestrar o Jackson.

— É mesmo? — perguntou Seneca. — Jackson nos contou que ela o trancava no barracão.

Viola afastou o olhar.

— Sim, lá era o lugar especial dela pra ele. — Ela falou com uma voz tão sombria que Seneca sentiu um arrepio.

Seneca, Maddox e Madison olharam dentro de gavetas na cozinha e em armários de remédios no banheiro. Espiaram embaixo de pias e levantaram a tampa da máquina de lavar. Tatearam pela escada para subir e encontraram três quartos vazios; os armários não guardavam mensagens secretas, as marcas nos pisos de madeira não contavam histórias.

Viola mudou de posição.

— É estranho ver este lugar com tanta luz. Ela deixava as persianas fechadas o tempo todo. Não queria que ninguém nos visse e que nós não víssemos ninguém.

Seneca olhou para o corrimão. Era sinistro pensar que as mãos de Brett também tinham tocado nele. Ela esperava que algo de Brett tivesse ficado ali: um cheiro, uma mudança de temperatura no ar, mesmo que só uma sensação. Mas aquilo era uma casa velha e destruída, mais nada.

Ela encontrou Viola na cozinha de novo, olhando o quintal.

— Não está mais lá — cantarolou ela, como que em transe.

— O que não está mais lá? — perguntou Madison, parando para inspecionar uma despensa vazia.

— O barracão. Está vendo aquele quadradinho de grama? Ficava ali.

Seneca apertou os olhos, mas só viu uma área de grama quase que morta. Era difícil acreditar que algo tão horrível tinha acontecido em um espaço de aparência tão prosaica.

Viola se virou para ela.

— Não tem nada aqui, tem? Nada que vocês possam usar?

Seneca fez que não.

— Não tem. Sinto muito por ter te trazido aqui.

Viola passou o dedo pela bancada da cozinha. Levantou uma camada de poeira.

— Eu tenho pesadelos com esta casa quase todas as noites. Sonhos horríveis de que estou de volta e nunca vou conseguir fugir. Mas ver o lugar de novo… meio que tira o terror da história. É só uma casa. Ainda está de pé. E *eu* ainda *estou* de pé.

— Você é muito corajosa.

Viola fungou.

— Alguns dias, pelo menos.

Seneca puxou uma ponta solta de fórmica em uma das gavetas com uma pergunta se formando na mente.

— Você pode me contar alguma outra coisa sobre Jackson?

Viola colocou as mãos abertas na bancada.

— Ele ia pra minha cama à noite, me abraçava forte. Elizabeth acabou percebendo que nós apoiávamos muito um ao outro e nos separou com uma cortina. Ela tentava me dizer coisas que me fariam odiá-lo, como que tinha o surpreendido me olhando tomar banho e que ele detestava o fato de eu ser irmã falsa dele, mas eu não acreditava nela. Eu sabia que ela só estava tentando criar uma barreira entre nós.

A imagem mental disso encheu Seneca de uma tristeza sem fim.

— Por que você acha que você ficou bem e ele não?

Viola deu de ombros.

— Talvez porque eu tive família para a qual voltar.

Depois que Maddox e Madison acabaram de revirar a casa, eles saíram pela porta da frente e desceram na varanda que estalava. Quando Seneca estava inspecionando uma rachadura em uma janela do porão, ela ouviu passos atrás de si.

— Não vou dizer que estar aqui, no lugar em que Brett ficou prisioneiro, me dá pena do cara, apesar de dar um pouco — disse Maddox. — Mas eu entendo o que você quer dizer. Nós não devíamos sentir pena dele.

Seneca suspirou.

— Talvez eu estivesse errada. — Ela contou o que Viola tinha dito para Brett: o quanto ele dependia de Viola quando estavam presos na casa, que ele podia ter ido pelo pior caminho porque não tinha família para a qual voltar. — É uma pena que ele não tenha ido morar com Viola e os pais dela depois que eles fugiram. Talvez o tivesse ajudado ter em volta pessoas que gostavam dele.

— Com certeza — disse Maddox suavemente. — Família é tudo. — Ele olhou com intensidade para Madison, que estava levantando a tampa de metal da pequena caixa de correspondência. Claro que não havia nada dentro.

Os únicos sons eram os *clangs* melódicos dos sinos de vento. Pareceram despertar alguma coisa na mente de Seneca, uma sensação antiga e nostálgica de verão. Ela ouviu vozes e ficou tensa, mas eram só duas crianças naquele terreno baldio onde estavam os caminhões. As crianças estavam usando a pilha de terra enorme como escorrega.

De repente, ela se lembrou de uma coisa. Enfiou a mão na bolsa e tirou a foto velha e amassada que tinha encontrado no esconderijo da casa de Sadie Sage (ou Elizabeth Ivy ou Heather Peony) em Catskill.

— Viola? — disse ela. Viola estava destrancando o carro junto ao meio-fio. Seneca andou na direção dela. — Aqui. Fica com isso.

Viola abriu a porta do carro para que a luz interna pudesse iluminar a fotografia. Depois de um momento olhando, ela fez uma cara confusa.

— Quem são essas pessoas?

— N-não é você? Com Jackson? Nós encontramos a foto no meio das coisas de Elizabeth quando revistamos a casa dela em Nova York.

Viola devolveu a foto.

— Não sou eu. Também não é ele.

Quando Seneca olhou melhor, ela percebeu que Viola estava certa. Aquela garota tinha olhos verdes e os de Viola eram castanhos. Tinha uma pinta no queixo e Viola não.

Viola observou a foto e afastou o olhar.

— Eu tenho que ir — disse ela baixinho. — Já passei tempo demais aqui. Mas você me mantém informada? — O rosto dela estava cheio de preocupação. — Se encontrar o Jackson? E sobre a sua amiga?

— Claro — disse Seneca.

As despedidas foram constrangidas; Seneca não sabia se devia abraçá-la ou apertar a mão, então decidiu dar um aceno emotivo. Quando Viola estava entrando no carro, ela enfiou a cabeça para fora da janela. Seu olhar foi para um lado e para o outro, como se ela estivesse considerando dizer alguma coisa. Por fim, falou:

— Ela não me chamava de Viola, aliás. Ela me chamava de Julia.

— Julia? — repetiu Seneca. — Por quê?

Viola deu de ombros.

— Dizia que gostava do nome. E chamava Jackson de Alex. — Com um sorriso triste, ela foi embora.

Todos se olharam.

— Por que ela os chamaria por outros nomes? — sussurrou Seneca.

Maddox estava intrigado.

— Porque ela era louca?

Mais alguns momentos se passaram. O vento balançou as pontas do cabelo de Seneca. Algo dentro da casa que eles tinham acabado de visitar gemeu e Madison fez uma careta.

— Pode ser que seja só eu, mas será que a gente pode se afastar desta casa? — sugeriu Madison depois que Viola tinha ido embora. — Quem sabe andar até a praia? Este lugar está me dando arrepios.

— Claro — disse Seneca distraidamente, e eles se viraram na direção da praia.

Havia um caminho estreito e uma ponte de madeira que levava às dunas, e em pouco tempo eles estavam na areia. A praia estava mais cheia do que Seneca esperava: várias pessoas aproveitavam o finzinho do pôr do sol, um homem obstinado ainda estava passando o detector de metais na areia e vários adolescentes corriam atrás uns dos outros perto da água. Ela inspirou o cheiro intenso e salgado e deixou o corpo relaxar. Havia algo em estar na praia que a acalmou um pouco, mesmo com todas as perguntas fervilhando na cabeça.

Ela pensou no que Viola tinha acabado de dizer e, na luz fraca, olhou intensamente para a foto que Viola não quis. Duas crianças, um menino e uma menina, parados em uma calçada. Eles estavam sorrindo. *Felizes*. Essa devia ter sido a primeira pista; ela duvidava que Brett e Viola fossem sorrir para Elizabeth. Então quem eram aqueles dois? O que eles significavam para a sequestradora?

Maddox andou um pouco mais pela praia. Madison começou a subir em uma cadeira de salva-vidas abandonada. Mas Seneca ficou no lugar. Por palpite, ela pegou o celular e digitou *Viola Andrews*, que era o nome de solteira de Viola. E, realmente, alguns artigos sobre o desaparecimento de Viola e seu retorno surgiram. Os detalhes batiam com o que Viola tinha contado: ela havia sumido do bairro e ninguém viu o que aconteceu, mas, diferentemente da história de Damien, em que Sadie Sage, a professora de piano, também estava desaparecida, ninguém pareceu fazer a ligação de que Heather, a professora de matemática, havia ido embora da cidade. Só depois que Viola fugiu e ela explicou quem a tinha levado foi que a polícia revirou informações sobre Heather Peony, o nome que Sadie usava na época. As imagens de Heather estavam granuladas, meio fora de foco, mas Heather tinha o mesmo nariz fino e queixo pontudo de Elizabeth Ivy *e* Sadie Sage.

Seneca ficou olhando para o nariz da mulher. A garotinha na foto que eles tinham encontrado em Catskill tinha o mesmo nariz. E, pensando melhor, o garoto da foto tinha as sobrancelhas de Sadie, bem arqueadas e expressivas. Essas eram as duas únicas coisas que se destacavam nas duas crianças; fora isso, eram crianças comuns, tão comuns quanto Brett. E devia ter sido por isso que Seneca confundiu Brett com o garoto da foto.

Lentamente, sua mente se agarrou a uma ideia chocante. Era *possível*?

Família é tudo, Maddox dissera um pouco antes. E ela pensou no que Freya tinha dito para eles na floresta sobre Sadie: *Ela amava crianças. Talvez quisesse ter filhos.*

— Maddox, Madison — chamou Seneca. Os dois se viraram rapidamente, os olhos arregalados e alertas. Eles correram de volta até ela, talvez por verem o choque em seu rosto.

Ela mostrou a foto das crianças e a foto de Sadie, apontando as características em comum, os traços genéticos similares.

— As crianças desta foto — disse ela, a voz travada e tensa —, será que são os filhos biológicos da nossa sequestradora?

VINTE

– COMO É? — Maddox olhou para Seneca horrorizado.

Seneca estava segurando a foto com tanta força que as beiradas se curvaram. Não muito longe, uma onda quebrou. Um carro passou na rua da praia tocando hip-hop alto. Um pássaro (ou talvez um morcego) voou silenciosamente acima da cabeça deles, fazendo-o tremer.

— Será que eles poderiam ser os verdadeiros filhos de Elizabeth-Sadie-Heather ou seja lá qual for o nome dela? — repetiu Seneca. — Eles são parecidos com ela.

— Vamos ver se há algum registro de ela ter filhos. — Os dedos de Madison voaram no celular.

— E talvez os nomes deles sejam Julia e Alex — disse Seneca.

Maddox olhou para ela, surpreso.

— Você quer dizer os nomes que Elizabeth usava com Viola e Brett?

— É só uma ideia.

Maddox olhou para a lua nascente sobre o mar. Seria possível?

Madison foi descendo até estar sentada na areia.

— Olha, não estou encontrando nada sobre Sadie Sage ou Elizabeth Ivy terem filhos chamados Julia e Alex, mas acho que pode não estar em nenhum registro. Se Elizabeth usava outros nomes quando teve os filhos, seria esse que estaria nas certidões de nascimento.

— Continua procurando — aconselhou Seneca. Ela mostrou a foto. — Será que a gente consegue fazer uma pesquisa dessa foto? Pode ser que esteja no Facebook, sei lá.

Eles carregaram a imagem no TinEye, mas não houve resultados.

— Eu não estou surpresa — disse Madison. — Essa foto parece ter mais de quinze anos. Nós não tirávamos milhões de fotos nossas quando crianças como agora. Os celulares tinham câmera na época?

O vento estava jogando o cabelo de Seneca no rosto, mas ela não pareceu notar.

— Tudo bem, então Sadie Sage teve filhos. E talvez os nomes deles *fossem* Julia e Alex. Se essa foto foi tirada mais de quinze anos atrás, essas crianças teriam uns vinte e poucos anos agora. Nós estamos pensando que talvez *elas* saibam onde Sadie está escondida?

— Talvez — disse Maddox, sem ter pensado nisso. — E aí, como a gente poderia encontrá-los? Eles talvez possam nos contar muita coisa.

— Não vai ser fácil tendo só os primeiros nomes — resmungou Seneca. Ela se sentou no meio-fio e massageou as têmporas. — O que isso tudo *significa*?

Todos ficaram clicando nos celulares enquanto o sol descia no horizonte. Sites de redes sociais, salas de bate-papo, canais de notícias... mas eles não sabiam exatamente o que procurar. Julia e Alex não iam fazer uma grande revelação no programa *Today* como filhos de uma mãe sequestradora maluca. E como os nomes deles eram bem comuns, eles não tinham como reduzir resultados garantidos que moravam em Catskill ou na área norte de Jersey, que Viola tinha quase certeza que era onde Heather morava quando dava aulas de piano para Brett.

Perdidos, eles andaram de volta para a rua e tentaram falar com Thomas no hospital. Ele estava acordado, e Seneca contou os detalhes de tudo que eles tinham descoberto.

— Tem uma coisa que vocês não consideraram — disse Thomas. — Julia e Alex podem ter vinte e poucos anos *agora*, mas eram crianças quando Brett e Viola foram capturados. Onde eles estavam quando tudo aquilo estava acontecendo?

— Morando com o pai, talvez? — sugeriu Madison. — A mamãe e o papai não se davam?

— É possível — disse Thomas. — Muitos sequestradores são pais que perderam a guarda dos filhos. Eles se sentem impotentes porque o tribunal entregou os filhos ao outro e pegam os filhos e fogem.

Seneca apertou os olhos.

— É, mas então por que Sadie não roubou os *próprios* filhos? Por que pegou crianças que só se *pareciam* com os filhos dela?

— Talvez houvesse uma medida protetiva? — sugeriu Madison.

Thomas fungou.

— Ela não se importaria com uma medida protetiva. As pessoas no estado mental dela raramente se importam.

Seneca fez uma pausa ao lado de uma lata de lixo transbordando.

— Talvez nós não estejamos pensando nisso do jeito certo. Não faz sentido que Sadie pegasse outras crianças e não as dela. E não só uma vez, mas pelo menos duas vezes. E se ela chamava Brett e Viola de Alex e Julia porque eram os nomes dos filhos... será que ela também está chamando Damien de Alex? O que isso sugere? Por que alguém faria isso?

Todos ficaram em silêncio. Maddox ficou olhando com expressão vazia para as estrelas que estavam começando a surgir. Madison inspirou.

— Será que aconteceu alguma outra coisa com os filhos que a deixa se sentindo impotente? Tipo, não um divórcio amargo... mas algo trágico, talvez?

Maddox sentiu um arrepio.

— Eu estava pensando a mesma coisa — disse Thomas, a voz estalando. — Digamos que os filhos de Sadie tenham sofrido um acidente... ou tenham sido mortos. Talvez tenha sido algo pelo qual ela não consegue se perdoar, ou algo que estivesse fora do controle dela. Quando vê uma criança que se *parece* com seus filhos, emoções fortes surgem dentro dela. Ela surta. Precisa ter aquelas crianças, quem quer que sejam, pra compensar as que foram tiradas dela. É como uma doença. Assim, ela sequestra os sósias. Repetidamente.

— E os chama de Alex e Julia — disse Seneca, pensando bem.

— E brinca de casinha. Dá comida, ensina, mas nunca deixa que saiam da vista dela. E os pune se eles saem da linha. Se tentam escapar.

Madison olhou para o celular, mas não pareceu saber o que pesquisar.

— Procura alguma coisa tipo *acidente horrível, crianças* — instruiu Seneca. — Ou talvez um assassinato duplo? Se a gente encontrar algum resultado, talvez dê pra saber o verdadeiro nome da Sadie. Isso seria uma coisa *enorme*.

— Teria que ser antes de 2002. — A voz de Thomas estalou com a estática do telefone. — Porque foi quando Brett foi sequestrado, e imaginamos que a tragédia tenha iniciado o padrão.

— E Brett tinha nove anos, né? — perguntou Seneca, os olhos na tela. — Viola tinha onze. Damien também tem nove. Talvez haja algo de significativo nas idades. Talvez seja a idade dos filhos dela quando aconteceu.

Mais buscas no celular. Os primeiros itens a ocupar os resultados do Google no celular de Maddox foram muitas mortes acidentais de pré-adolescentes fazendo o "jogo do sufocamento", crianças brincando com armas dos pais e atirando umas nas outras sem querer e um acidente bizarro envolvendo uma menina de onze anos e um pitbull. Ele olhou e olhou, mas não achou nada que batesse.

Depois de quarenta e cinco minutos, o cansaço começou a bater. Madison esfregou os olhos. Thomas precisou sair do telefone porque um médico tinha entrado no quarto.

— Pessoal, talvez seja um beco sem saída — disse Maddox. — Talvez Sadie só gostasse mesmo dos nomes Julia e Alex. E talvez as crianças da foto... não sejam ninguém.

Seneca resmungou.

— Mas eu tenho a sensação de que estamos *pertinho assim* de descobrir o nome real dela.

Eles estavam de volta ao local onde haviam estacionado agora, na frente da casa onde Brett tinha ficado preso por seis longos anos. De repente, uma luz se acendeu na casa em frente, do outro lado da rua, e Maddox se virou. Duas pessoas passaram na frente do janelão. Elas viram Maddox e seus amigos? Eles deviam parecer malucos parados na frente daquela construção decrépita, todos no celular. Ainda assim, Maddox abriu uma aba nova, se perguntando o que mais poderia procurar. Ele já tinha digitado *crianças assassinadas, acidentes horríveis de carro, afogamentos na praia, ataques de tubarão* e outros incidentes bizarros que poderiam deixar uma mãe louca. O que mais havia?

Ele pesquisou de novo, mais do que frustrado. A janela do outro lado da rua estava escura de novo, mas o casal tinha acendido uma vela, facilmente visível sobre a lareira. Maddox viu a chama laranja quente tremeluzir e dançar. Novas luzes foram acesas no andar de cima, e ele viu o casal se mover por um quarto. Eles lembravam que a vela ainda estava acesa no andar de baixo? Ele podia imaginar sua mãe com TOC vendo tudo se desenrolar: ela era louca no que dizia respeito a deixar velas acesas sem ninguém tomando conta. *Isso sempre leva a incêndios*, dizia ela repetidamente.

Incêndio. Seus dedos voaram e digitaram uma nova busca usando alguns dos detalhes.

— Ah, meu Deus — sussurrou ele, quando os resultados apareceram. Foi só mudar algumas palavras e de repente um mundo novo foi revelado.

Ele mostrou a Seneca o artigo que tinha encontrado. *Pessoas da família identificam menino de nove anos e menina de onze anos como vítimas de incêndio destruidor em uma casa da pacífica cidade litorânea de Lorelei, Nova Jersey.* O artigo estava datado de 2001.

— Opa — disse Seneca com voz assombrada.

A página levou um tempo para carregar. Maddox passou os olhos pelo texto, o coração acelerando a cada palavra. Uma mãe solo, Candace Lord, uma menina de onze anos chamada Julia e um menino de nove anos chamado Alex estavam de férias em família quando a propriedade alugada pegou fogo. Candace estava no quintal na hora; os filhos estavam dormindo. Quando o corpo de bombeiros chegou, a casa tinha queimado quase toda; as crianças não sobreviveram. Desconfiavam de um problema na fiação.

O artigo falava da escola em que as crianças estudavam, em um lugar no meio de Nova Jersey, e dizia que o pai, um tal Richard Quigley (Candace não tinha mudado o sobrenome quando se casou) tinha falecido de ataque cardíaco súbito uns seis meses antes. Os pais de Candace, Dawn e William, moravam em uma cidade chamada West Prune, a uma hora do local onde eles foram passar as férias. Havia algumas frases sobre o funeral e três fotos com o artigo. Dois eram as fotografias escolares mais recentes de Alex e Julia Quigley na época... e, depois de uma olhada rápida na foto na mão de Seneca, foi confirmado que eram as mesmas crianças. A terceira foto era de uma mulher com os olhos inchados. Quando Maddox se inclinou para olhar melhor, os pelos da nuca dele ficaram em pé. Havia algo na forma das sobrancelhas e do nariz dela que o fez ter certeza.

— Sadie — sussurrou ele.

— Será que esse incidente a fez surtar? — sussurrou Madison. — E é por isso que ela sente necessidade de sequestrar outras crianças e deixá-las trancadas? Ela não pôde salvar os filhos, e uma parte distorcida do cérebro dela agora acha que pode superar se mantiver crianças em segurança dentro de casa.

— Ela não consegue aceitar que os filhos morreram — sugeriu Seneca. — Obviamente, é por isso que ela escolhe crianças que se parecem com Alex e Julia; ela quer ficar o mais próxima que puder da antiga família. Parece até que ela queria escolher crianças que tinham os mesmos interesses que as dela; Brett e Viola tocavam piano como Alex e Julia, assim como Damien.

— Foi por isso que ela deu aulas de piano e se tornou professora de matemática — disse Maddox. — Ela estava procurando mais crianças. Também foi o motivo de ela ter alunos de várias partes, pra poder encontrar vítimas perfeitas. As mais parecidas com Alex e Julia.

— Ela tem um padrão, assim como Brett tem um padrão — sussurrou Seneca.

Todos pararam um momento para deixar a ficha cair. Um caminhão de sorvete passou, uma música doce e metálica saindo dos alto--falantes. Maddox se virou para o grupo, tomado de uma sensação terrível.

— Só que tem uma coisa em que a gente não pensou.

— O quê? — Madison piscou com força, a voz cheia de medo.

— Se ela estiver tentando criar a família perfeita, ela escolhe um Alex e uma Julia de substitutos. Brett era Alex. Viola era Julia. Mas, no sequestro atual, nós só temos um Alex.

Seneca pareceu estar passando mal.

— Você está certo.

Madison assentiu, o que foi bom. Maddox nem sabia se queria dizer as palavras em voz alta. Talvez não houvesse só um menino preso na toca daquela mulher perturbada. Talvez houvesse uma garota sequestrada também.

VINTE E UM

BRETT OLHOU PELA janela para a noite cada vez mais escura. Ele ouvia os carros passando e vozes chamando. A maioria das vozes ele reconhecia. Conhecia cada centímetro daquela rua. Cada canteiro de flores, cada arbusto. Conhecia cada vizinho: quem era simpático, quem não era, quem era xereta e quem estava cagando. Ele também sabia quando gente nova pisava na rua. Era como se a rua fosse *parte* dele, um pedaço de sua alma.

O telefone tocou e ele verificou a tela. Seneca de novo. Ela não era uma aluna exemplar?

— Sim? — disse ele. Ele espiou de novo o GPS dela na tela. Seu estômago ficou meio embrulhado; era óbvio onde ela estava. Mas ele não podia deixar que isso o afetasse. Então ela estava descobrindo tudo, revirando cada pedra. Isso era parte do processo. Ele tinha que ficar calmo.

Só que, bem, ele *não estava*.

— O verdadeiro nome de Elizabeth Ivy era Candace Lord. — As palavras de Seneca saíram em turbilhão. — Ela tinha dois filhos que tinham onze e nove anos, e eles morreram em um incêndio brutal. Ela começou a sequestrar crianças que eram parecidas.

Brett assentiu.

— Sim. Isso mesmo.

Houve uma pausa.

— O que você quer dizer com *isso mesmo*?

— Eu já sabia disso.

Ele conseguiu visualizar o queixo de Seneca caindo.

— Então por que você não nos *contou*?

— Eu queria dar um dia pra ver se vocês conseguiriam descobrir sozinhos. E conseguiram, bravo.

— Mas nós desperdiçamos um dia! Nós poderíamos estar bem mais à frente agora!

As paredes daquele lugar estavam mal emassadas, com caroços aqui e ali e espirais enormes. Brett passou os dedos sobre as irregularidades, hipnoticamente. Não era como se ele estivesse tentando entupi-los de trabalho. Seneca podia pensar que era brincadeira, mas era estratégia. Ele sabia como pistas funcionavam. Se desse de lambuja tudo que sabia, eles não procurariam pistas novas nem chegariam às próprias conclusões. Só ficariam seguindo as pistas dele e possivelmente entalariam no mesmo ponto que ele. Se eles desperdiçaram um dia, que fosse. Valia o novo olhar. O objetivo final era a mulher que o sequestrou, e ele faria qualquer coisa para encontrá-la.

E também havia a questão de Aerin. Brett inspirou; ele sentia o cheiro do sabonete que ela havia usado para tomar banho mesmo do corredor. Não sabia se queria abrir mão dela. Porque, quando fizesse isso, ele nunca mais a veria.

— Elizabeth *contou* pra você que os filhos dela tinham morrido? — perguntou Maddox.

Brett se afastou da janela agora e começou a andar pelo corredor. O tapete estava gasto de todos os círculos que ele tinha feito.

— Nunca explicitamente, não. Mas eu concluí. E, depois que fugi, eu descobri o verdadeiro nome dela e o que tinha acontecido com eles. Eu até visitei os pais dela para tentar entender tudo.

— O que eles disseram? — perguntou Madison.

Brett deslizou pela parede do lado de fora do quarto de Aerin e pensou em quando andou até a casa dos Lord tantos anos antes. Foi um dia quente e empoeirado. Ele já tinha começado a suar profusamente na porta e estava com o estômago embrulhado.

— Eu bati na porta deles. Eles moravam numa casa enorme. Não falei quem eu era nem nada. Tenho certeza de que não teriam acreditado em mim. As pessoas tinham ouvido sobre uma garota que foi sequestrada, mas por uma mulher chamada Elizabeth Ivy, não a filha deles. Então, eu falei que estava vendendo assinaturas de revista. Eu tinha um livreto, formulários pra eles preencherem.

— Como eles eram? — perguntou Thomas.

Quando Brett fechou os olhos, ele conseguiu ver os rostos enrugados dos Lord, o cabelo grisalho nada atraente da mãe, a barriga do pai. A casa tinha cheiro de pot-pourri. Um gato andou em volta das pernas dele e deixou pelinhos grudentos. Ele teve vontade de jogar o gato do outro lado da sala, de fazê-lo berrar. Teve vontade de derrubar todas as fotos de Candace quando garota que ocupavam o piano de cauda, de quebrar o vidro. Ele teve vontade de pular na mesa de centro e dizer para aquelas pessoas exatamente quem a filha deles era… mas ele ficaria fraco. A fúria ainda estava encolhida dentro dele, adormecida; ele ainda não sabia como usá-la. Então, ficou sentado no sofá, bebendo o café que eles ofereceram, mudo com o livreto falso de revistas no colo.

— Eles me convidaram pra entrar — disse ele. — Eu fiz meu discurso. Tentei puxar conversa. Perguntei se eles tinham bichinhos e depois se tinham filhos. Eles falaram de uma filha. — A garganta dele pareceu áspera quando ele se lembrou do ódio que sentiu quando eles falaram a palavra *filha* com tanto amor. — Eu perguntei onde ela estava. Mas eles calaram a boca. Não me contaram nada. — Bom, tinha sido *ele* a fechar a boca. Ele tinha entrado naquela casa e era como qualquer casa, com móveis e tapetes e aromatizadores de ar e café passando na cozinha. Quando se sentou no sofá, ele reparou em uma aquarela pequena de coruja pendurada em uma das paredes e olhou de novo. Havia o mesmo quadro na parede da casa *dele*, da qual Candace o tinha roubado. Parecia inacreditável que a vida dele pudesse se cruzar com a dela de alguma forma, mas ali estava, aquela coruja idiota em um galho, os olhos grandes sem piscar. E aí ele passou a pensar sobre aquele quadro da coruja e o resto dos pertences dos pais: os sofás, os cobertores, os livros, as coisas que tornavam aquele lugar uma casa. Quem sabia o que tinha acontecido com aquilo tudo. Ele nem tinha verificado. De repente, ele ficou engasgado e seu coração começou a bater rápido demais.

Mas ele não precisava dizer isso para eles. Se eles não entendiam que ele não ficava calmo e lúcido quando o assunto era caçar sua própria sequestradora, ele que não ia dizer.

— Você acha que eles sabem o que ela faz? — perguntou Seneca, incrédula.

— Eu tive a sensação de que eles não a viam havia muito tempo. Só isso.

— Eles não mencionaram as crianças e o incêndio?

Brett fungou. *Nós nem chegamos a esse ponto.*

— Eles me expulsaram de lá rapidamente. O pai ficou furioso. Disse que não tinha dinheiro para o que eu estava vendendo... o que era mentira, porque a casa era toda bacana. E foi isso. Eu não encontrei mais nada sobre ela. Perguntei sobre ela na região onde os pais moravam, mas ninguém sabia de nada. — Ele se levantou, as pernas dormentes, os nervos à flor da pele. — Então pronto. Agora, estamos todos no mesmo ponto. Se bem que não vou dizer nada sobre a forma como vocês envolveram Viola nisso, o que vocês deveriam considerar uma dádiva. Vocês me desobedeceram.

Seneca inspirou fundo.

— Como você soube que a gente falou com Viola?

Brett a ignorou.

— Faça de novo e eu não vou ser mais tão legal. Entendeu?

E, com isso, ele apertou o botão vermelho e empurrou o celular languidamente pelo tapete, fazendo-o bater de leve na parede mais distante.

Brett apertou a base das mãos nos olhos. Imagens da casa apertada e escura onde ele ficou aprisionado dançaram na mente dele. Conseguia praticamente sentir a sombra do local sobre ele, e agora que Viola tinha sido arrastada para a história, ele foi bombardeado com lembranças dela também... delicada, gentil, mas tão assustada quanto ele. E aquele barracão... ele conseguia *sentir o cheiro* da podridão do barracão, sentir os insetos invisíveis andando nele, ouvir a própria voz chorar baixinho, sem parar. Nunca tinha tido certeza de que ela o deixaria sair. Cada vez que ela o enfiava lá dentro, ele sempre ficava com certo medo de ser deixado lá até morrer.

Então Elizabeth tinha perdido filhos em um incêndio, e isso tinha gerado um veneno dentro dela. Não significava que tinha que transferir o veneno para outras pessoas. Não significava que tinha que vazá-lo *nele*.

Brett às vezes se perguntava quem ele seria se não tivesse ido com Elizabeth naquele dia. Se houve um rasgo no tecido do contínuo de espaço-tempo; se tivesse ficado na escola um pouco mais e brincado no parquinho com amigos. Ela não teria conseguido chegar até ele, não teria contado as mentiras.

Teria havido videogames. Manhãs de Natal. Parques de diversões, peças de escola, primeiras namoradas. Não teria havido gritos e noites frias e escuras em um barracão. Ele não teria sido mudado e estragado. Provavelmente teria se formado no ensino médio, ido para a faculdade. Talvez o Jackson Alternativo tivesse um emprego agora, uma namorada, uma vida normal.

Era tão inimaginável quanto morar em Saturno. Quanto respirar gás hélio em vez de oxigênio.

Um gemido baixo e sujo escapou de seus lábios. Era de uma parte envergonhada dele, uma parte lamuriante, talvez a parte que ainda existia de antes daquilo tudo, a que às vezes saía pelas brechas e olhava para ele, horrorizada com o que ele tinha se tornado. Ele olhou para as próprias mãos, de repente não reconhecendo-as. *Ah, meu Deus*, uma voz soou na cabeça dele. *Ah, meu Deus, onde eu estou?*

— Brett?

Aerin estava chamando do outro lado da porta trancada. Lentamente, ele girou a fechadura, uma luz cinzenta fraca saiu de dentro do quarto; só então ele se deu conta de que estava sentado na escuridão absoluta, não muito diferente do nada, negro e profundo, em que ele ficava quando Elizabeth o trancava no barracão. Aerin estava sentada de pernas cruzadas na cama, olhando para ele com os olhos azuis grandes e lindos com uma gentileza que quase doeu.

— V-você está bem?

Por um momento, Brett não soube o que dizer. Quando alguém tinha feito essa pergunta a ele pela última vez? Anos antes? *Décadas?*

— Ah, vai — disse ela com uma risada insegura. — Vamos tentar uma coisa nova em que nós conversamos sobre as nossas merdas em vez de enfiar embaixo do tapete.

Ele tinha certeza de que não merecia a gentileza de Aerin. Não sabia se merecia alguma coisa. Pensava que desenterrar Elizabeth seria bem mais fácil do que aquilo. Achava que, àquela altura, estaria imune a sentimentos. Seria tão mais simples desse jeito.

— Eu não estou bem — admitiu ele. — Nem um pouco.

VINTE E DOIS

ÀS SETE DA manhã do dia seguinte, Maddox se encostou no Jeep no estacionamento de um Motel 6 na beira da estrada e alongou as panturrilhas. Ele tinha corrido doze quilômetros naquela manhã, e apesar de ter tido que acordar às 5h para isso, apesar de ter precisado correr por um pedaço sinistro de rodovia que mal tinha acostamento, foi delicioso, purificador e necessário.

Ele viu Seneca do outro lado do estacionamento, saindo do saguão. Ela andou até ele e lhe entregou sem falar nada uma xícara de café que devia ter conseguido na recepção.

— Obrigado — disse ele, e tomou um longo gole. Seneca também tomou. O café tinha gosto metálico, do jeito que Seneca odiava, mas ela não pareceu notar. Os olhos dela estavam vermelhos. O cabelo estava desgrenhado em volta do rosto, sem pentear.

Maddox limpou a garganta.

— Dormiu mal?

Ela olhou para ele com expressão meio perdida.

— Você *não*?

Maddox assentiu.

— Eu só dormi umas duas horas. Mas correr deu uma espairecida na minha cabeça.

Seneca abriu a boca, parecendo que ia dizer uma coisa mordaz sobre o vício dele em exercícios, mas desistiu.

— Quem me dera ter alguma coisa como a corrida.

— Você sempre pode vir comigo. Eu iria devagar por você. — Ele deu uma piscadela para ela, esperando que ela respondesse com algo como *Ei, quem disse que eu sou lenta?*. Mas Seneca só ficou olhando para a xícara de café.

Ela parecia tão infeliz. Era estranho não saber mais a coisa certa a dizer para ela. Ele queria dizer que entendia. Queria contar sobre o pânico que também sentia; eles tinham meras *horas* para encontrar Aerin, e as coisas não estavam boas. Ele também queria dizer que gostaria que ela falasse mais com ele, se abrisse. Mas as palavras pareciam entaladas na garganta dele. Como era possível que eles tivessem se sentido tão conectados apenas dois dias antes e agora pareciam estranhos?

Ele enfiou as mãos nos bolsos.

— Quem sabe você pode dormir no caminho até a casa dos Lord — sugeriu ele, mas pela expressão que Seneca fez, achou que ela tinha acordado de vez.

Maddox voltou para o quarto e tomou banho, Madison acordou, tomou café, e eles estavam prontos para ir. Ninguém disse nada quando eles entraram no Jeep e Maddox ligou o motor.

— Qual é mesmo o endereço dos Lord? — perguntou Maddox.

Seneca leu o endereço. Maddox o digitou no GPS do celular. O sol brilhou em seus olhos quando ele entrou à esquerda na rodovia. Era loucura estarem indo ao mesmo lugar que Brett já tinha tentado? Eles achavam mesmo que chegariam mais longe do que ele? Era possível; primeiro, porque Brett era muito mais jovem quando interrogou o casal e ainda estava marcado emocionalmente por tudo que tinha acontecido. Mas, mesmo assim, Maddox não tinha certeza.

— Pega a próxima saída — recitou Madison, lendo o app do GPS no celular de Maddox. Eles estavam indo para oeste. Nos artigos sobre o incêndio envolvendo os filhos de Candace, os pais dela estavam listados como vivendo em uma cidade chamada West Prune, Nova Jersey; vinte anos depois, o 411.com dizia que eles ainda estavam lá, embora parecesse que eles tinham se mudado de uma casa para um prédio chamado West Prune Arms.

O trajeto levou uma eternidade, por quilômetros e quilômetros de pastos de gado; eles seguiram por trechos longos sem ver nenhum outro veículo… o que parecia, na opinião de Maddox, um pesadelo sinistro e distópico. Seneca levantou o cabelo do pescoço repetidamente, reclamando de umidade. Madison se mexeu com desconforto no banco de trás, olhando para os campos vazios infinitos e para os outdoors genéricos pela janela. Maddox não conseguia achar uma única estação de rádio de que gostasse e decidiu ficar em uma de música country, apesar de odiar o sotaque do cantor.

Finalmente, eles chegaram a West Prune, que parecia ter sido um lugar adorável no passado, mas agora estava cheio de lojas fechadas e uma abundância de minimercados, Dunkin' Donuts e pessoas de aparência sinistra paradas nas esquinas. Seneca apontou para um prédio ao longe.

— Acho que é ali.

O prédio West Prune Arms parecia uma prisão chique. Tinha fachada de tijolos e algumas janelas estavam cobertas por tábuas e outras tinham aparelhos de ar-condicionado pingando. Uma mulher de cabelo desgrenhado estava sentada na entrada, murmurando sozinha. Uma briga muito alta vinha de uma janela aberta em um andar superior.

— Que alegre — disse Madison sarcasticamente, abraçando o próprio peito.

Maddox franziu o nariz.

— Brett não disse que eles moravam em uma casa legal? Eu imaginaria que o apartamento para o qual eles mudaram seria parecido.

Quando eles subiram na calçada, Seneca olhou para o grupo.

— A gente devia falar a verdade com essas pessoas... da melhor forma possível, pelo menos. Tem a vida de uma criança em perigo. Nós estamos ficando sem tempo.

Maddox apertou os olhos verdes.

— Nós contamos que a filha deles é uma sequestradora?

— Não tenho certeza. Acho que precisamos sentir se eles têm alguma ideia de onde Candace está e do que anda fazendo. Brett disse que eles não quiseram contar nada sobre ela, o que quer dizer que talvez estivessem escondendo alguma coisa ou talvez não soubessem. Acho que devemos começar dizendo que estamos seguindo uma pista de um caso antigo e precisamos falar com ela.

— Me parece bom — disse Maddox, e todos foram em frente.

A porta do saguão não estava trancada, então eles entraram direto, passaram pela parede de caixas de correspondência e espiaram a lista de moradores. Dizia que os Lord moravam no apartamento 4G. O elevador tinha uma placa que dizia *Quebrado* acima das portas, e eles subiram os quatro lances de escada, o calor aumentando e ficando mais claustrofóbico a cada andar. Andaram por um carpete manchado até encontrarem o apartamento 4G. Lá dentro, Maddox ouviu alguém falando, um rádio ou talvez a televisão. Ao lado dele, Seneca inspirou fundo. Maddox tentou entender o que ela estava sentindo. O quanto era estranho ele estar no prédio onde moravam os pais da mulher que deflagrou uma terrível reação em cadeia? Claro que ela tinha revirado na cama a noite toda. Tantas peças do quebra-cabeça pessoal dela estavam se juntando e uma parte pequena era boa.

Ele esticou a mão para tocar a campainha, mas não houve som. Não devia estar funcionando. Madison esticou a mão e bateu com força na porta, chegou para trás e empertigou os ombros.

Não aconteceu nada.

Maddox bateu em seguida. O rádio continuava falando. Ele espiou por uma janela; dava para uma saída de ventilação. Um gato preto andava preguiçosamente na direção de uma lata de lixo. Foi quase cômico ver um símbolo de azar nessa hora.

Finalmente, Madison esticou o punho.

— Olá? — disse ela com impaciência. — Tem alguém em casa? — Na metade da terceira batida, eles ouviram uma tosse atrás deles. Uma mulher grisalha com círculos roxos embaixo dos olhos e várias linhas em volta da boca apareceu no alto da escada, com duas sacolas da CVS penduradas nos pulsos. Maddox pulou para trás, o coração na garganta.

— Ah! — exclamou Madison, se empertigando. — Você é, hã, a sra. Lord?

A mulher piscou com dificuldade, como se fosse um brinquedo de dar corda nos estágios finais.

— Sim — disse ela com voz trêmula. Ela olhou para o grupo, confusa, como se nunca tivesse visto tanta gente no corredor de uma vez.

Seneca respirou fundo.

— Sim, oi. Nós somos um grupo de investigadores examinando casos antigos e estamos seguindo uma pista sobre sua filha, Candace. Você tem ideia de onde ela esteja? Nós precisamos muito falar com ela.

A sra. Lord abriu os lábios. A cor sumiu lentamente do rosto dela e revelou veias azuis nas têmporas.

Um homem alto e magro com mãos grandes, cabelo volumoso e barriga de cerveja que caía pela cintura da calça do uniforme do serviço postal apareceu no patamar. Ele correu até a sra. Lord, e ela meio que se derreteu nele e escondeu a cabeça em seu peito.

— O que está acontecendo aqui? — perguntou o homem, supostamente o sr. Lord, para o grupo. — Quem são vocês? — Ele indicou o apartamento. — Não adianta nos roubar. Nós não temos nada.

— Não é nada disso, senhor. — Seneca limpou a garganta. — Nós temos algumas perguntas sobre a sua filha.

O homem relaxou aos poucos, mas não pareceu satisfeito.

— *Que* tipo de perguntas? — perguntou ele lentamente depois de um momento.

— Nós somos investigadores — disse Seneca. — Precisamos encontrar Candace.

O sr. Lord deu de ombros e começou a destrancar a porta.

— Bem, *nós* não temos ideia de onde ela está. Há anos.

Ele entrou e fez um gesto para a esposa o seguir, mas ela ficou parada no carpete do corredor.

— Espere. Eu quero saber do que isso se trata.

O sr. Lord pareceu irritado, mas deu de ombros, revirou os olhos e abriu mais a porta para todos entrarem. Maddox espiou a sala antes de entrar. Um gato cinza, felizmente não preto, estava deitado em um sofá de couro, e um branco estava na bancada da cozinha. Havia um piano de cauda ocupando todo o local onde seria a sala de jantar. A mobília dos Lord era velha, mas uma parte era de couro ou de madeira pesada.

— Você trabalha nos Correios? — perguntou Seneca educadamente, indicando o uniforme.

O sr. Lord olhou para ela como se ela tivesse três cabeças.

— Hã, *sim* — disse ele rispidamente. — Mas não tenho ideia do que isso tem a ver.

— Não tem. — Seneca estava com um sorriso sereno. — Eu só fiquei curiosa.

— Por favor, nos conte sobre Candace — disse a sra. Lord com impaciência. Ela mal tinha atravessado a soleira do apartamento e estava retorcendo as mãos com tanta força que os nós dos dedos estavam projetados. — Ela fez alguma coisa? Está encrencada? Vocês sabem onde ela está?

— Na verdade, nós tínhamos esperanças de que *vocês* pudessem ajudar com isso — disse Maddox. — Quando vocês a viram pela última vez?

— Nós já contamos. — O sr. Lord botou as sacolas de compras na ilha da cozinha, que era visível da sala. — Foi há mais de dez anos.

— Aconteceu alguma coisa que a fez ir embora? — perguntou Seneca.

A sra. Lord piscou rapidamente.

— Bem, houve… um acidente. Ela ficou muito chateada.

Seneca assentiu solenemente.

— Um incêndio doméstico, não foi? Na casa onde ela foi passar férias? Matou os filhos dela?

A sra. Lord pareceu surpresa.

— Sim! Como você sabia?

— Porque eles nos *pesquisaram na internet* — disse o sr. Lord com rispidez. Ele olhou para o grupo com desconfiança. — É o que os jovens fazem hoje em dia.

— Você pode nos contar sobre o estado mental dela depois do incêndio? — Seneca direcionou a pergunta à sra. Lord.

O olhar da mulher se desviou para o carpete… que, Maddox reparou, estava cheio de pelos de gato e algo áspero, talvez areia.

— Ela perdeu os filhos e ficou arrasada.

— Tenho certeza de que sim — disse Seneca com solidariedade. — E ela se comportou de um jeito estranho? Fez algo… alarmante?

O sr. Lord bateu com uma lata de sopa na bancada.

— Isso não é da sua conta.

A sra. Lord olhou para ele com impotência.

— Posso só contar a coisa do mercado?

Ele balançou a cabeça de leve.

— Isso é *particular*, Dawn.

A boca da sra. Lord se curvou para baixo. Maddox pensou em quando Brett disse que não tinha chegado a lugar nenhum com aquele casal, e ele estava começando a ver por quê.

— Por favor — pediu Seneca. — Se vocês nos contarem um pouco que seja, isso pode ter conexão a uma coisa que está acontecendo agora. Nós talvez consigamos *encontrá-la* pra vocês.

A mãe de Candace levantou a cabeça com esperança. Mais alguns olhares foram trocados pelo casal, e ela se virou para Seneca. Sua garganta subiu e desceu quando ela engoliu em seco.

— Ela tentou convencer duas crianças da cidade de virem pra casa com ela do mercado. — As palavras saíram em torrente. — Ela não *pretendia*. Mas, por um tempo, parecia que ela não conseguia... — Ela parou de falar e lançou um olhar de culpa para o sr. Lord, que agora estava com o rosto coberto pelas mãos. — Parecia que ela não entendia que eles não eram os filhos dela. Isso ajuda? Onde vocês acham que ela está agora? E que caso é esse que vocês estão seguindo?

— Depois do incidente do mercado, ela foi embora em seguida? — perguntou Seneca, ignorando as perguntas.

— Sim — respondeu o sr. Lord. — E ela nunca voltou. — A voz dele falhou e Maddox percebeu de repente como era difícil para ele também. Ele só demonstrava de um jeito diferente.

Os gritos do andar de cima ficaram mais altos. Um alarme de carro começou a tocar lá fora.

Seneca chegou um pouco para a frente.

— Vocês têm alguma ideia de para onde ela pode ter ido? Têm familiares em outras partes do país, talvez? Ou ela tinha amigos fora da cidade? Ou algum lugar que amasse visitar?

Os olhos da sra. Lord se moveram de um lado para o outro.

— Eu não consigo pensar em nada. Nós a procuramos. Procuramos por muito tempo. Mas ela nunca apareceu em nenhum lugar em que achamos que ela poderia estar.

O corredor ficou silencioso de novo. *Mais um beco sem saída*, Maddox estava começando a pensar.

Ele deixou o olhar vagar pelo apartamento e reparou em uma foto em uma moldura prateada. Mostrava Candace, o marido e os filhos,

Alex e Julia, em uma praia onde ventava muito. As crianças estavam pequenas, talvez com cinco e sete anos, com sorrisos banguelas e barrigas infantis, nem imaginavam o que os aguardava em poucos anos. A família toda estava descalça, as ondas batendo nos pés. Candace estava com um sorriso extasiado. O marido estava com o braço em volta dos ombros dela. Era um momento perfeitamente cristalizado de pura alegria. Maddox entendia por que os Lord a tinham guardado. Por que não se lembrar dos bons momentos? Por que não olhar para aquela foto e tentar fingir, ainda que por uma fração de segundo, que o presente era descomplicado e doce assim?

De repente, ele percebeu uma coisa. E apontou para a foto.

— Onde foi tirada?

A sra. Lord olhou com um sorriso melancólico aparecendo nos lábios.

— Na praia Lorelei.

Madison soltou um ruído.

— Não foi lá o incêndio?

— Eles iam pra lá todo ano. Era tradição deles. Bem, até o incêndio, obviamente. Ela nunca voltou... e, pode acreditar, nós verificamos.

O sr. Lord soprou o ar das bochechas.

— Certo. Vocês fizeram suas perguntas. Agora, precisam ir. Nos deixem em paz.

— Espera — disse Seneca. — Candace não passou a infância aqui, não é?

A sra. Lord fez que não.

— Nós tínhamos uma casa fora da cidade. — Ela olhou de lado para o marido. — Mas tivemos que vendê-la.

— Vocês têm alguma cosia dela? Algo que ela tenha guardado de quando era nova... ou de quando as crianças ainda estavam vivas?

As narinas do sr. Lord se dilataram. A sra. Lord também pareceu estar em dúvida. Seneca respirou fundo.

— *Por favor*. Pode ajudar. Nunca se sabe. Pode haver uma pista que nos diga para onde ela fugiu... e onde está agora.

O único som era um relógio tiquetaqueando em algum lugar do apartamento. Finalmente, a sra. Lord relaxou os ombros.

— Descendo o corredor à esquerda. É uma sala de artesanato, mas eu tenho uma caixa de coisas dela no armário. Tem o nome dela.

Eles ouviram o marido resmungando com ela quando seguiram pelo corredor, que tinha cheiro de uma mistura de mofo e pelo de gato. Sem conseguir guardar a teoria para si, Maddox segurou o braço de Seneca.

— E se não for só que Candace está tentando pegar crianças parecidas com os filhos dela? E se ela também estiver tentando recriar aquelas férias na praia onde tudo deu errado?

Seneca o encarou com olhos arregalados.

— Pensa bem — continuou Maddox. — Brett e Viola ficaram presos em uma casa de praia. Não era Lorelei, mas era perto. E se Damien *também* estiver em uma casa de praia?

Seneca projetou um quadril.

— Mas como ela *paga* por essas coisas? E por acaso nós vamos ter que procurar em *todas* as casas de praia em Nova Jersey?

— Não sei, mas... — Maddox de repente sentiu uma presença atrás de si e olhou. O sr. Lord estava no fim do corredor. Maddox abriu um sorriso de desculpas. — Nós só vamos levar um segundo, prometo.

Eles encontraram o quarto de artesanato. Havia uma cama de solteiro empurrada junto à parede e havia cestos cheios de acessórios femininos de artesanato e um carrinho identificado como *Scrapbook*.

Seneca abriu uma porta barulhenta de armário e olhou dentro. O local estava cheio de caixas marcadas com logotipos dizendo *As Seen on TV*, embora as imagens nas caixas estivessem bem apagadas. Em uma prateleira de cima havia uma caixa de papelão com o nome de Candace. Maddox esticou os braços para pegá-la.

Dentro da caixa havia umas camisetas e fotografias velhas. Seneca mexeu nas fitas azuis de condecoração de competição de natação e um prêmio de *Maior Abóbora no Festival de Outono de West Prune*.

— Só tem porcaria — murmurou ela. Ela chegou até o fundo e pegou vários diários encapados com tecido. As lombadas estalaram quando foram abertos e o papel tinha cheiro de velho. Maddox sentiu uma pontada de culpa; pareceu intrusivo ler o diário antigo de alguém. Por outro lado...

Mas não havia nada escrito nos diários. Cada página estava cheia de desenhos de garotas de aparência assombrada. Uma tinha a franja comprida e um nariz arrebitado e tudo preto onde os olhos deveriam estar. Outra tinha a testa franzida e olhos zangados e não tinha boca. Uma terceira era um esqueleto do pescoço para baixo, só o rosto inteiro e vivo. Página após página, aquelas garotas se repetiam: a mesma escuridão, a mesma mudez, a mesma garota presa entre os mortos e os vivos. Um dos desenhos tinha data de quase quarenta anos antes, quando Candace era adolescente. Um arrepio desceu pela coluna de Maddox. Eram tão *sinistros*.

Seneca tremeu.

— Opa.

Madison virou a página. Era um desenho, novamente, da garota sem olhos.

— Ah, meu *Deus*. — Ela apontou para um rabisco no canto de baixo. — Olha o nome dela.

Maddox se curvou. De forma bem clara, Candace tinha escrito *Sadie Sage*.

Seneca virou algumas páginas para um desenho da garota sem boca.

— Não acredito — murmurou ela. Candace a tinha batizado de *Heather Peony*. A garota esqueleto se chamava *Bethany Rose*.

— Ela inventou esses personagens? — sussurrou Madison.

— Ela inventou os nomes, pelo menos. — Seneca falou com segurança. Maddox concordou. Eles tinham revirado o Google em busca de ligações entre os nomes e não encontraram nada.

Eles viraram mais algumas páginas, mas estavam em branco. Mas, na parte de trás do diário, algumas pétalas de rosa secas caíram até o carpete. Quando Seneca se abaixou para pegá-las, Maddox abriu na página que elas marcavam. Havia um desenho novo de uma garota alta e magra com cabelo desgrenhado e flutuante usando um vestido esvoaçante e saltos. Metade do rosto dela parecia comida por insetos. Maddox recuou, perturbado. Os olhos vazios da garota o estavam sugando.

— Deus — eles sussurraram ao mesmo tempo, piscando para o desenho. E aí, com mão trêmula, Seneca apontou para o nome que Candace tinha dado àquela nova personagem.

Elizabeth Ivy.

VINTE E TRÊS

SÓ DEPOIS QUE se despediram com constrangimento dos Lord e estavam no Jeep que eles voltaram a falar, talvez até a *respirar*. Seneca abriu para Madison um sorriso emocionado e atônito.

— A gente acabou de descobrir de onde os nomes falsos de Candace vieram?

— Quando eu era mais novo, eu desenhava personagens assim — disse Maddox enquanto colocava o cinto. — Quer dizer, não *assim* exatamente, os meus eram ninjas, e eu não era bom de desenho, mas você entendeu. Eu também tinha nomes pra eles. Eram quase como amigos imaginários.

— Acho que Candace tinha alguns amigos imaginários também. Isso a levou até a vida adulta. É como se ela tivesse *se tornado* aqueles desenhos sinistros depois que os filhos morreram. — Era bom ter descoberto aquilo. Levou-os mais perto de descobrir o que mexia com Candace, e também era uma coisa que Brett não sabia. Mas os levaria para perto *o suficiente*?

Seneca olhou o relógio. Eram quase dez e meia. Brett não tinha dito especificamente *quando* o prazo se esgotava na quarta, mas eles tinham poucas horas para descobrir tudo.

— Mas e aquele personagem esqueleto? — Madison se mexeu no banco de trás. — Bethany Rose? Vocês acham que Candace já foi ela?

— Ou talvez seja quem Candace é agora — sugeriu Seneca.

Maddox guiou o veículo por outra rua; um mercado de pulgas gigantesco estava em andamento em um estacionamento.

— Talvez haja um jeito de encontrá-la com esse nome. Um aluguel de carro, registro no departamento de trânsito...

— *Bethany Rose* — repetiu Madison, clicando no celular. — Tem uma em Albuquerque. Várias na Inglaterra. — Ela olhou para a frente com uma expressão cética no rosto. — Será?

— Não tem como ela ter transportado Damien para a Inglaterra — disse Seneca. — Vou mandar mensagem pra MizMaizie. — Seus dedos voaram no site do CNE. Como ex-policial, MizMaizie, seu nick no site, ainda tinha as senhas de login para pesquisar placas e carteiras de habilitação mais rápido e mais barato do que as buscas regulares online. Seneca pediu o que eles estavam querendo saber e ofereceu o nome Bethany Rose. Ela achava que Candace estava em algum lugar da costa leste; replicar as férias dos sonhos na praia em outro lugar não daria a mesma energia.

Enquanto esperava MizMaizie responder, ela olhou pela janela para a paisagem. Algo a incomodava, algo que ela não conseguia identificar. Ela estava empolgada com a pista que eles tinham encontrado sobre os codinomes de Candace, mas parecia que havia algo na casa dos Lord que ela havia deixado passar.

Seu celular fez barulho. MizMaizie tinha encontrado uma imagem de uma habilitação de Ohio de uma mulher chamada Bethany Rose. As informações diziam que tinha cinquenta e um anos, o que parecia certo, e tinha cabelo loiro desbotado e os mesmos olhos curvados para baixo, como Seneca tinha visto nas fotografias de jornal da mulher que se chamava Sadie Sage.

— Pode ser ela — disse ela, mostrando a imagem para Maddox. Ele olhou brevemente. Havia uma saída à frente que levava para o leste na direção de várias cidades litorâneas listadas em letras brancas grandes.

— Pego essa? — perguntou Maddox. Mas ninguém respondeu.

— Devemos ligar pra esse endereço? — perguntou Madison, ainda olhando a tela.

A habilitação fornecia um endereço para Bethany Rose: rua Court, 108, apartamento 5J, Dayton. Uma pesquisa rápida no Google ofereceu a imagem de um prédio de seis andares bem comum junto com o nome da empresa que cuidava dos aluguéis. Madison já estava ligando para o número.

— Sim, estou ligando pra falar de um apartamento — disse ela. — O 5J. Está alugado agora? Não? — Ela ergueu as sobrancelhas para Seneca, embora Seneca não estivesse particularmente surpresa. Claro que a mulher que agora se chamava Bethany Rose não morava lá. Provavelmente, nunca tinha morado.

— Duvido que ela tenha levado Damien pra Ohio só pra ter um nome e uma habilitação nova, sabe? — retrucou Seneca depois que Madison desligou. — Ela deve ter uma série de identidades falsas prontas.

— Não é tão difícil conseguir uma identidade falsa — disse Madison. — Basta ter um cartão de seguro social e, por cinquenta pratas, dá pra comprar pela internet. Dá pra falsificar certidão de casamento também. Nossa garota deve ser profissional disso.

Maddox olhou para a irmã com expressão de surpresa.

— Como você sabe dessas coisas?

Ela olhou para ele.

— Você não é o único bom detetive da família.

Seneca começou uma nova mensagem para MizMaizie.

— Vou perguntar se Bethany Rose tem alguma multa com essa habilitação. Se tiver, vamos descobrir onde ela anda dirigindo ultimamente, e isso pode dar alguma ligação com o esconderijo atual. — Mas MizMaizie respondeu rapidamente dizendo que Bethany Rose tinha uma estrela dourada por dirigir com cautela. — Droga — sussurrou Seneca. — Por que a gente não pode encontrar uma coisa *real*?

— A gente vai descobrir alguma coisa — disse Maddox.

Ela olhou para ele.

— Quando? Amanhã? Vai ser tarde demais!

— Se ao menos nós soubéssemos que número de seguro social ela estava usando com essa habilitação — disse Madison depois de um tempo.

— Por quê? — perguntou Maddox. — Deve ser falso.

— É, mas talvez ela o tenha usado pra fazer uns cartões de crédito. Isso facilitaria rastreá-la.

Maddox fez uma careta enquanto entrava na rodovia.

— Uma sequestradora usaria cartões de crédito? E como ela pagaria as faturas? Não consigo imaginar uma sequestradora tendo um emprego regular. Ela joga pôquer online ou alguma coisa assim? Tem algum tipo de negócio em casa do qual nós não sabemos?

— Ela teria que pagar impostos por isso — disse Seneca. Seu pai era contador; ela sabia mais do que a maioria das garotas de quase dezenove anos sobre o funcionamento dos impostos. — Isso a colocaria no sistema, o que tornaria fácil encontrá-la. — Ela balançou a cabeça. — Aposto que ela não usa número de seguro social além de para obter a habilitação. O que significa que também não deve usar cartões de crédito. Se bem que isso ainda não responde a nossa pergunta de como ela paga por tudo. Mesmo que só use dinheiro, ela precisa *ganhar* esse dinheiro. Como estava fazendo isso se ficava de olho nas crianças sequestradas o dia todo? Isso faria mais sentido se ela pedisse resgate.

— Talvez ela ganhe dinheiro do mesmo jeito que Brett — sugeriu Maddox.

— E isso seria... o quê? — perguntou Seneca.

— Não sei. Talvez tenha ensinado algum tipo de golpe a ele.

Seneca apertou a pele entre os olhos.

— Será? Quem sabe a gente pode ligar para Viola.

Eles tentaram, mas Viola não respondeu.

Os quilômetros foram se passando no odômetro. A cada cruzamento, Maddox perguntava:

— Hã, aonde eu estou indo?

E ninguém sabia a resposta. A teoria sobre Elizabeth recriar as férias na praia de novo e de novo era boa, mas o que eles fariam, verificariam todas as praias de todas as cidades do litoral? E se Elizabeth tivesse decidido mudar? E se ela, como Sadie, tiver levado Damien para as montanhas ou para um lago?

Quando eles entraram na rodovia e foram dirigindo sem destino na direção da costa, mas sem nenhum destino específico em mente, Madison limpou a garganta.

— Nem todo mundo trabalha, sabia.

Seneca se virou para ela.

— Como é?

— Eu estava pensando no que você disse sobre Sadie trabalhar. Mas nem todo mundo trabalha. Quando eu quero dinheiro, eu peço aos meus pais.

Maddox gemeu.

— Isso não ajuda, Mad.

Seneca bateu no lábio.

— Você está dizendo que ela recebe dinheiro dos pais?

— Não sei. Pode ser.

Maddox fez uma careta.

— Hã, você não se lembra do apartamento a que a gente acabou de ir? Os Lord estão falidos.

— E não pareciam saber de nada — acrescentou Seneca. — Eles mentem tão bem assim?

Olhando pela janela, eles passaram por um McDonald's, uma Best Buy, um Walmart gigante. Um pensamento surgiu na cabeça de Seneca com força.

— Na verdade, pode ser *por isso* que os Lord não têm mais nada.

— O que quer dizer com isso? — perguntou Maddox.

— Algumas das coisas no apartamento deles não faziam sentido: os móveis maciços e grandes, o piano no canto. E eles *tiveram* uma casa bonita anos antes. Tudo isso é indicador de que os Lord *tinham* dinheiro... mas não têm mais. Mas o pai é carteiro, um emprego decente e seguro.

— Você está dizendo que eles mandam dinheiro pra ela escondido? — perguntou Maddox.

— É exatamente o que estou dizendo. — Seneca olhou para ele e alguma coisa cutucou seu cérebro. — Eu preciso que você dê meia-volta com o carro.

Maddox pareceu chocado.

— Como é?

— Nós temos que voltar pra casa dos Lord. Eu tenho que falar com eles de novo. *Agora*.

— Tem certeza de que é uma boa ideia? — perguntou Madison.

Seneca não sabia se era boa ideia ou não, mas sabia que tinha que tentar. Quarenta e cinco minutos depois, Maddox estava parando de novo na frente do West Prune Arms. Ela olhou para o prédio com cautela. Se estivesse enganada sobre isso, eles teriam desperdiçado um tempo precioso. Passava do meio-dia agora. Eles estavam ficando sem tempo.

Ela pulou do Jeep antes que tivesse parado completamente e entrou correndo pela porta quebrada do saguão. Subiu a escada dois degraus de cada vez. O sr. Lord atendeu quando ela bateu. Quando viu que era Seneca, a boca se contraiu em uma linha irritada.

— Eu não tenho mais nada pra te dizer — disse ele com raiva.

— Você a ama mais do que tudo, não é? — questionou Seneca, interrompendo-o.

O sr. Lord ficou imóvel.

— Como é?

— Não importa o que ela faça, não importa o quanto ela esteja doente... você é o pai dela. Quer ter certeza de que ela fique bem. Você sabe onde ela está. Sempre soube. Só queria ajudá-la.

Uma janela pareceu se fechar sobre o rosto do sr. Lord, sem revelar nada.

— Eu não tenho ideia do que você está dizendo.

— Bill? — chamou a sra. Lord de trás. — O que está acontecendo?

Ele olhou por cima do ombro.

— Está tudo bem, Dawn.

— Como você mandou dinheiro pra ela? — insistiu Seneca. — Foi por um cartão de crédito secreto? Envelopes de dinheiro?

— Do que ela está falando, Bill? — A sra. Lord pareceu tonta.

— Ela não está dizendo nada que faça sentido.

Seneca encarou o homem. Se insistisse mais um pouco, ela obteria resposta.

— Você conhece o sistema postal. Sabe os jeitos secretos para mandar dinheiro para ela que não dê bandeira. É por isso que não tem dinheiro agora. Foi por isso que você teve que se mudar da antiga casa.

A sra. Lord o encarou.

— Mas você me disse que foi por causa de cortes de salário.

— Eu não sei quem você é — disse o sr. Lord, esfregando o rosto. — Mas está implicando com a pessoa errada. Eu não faço ideia do que você está dizendo. Posso chamar a polícia. — Mas quando ele afastou a mão dos olhos, ela viu que havia medo na expressão dele. O coração dela deu saltos. Ele sabia. Ela só precisava insistir mais um pouco.

— Você sabe onde ela está, sr. Lord. Eu sei que sabe. Mas sua filha fez uma coisa horrível com o dinheiro secreto que você manda pra ela. Ela sequestra crianças. Crianças que ela tenta transformar em filhos *dela*... só que nunca dá certo. Você também sabe disso? Desconfiou e talvez não queira admitir?

O sr. Lord arregalou os olhos. Ele piscou com força, mas não disse nada.

— Elas ficam com medo. Ficam solitárias. Ela as machuca. Ela está *doente*. Algumas dessas crianças fugiram e uma se transformou em uma pessoa tóxica. Ele matou a minha mãe... e tudo por causa da sua filha e do dinheiro que você manda pra ela. — Seneca respirou fundo, a magnitude do momento girando em volta dela. O pesadelo tinha começado ali, com aquela família. Se não fosse Candace, Brett não teria sido sequestrado e transformado. A irmã de Aerin estaria bem. *Aerin* estaria bem. A mãe de Seneca estaria bem.

Ela respirou fundo e fixou o olhar neles.

— Se você acha que está tudo bem esconder isso, se acha que não está fazendo mal nenhum de ajudar financeiramente sua filha doente e triste, você está enganado.

A raiva tinha desaparecido da expressão do sr. Lord e sido substituída por algo parecido com horror... e talvez vergonha. Ele lambeu os lábios lentamente. O coração de Seneca batia forte no peito. O que ele ia fazer agora? E se *ele* tentasse machucá-la? E se tivesse a capacidade de surtar, como a filha?

Mas ela achava que ainda não tinha conseguido fisgá-lo. Tinha que seguir em frente.

— Neste momento, sua filha está com outro garoto como refém. *Este* garoto. — Ela pegou o celular e abriu a foto de Damien. — Ele tem nove anos, ama a Disney e tem uma família que está desesperada para tê-lo de volta. E o outro sequestrado, o que matou minha mãe, agora sequestrou uma amiga querida minha. O tempo urge, sr. Lord. Em dias, as duas vítimas podem estar mortas. Eu não vou denunciá-la nem vou denunciar o senhor para a polícia, mas quero informações. *Por favor*. — Seneca apertou as mãos uma na outra em oração. — Desfaça todo esse mal me *contando*, está bem?

O mundo pareceu parar. O sr. Lord manteve a cabeça baixa e ficou olhando para o chão. Os ombros estavam subindo e descendo, talvez de raiva, mas talvez de tristeza. A sra. Lord estava respirando baixinho atrás dele, os dentes mordendo o punho fechado.

— Não pode ser verdade — sussurrou ela. — Bill, é verdade?

O homem finalmente levantou a cabeça. Sua boca estava grudenta e amorfa, e quando ele falou, a voz saiu com um tom estridente, num esforço grande para segurar um soluço.

— Eu não queria que ela fosse morar nas ruas.

— O *quê?* — gritou a sra. Lord. Ela olhou para ele, estupefata. — O que você fez?

— Quando você mandou dinheiro pra ela pela última vez? — perguntou Seneca baixinho, tomando o cuidado de não demonstrar a euforia por ter conseguido romper a casca dura e chegar à verdade.

Ele engoliu em seco.

— Algumas semanas atrás.

— Algumas *semanas*? — repetiu a sra. Lord.

— E pra onde você mandou? — perguntou Seneca, ignorando a esposa dele. Eles estavam tão perto. *Tão perto*.

O sr. Lord balançou a cabeça. A boca se fechou como um cofre. A esposa o segurou pelo braço e o virou com uma força enorme, obrigando-o a encará-la.

— Conta pra eles! — gritou ela. — Se for verdade, se ela está sequestrando crianças, conta pra eles agora!

Ela começou a sacudir os ombros dele. A cabeça do homem balançou no pescoço, os braços caídos ao lado do corpo, parecendo não ter ossos. Depois de um momento, a sra. Lord caiu nele, chorando, gritando, batendo com os punhos no peito do marido. Ele a empurrou com um grunhido e se virou para o grupo, olhando para eles de forma fulminante. Abriu a boca várias vezes até conseguir dizer as palavras:

— Uma caixa postal. Em Breezy Sea, Nova Jersey.

O queixo de Seneca caiu. Atrás dela, ela sentiu Madison se mexer e ouviu Maddox ofegar. Fazia tanto sentido. Claro que Candace Lord, também conhecida como Sadie Sage, também conhecida como Elizabeth Ivy, também conhecida como Bethany Rose, talvez, estava se escondendo em uma cidade chamada *Breezy Sea*. Até o nome conjurava ondas suaves, gaivotas gritando, minigolfe. Seneca praticamente sentiu o cheiro de protetor solar e casquinhas de sorvete.

Em seguida, ela se deu conta de outra coisa. Pensou nas estradas pelas quais eles tinham dirigido, em todas as entradas que Maddox quis pegar, em todos os marcadores de quilometragem. Uma placa da saída para Breezy Sea surgiu em sua mente e ela se empertigou, energizada. Eles estavam perto. *Bem* perto. Breezy Sea ficava a uma saída dali pela rodovia.

VINTE E QUATRO

QUANDO O SOL quente fez uma sombra longa e inclinada na janela, o telefone de Brett tocou. Ele olhou para Aerin, que estava sentada na cama na frente dele, assistindo a uma reprise de *Friends* na televisão. Ele tinha levado a televisão para lá de manhã e gostou de como Aerin ficou feliz com isso. Ele também gostou de como ela chegou para o lado para deixá-lo assistir a Monica e Rachel e Ross discutirem no apartamento grande em Nova York. Não que ele ligasse para Monica e Rachel e Ross, ele nunca tinha visto o programa e não achava tão interessante. O que Brett mais gostava era de se sentar ao lado do corpo quente e cheiroso de Aerin e vê-la rir. Queria que esse momento durasse para sempre. Às vezes, ele considerava ajustar as coisas para que fosse assim.

O telefone tocou.

Brett franziu a testa. Aerin ergueu o olhar, intrigada. Isso que era estragar um momento. Por outro lado, eram as últimas horas de Seneca para descobrir fatos. Claro que ela estava correndo para lá e para cá, tentando juntar as peças. Ele esperava que ela tivesse encontrado algo de útil.

— Nós encontramos a cidade em que ela está escondendo ele — disse Seneca assim que Brett apertou o botão verde.

Brett se afastou da janela.

— Você conseguiu isso tudo com os Lord?

Houve uma pausa.

— Como você sabe que a gente foi na casa dos Lord? — A voz de Seneca soou estranha.

A pele de Brett pinicou. *Merda*. Ele sabia que eles tinham ido à casa dos Lord porque ele viu o celular de Seneca ir lá pelo rastreador de GPS. Mas não queria que *ela* soubesse disso.

— Porque era a única pista — disse ele com arrogância. — E está na cara que você conseguiu mais deles do que eu. Bom trabalho. Pra onde a gente vai agora?

— Eu que não vou te contar isso ainda. Não enquanto você não nos entregar Aerin.

Brett soltou um ruído de deboche.

— Eu só vou te dar Aerin quando você me contar.

— Faça a troca e nós vamos contar.

— Me conte e eu faço a troca — respondeu Brett.

Ele sentiu Aerin o observando e saiu do quarto, tomando o cuidado de trancar a porta, e entrou no dele e ligou o laptop. Depois de digitar a senha no app do GPS, um mapa apareceu. O indicador estava se movendo rapidamente pelo estado de Nova Jersey na direção do mar.

— Se você puder nos ajudar com uma coisa, nós te damos informações mais rápido — disse Maddox. — Quando estava com Elizabeth, havia algum padrão específico de que você se lembra? Horas do dia em que ela saía. Coisas que ela levava pra vocês. Logomarcas em sacolas de compras, marcas de comida que ela gostava de comprar, esse tipo de coisa?

Brett viu o pontinho se mover na direção da área azul que era o mar. Era calmante, na verdade. Como ver um aquário.

— Nós sempre tínhamos pão fresco — disse ele. — Ela era louca por uma padaria. E gostava de feiras também. Frutas de verão, como pêssego. E pretzels macios torcidos parecidos com cassetetes.

— Certo — disse Seneca. — Isso é bom. Obrigada.

Brett fungou.

— Eu não ganho nenhuma recompensa pelo meu esforço?

— Nos dê Aerin e você terá tudo. — Seneca desligou.

Brett olhou de cara feia pela janelinha no quarto. Bem acima dos telhados, alguém estava fazendo um drone voar. Era barato, provavelmente comprado na loja de suvenir da região. Parecia tão inocente voando lá no alto. Tão alegre e descomplicado. Ele desejou que seus olhos fossem raios laser, queimando-o, partindo-o, levando-o de volta à terra. Estragando o dia de uma criança.

Ele consultou a tela de novo. O pontinho estava agora atravessando uma ponte que parecia levar a uma cidade litorânea específica. Brett se curvou para a frente até seu nariz estar quase tocando no monitor. Apertou o botão de zoom e ampliou o mapa para olhar melhor a região. A ponte levava só a uma cidadezinha. *Breezy Sea*.

Tempo de viagem, então. O GPS era portátil. Ele podia rastreá-lo do carro. Ele não ia perder tempo de deixar que eles chegassem a Elizabeth primeiro.

Ele fechou o laptop e entrou no quarto de Aerin. Aerin se sentou na cama.

— O que Seneca disse?

Brett a ignorou e foi para o banheiro. Havia uma escova e limpador no armário. Ele pegou ambos e começou a limpar, pensando que teria que enfiar a escova em um saco quando terminasse para colocar em uma lata de lixo em algum lugar aleatório e longe, para que ninguém a conectasse àquele lugar. Não que ele estivesse com medo de alguém entrar ali e procurar o DNA de Aerin. Ele tinha a escritura dali; não havia motivo para entrar lá e revistar a casa a não ser que a polícia tivesse um motivo. Mesmo assim, era bom tomar cuidado.

— Brett. — Agora, Aerin estava parada na porta, vendo-o tirar vários fios loiros compridos de Aerin do ralo da banheira. — Fala comigo. O que você está fazendo?

Brett se virou e olhou para ela. Com a iluminação do pouquinho de sol que ele permitia que entrasse pela janela fechada, ela parecia angelical, divina. Os olhos azuis cintilavam. A blusa fina que ele tinha comprado para ela flutuava delicadamente sobre a barriga e o short exibia o comprimento e a curva das coxas. A balança tinha se desequilibrado e agora Brett amava Aerin mais do que odiava, o que tornava o que ele faria bem mais difícil.

— Eu vou ter que tomar uma decisão em breve — disse ele com voz firme, tentando olhar para ela sem emoção. — Não vai ser fácil.

Aerin franziu a testa.

— O que isso quer dizer?

Ele jogou a escova de banheiro em um saco plástico, junto com várias toalhas de papel e uma escova de cabelo contando alguns fios loiros, depois lavou as mãos e as secou na calça jeans.

— Significa vem — disse ele para Aerin, segurando a mão dela. — Nós já vamos.

— Vamos aonde?

Algo no rosto de Brett deve tê-lo entregado, porque ela se afastou dele. Os cantos da boca se curvaram para baixo. Brett pegou uma toalha e partiu para cima dela, jogou por cima da cabeça dela para cobrir seus olhos. Aerin soltou um gritinho, mas ele tapou sua boca com a mão.

— Não grita — disse ele no ouvido dela. Mas o tom foi gentil. Até um pouco arrependido. — Isso vai acabar rapidinho.

VINTE E CINCO

BREEZY SEA SE parecia com as outras cidades litorâneas que eles tinham visitado, agitada e cheia de turistas, com bairros residenciais pitorescos e, claro, o onipresente mar sempre enorme a leste. Quando eles passaram pela ponte, os nervos de Seneca deram um pulo. Eles estavam perto. *Tão* perto. Mas eram quase 16h; o trajeto tinha levado mais tempo do que eles esperavam. Brett queria respostas até a *noite* de segunda, mas isso significava 18h… ou meia-noite?

Havia outro problema: de acordo com o mapa, Breezy Sea era grande. Sem ajuda, encontrar a mulher que talvez agora usasse o nome Bethany Rose e seu prisioneiro, Damien Dover, seria como encontrar uma agulha num palheiro.

— Onde vocês estão agora? — perguntou Thomas, falando com eles pelo viva-voz da cama de hospital. Os médicos queriam que ele ficasse mais um dia, mas Seneca percebeu que ele estava louco por não poder estar presente com os demais.

— Acabamos de encontrar a agência dos Correios — disse Maddox, entrando no estacionamento de forma tão abrupta que chegou a cantar os pneus do Jeep. Se o sr. Lord mandava dinheiro para Candace por uma caixa postal, um funcionário talvez tivesse reparado nela acessando-a… *e* podia até saber onde ela morava. Mas, quando entraram no estacionamento, eles viram que o local estava terrivelmente vazio. Seneca deu um pulo e correu até a porta para olhar o cartaz escrito à mão que tinha sido grudado lá: *Não temos ar-condicionado*, dizia. *Fechado até quinta-feira. Toda a correspondência de caixa postal foi desviada para a agência da estrada Ocean Bright, 104, em Ocean City*.

— Não — gritou Seneca. — *Não!*

— O que está acontecendo? — perguntou Thomas.

— Está fechada — disse Maddox. Thomas grunhiu.

Ninguém sabia o que fazer. Seneca conseguia *sentir* o tempo se esvaindo.

Madison apontou para o outro lado da rua. *Padaria Darnell e Filhas* diziam as letras exóticas em uma vitrine.

— Pão fresco, né?

Eles atravessaram a rua correndo. A padaria tinha cheiro de doce e de massa e estava cheia de banhistas querendo um lanchinho de fim de tarde. Um distribuidor de senhas que dizia *Por favor, pegue uma senha* os recebeu assim que eles entraram, mas Seneca abriu caminho até o balcão.

— Você viu essa mulher? — perguntou ela, mostrando a foto de Sadie para a primeira pessoa atrás do balcão que olhou para ela.

A garota fez que não. Seneca mostrou a foto para outra funcionária; como ela não sabia, ela a mostrou para várias pessoas da fila. Ninguém achou Sadie familiar.

— Tem *certeza*? — insistiu Seneca. — Uma pessoa com essa aparência não veio comprar pão fresco? Ela pode estar com o cabelo diferente. Pode estar mais magra ou mais gorda.

A primeira funcionária para quem eles perguntaram deu de ombros.

— É possível — disse ela. — A questão é que *muita* gente vem aqui. Principalmente no verão.

Na rua, eles andaram como animais presos em jaulas.

— A loja de brinquedos, talvez? — sugeriu Madison, apontando.

Maddox fez que não.

— Brett e Viola nunca mencionaram que ela tivesse comprado brinquedos.

— E ali? — Madison apontou para uma feira do outro lado da rua. — Brett não falou sobre pêssegos frescos?

Eles entraram na praça. Produtores haviam montado barracas com produtos frescos, como feijão, milho, tomate, melancia e, sim, pêssego, embora o lugar tivesse uma energia murcha; era provável que os produtores tivessem passado o dia no sol quente e estivessem prontos para ir para casa. O grupo se dividiu e mostrou a foto de Candace para todos dispostos a ouvir, mas, de novo, nada. Só uma mulher se animou e falou:

— Eu não a vi no programa *Nancy Grace*? — Mas não a tinha visto em Breezy Sea.

Quando o vendedor de queijos, o produtor de carne orgânica e outro produtor de melancias disseram não, o pânico de Seneca estava a mil.

Eles contaram a Thomas sobre a falta de progresso.

— Nós temos que *pensar* em vez de tentar lugares aleatoriamente — disse ele. — Tem que haver evidência dela em algum lugar.

— Você se importa se eu comprar uma água lá? — perguntou Maddox, apontando para um minimercado Wawa algumas lojas depois.

Seneca olhou para ele de cara feia.

— Nós não temos *tempo* pra comprar água!

— Tudo bem, você quer que eu desmaie? — perguntou ele com irritação. — Nós todos temos que comer alguma coisa.

Eles desligaram a ligação com Thomas e prometeram atualizá-lo quando tivessem notícias. Dentro do Wawa, o ar-condicionado estava a toda, em temperaturas quase polares. Seneca andou pelo mercado sem direção certa. *Pensa, pensa, pensa*, ordenou ela ao cérebro. Candace tinha que ser rastreável. Como ela estava alimentando Damien?

E se ele precisasse de remédios? Onde ela comprava coisas para limpar a casa? Ela limpava a casa?

Ainda se sentindo sem ar, Seneca foi na direção de Maddox, que estava esperando para pagar por uma garrafa de Gatorade na registradora. O caixa parecia ser novo e ficava olhando intrigado para a máquina registradora e passando lentamente os itens da pessoa na frente da fila. Quando ele olhou de novo com olhos apertados para o teclado, Seneca se virou, achando que ia gritar. Seu olhar passou por outros itens no balcão: pacotes de chiclete, chocolate da região e uma coisa que acendeu uma luz no cérebro dela. Era um pretzel com formato estranho. Ela sentiu um sacolejo.

— *Um pretzel com formato de cassetete* — murmurou ela.

Maddox ergueu o olhar.

— O que você disse?

Mas Seneca já estava pegando o celular e abrindo a foto de Candace Lord no Google.

— Você viu essa mulher? — perguntou ela ao caixa, sobressaltando-o da inspeção intensa ao teclado.

— Quem? — perguntou o caixa, apertando os olhos para a foto.

— Ela se chama Bethany. Você a viu aqui?

O funcionário balançou a cabeça.

— Não. Acho que não.

Mas talvez isso fizesse sentido: aquele cara era novo. Seneca foi até o balcão da lanchonete e interrompeu um cara que estava fazendo um sanduíche de peru.

— Você viu essa mulher? — perguntou ela, mostrando a foto pelo vidro.

— Acho que não — respondeu o cara da lanchonete, sem nem olhar direito.

— Você chegou a *olhar* pra foto, cara? — disse Seneca com rispidez. Ela balançou a foto na cara dele.

O funcionário do Wawa largou a faca que estava segurando com um ruído. Os olhos dele estavam focados, irritados.

— Eu disse que não *vi*.

Seneca olhou para Maddox com desespero.

— Candace comprava pretzels aqui. Eu tenho quase certeza. É nossa *última chance*!

— Eu vi essa mulher.

Era a voz de um cliente na fila. Seneca, Maddox e Madison se viraram lentamente para a esquerda. A pessoa que tinha falado era um homem alto com camiseta *Rip Curl* e short de praia. Parecia ter uns trinta anos talvez e estava de mãos dadas com um garotinho.

— Viu? — ela se ouviu dizer baixinho.

O olhar do homem foi da foto do celular de Seneca para o rosto dela novamente.

— Ela está na rua em que a minha família mora, a via Sea Tern. Fica a um quilômetro e meio daqui pela estrada. Estamos a um quarteirão do mar. — Ele inclinou a cabeça. — Por que vocês a estão procurando?

Seneca olhou para o garotinho ao lado dele, querendo desesperadamente dizer: *Não se preocupe. Só deixe seu filho bem longe dela.* Mas só deu de ombros e murmurou qualquer coisa sobre assunto pessoal.

Ela agradeceu ao sujeito e saiu do Wawa. Foi preciso usar o pouco de compostura que lhe restava para andar com passo firme e manter a expressão neutra. Só depois que as atividades no mercado voltaram ao normal, depois que todos pararam de olhar para ela, até o homem com o menino, foi que ela saiu correndo. Eles tinham que chegar à casa. *Agora*.

VINTE E SEIS

VENDADA, AERIN SENTIU Brett a empurrando por trás por um corredor. Depois de um lance de escadas, uma porta se abriu, talvez a porta que ela havia visto do quarto, a mesma pela qual tinha tido esperanças de fugir quando Brett estava dormindo. Um odor intenso e pungente de gasolina agrediu suas narinas. O chão era duro e implacável. Estaria ela em uma garagem?

As mãos de Brett se fecharam nos ombros dela e a guiaram para a esquerda. Seus pés se embolaram e ela esticou as mãos na frente do corpo sem se segurar em nada. Brett passou a mão pela cintura dela com um resmungo.

— *Anda* — grunhiu ele no ouvido dela. Mais um passo e o quadril dela esbarrou em algo duro e metálico. Com um apito, ela ouviu algo se abrindo: o porta-malas de um carro.

— Não — sussurrou Aerin, entendendo de repente o que viria em seguida. Ela olhou por cima do ombro para onde sentiu que Brett estava. — Por favor, não. Me deixa ir sentada do seu lado. Eu fico vendada. Não vou dizer nada. Só não me coloca no porta-malas. *Por favor.*

— Para de falar — disse Brett com voz calma e severa.

— Aonde nós vamos? — Se ela o mantivesse falando, talvez ele esquecesse o que ia fazer com ela. — A gente vai voltar pra cá? — Brett não tinha feito nenhuma mala, nem dela nem dele. Ela sabia que ele estava trabalhando em um laptop no outro quarto. Ele não abandonaria algo assim.

Brett afundou os dedos no ombro de Aerin.

— Eu, talvez — disse ele. — Mas não tenho certeza quanto a você. — E, de repente, ele a empurrou para a frente.

Aerin bateu o queixo primeiro. Sentiu Brett a manobrando por trás, empurrando sua bunda e suas pernas. Ele segurou os pulsos dela e os prendeu um no outro nas costas.

— Por favor — Aerin ficou repetindo. — Por favor, Brett. Eu achei que éramos amigos. Por que você está fazendo isso?

Brett não respondeu. O porta-malas foi fechado com força. Momentos depois, ela ouviu o *barulho* da porta do motorista sendo fechada e o carro sendo ligado. Em seguida, houve o gemido revelador de uma porta de garagem se abrindo.

Seu corpo tremeu de medo, mas ela tentou se agarrar à esperança. Enquanto ele estava limpando obsessivamente aquele banheiro, limpando qualquer sinal de pele, cabelo e saliva dela, ela roeu lenta e calmamente algumas unhas e as jogou debaixo da cama. Em seguida, tirou alguns cabelos compridos e os enfiou embaixo do colchão. Além disso, colocou a caixa de lentes de contato com o fio de cabelo de Brett no bolso. *Vou te mostrar o que é prova de DNA*, pensou ela com irritação. Ela se sentiu poderosa na hora, mas agora parecia meio que tarde demais. Além disso… todas as coisas que havia dito para Brett. Todas as vezes em que ela deixou que ele se sentasse perto dela, que *tocasse* nela. Ora, ela até sentiu pena do sujeito, até tinha sido solidária! E era assim que ele retribuía? Ele a mataria de qualquer jeito?

O corpo dela foi sacudido quando o veículo saiu andando. Ela estava encolhida em uma posição tão estranha, com pernas dobradas, as costas curvadas, a cabeça virada para o lado. Estava escuro no porta-malas e parecia que o oxigênio estava sendo sugado lentamente. Ela sentia medo até de chorar. Agora, mais ainda do que quando estava presa naquele quarto, ela percebeu o quanto ia perder... e o quanto queria viver. Se saísse dali, estava pronta para mudar. Tentar. *Desenvolver-se*. Ou pelo menos tentar de uma forma que ela não fazia havia anos. E pensou nos relacionamentos que tinha deixado para trás... com a mãe, o pai, os amigos, tudo porque estava com raiva, fechada e na defensiva. O que ela não daria para ter tempo com eles de novo, para dizer que sentia muito, para refazer tudo. Sua família jamais saberia que ela sempre os tinha amado, lá no fundo... porque, como uma idiota, ela nunca tinha *dito* essas coisas. Sempre afastava todo mundo.

E *Thomas*. Seu coração se contraiu. Ela voltaria a ver Thomas?

Por favor, Helena, rezou ela, embora não sentisse a menor presença da irmã. *Por favor, me ajude a sair disso. Vou fazer as coisas diferente de agora em diante. Vou tentar ser uma pessoa melhor, mais gentil, mais aberta. E vou tentar ser feliz. Eu prometo.*

Ela ouviu sons vindos do banco da frente. Brett tinha ligado o rádio. Uma música do Metallica estava tocando e ele começou a cantarolar junto.

— *Off to never-never land*... — cantou ele, desafinado.

— Brett — chamou Aerin. Ela se remexeu no porta-malas e conseguiu tocar na portinha estreita que levava ao banco de trás. O carro da mãe dela também tinha uma. Ela se encostou ali torcendo para que se abrisse, mas estava emperrada. — Por favor. Você não precisa fazer isso.

Brett mudou a estação. Era a estação de notícias NPR. Ele mudou de novo. Música country. Parou por um momento, mas a estática voltou.

— Você vai mesmo me matar? — perguntou Aerin.

Uma música triste dos anos 1970. Uma balada cheia de violinos.

— Brett? — Aerin bateu à portinha. — Fala comigo! Eu sei que você está me ouvindo!

O carro entrou em várias ruas. Ela sentiu que eles ficaram um tempo numa rodovia, seguindo em velocidade regular, mas aí o carro se deslocou para a esquerda e jogou o corpo dela na lateral do porta-malas.

— Brett, por favor — disse Aerin com cansaço. O oxigênio estava diminuindo naquele espaço; ela estava começando a se sentir tonta e desnorteada. Talvez fosse esse o plano de Brett, dirigir por aí até ela morrer sufocada. — Por favor, não me mata — acrescentou ela, ofegante. — Eu faço o que você quiser.

Ela estava falando sério? Não sabia. Mas sabia que não queria morrer ainda. O desejo de viver ardia intensamente dentro dela, mais forte do que nunca.

Depois do que pareceram horas, o carro parou subitamente. O motor foi desligado e a porta de Brett foi aberta. Houve passos na direção dela, e seu coração se animou. Ela esperou, preparando os olhos para a luz e o calor do sol. Mas os passos pareceram se afastar e isso a deixou confusa. Os ouvidos de Aerin tentaram captar mais sons... mas não houve nenhum.

— Brett! — gritou ela, chutando a parte de baixo do capô do porta-malas. — Para com isso, Brett! Não é engraçado! Me deixa sair!

Carros passaram. Ocasionalmente, ela ouvia um avião passando.

— Socorro! — gritou ela. Ela continuou chutando até estar com os nós dos dedos doendo. Mas não ajudou em nada, exceto por fazê-la sangrar e tirar mais ar precioso dos pulmões. Enquanto lutava para ter mais oxigênio, uma realidade nova e mais cruel começou a se formatar na mente dela. Brett não ia voltar. Ele a tinha deixado ali. E era um lugar onde ninguém a ouviria gritar.

Era assim que terminaria.

VINTE E SETE

DEZ MINUTOS DEPOIS, Maddox e os outros deram voltas em um estacionamento lotado de praia perto da via Sea Tern e finalmente encontraram uma vaga. As calçadas estavam vazias de um jeito bastante sinistro e parecia que não tinha ninguém nas casas de veraneio; em um dia abafado como aquele, seria loucura não estar perto da água. Um rádio estava tocando algo alegre ao longe. O píer de madeira podia ser visto acima das dunas, a roda-gigante girando lentamente, um grito alto de fliperama soando no ar.

De onde eles estavam, três ruas seguiam da avenida perpendicular ao mar: Sea Tern, Sea Glass e First. A Sea Tern parecia ter só um quarteirão antes de fazer um T no estacionamento e dava para ver bem cada casa. Em qual Candace estava escondida?

— Certo — disse Maddox, tirando o cinto de segurança. — Qual é nosso plano? Encontrar Candace? E ligar para Brett?

— Só se ele nos entregar Aerin — disse Madison.

— Certo.

— Tem mais alguém incomodado com a ideia de contar para o Brett onde Candace está mesmo depois de ele nos dar Aerin? — Seneca bateu com os dedos na capa do celular. — Basicamente, nós estamos concordando com o assassinato de uma pessoa. Isso nos torna cúmplices do crime.

Maddox pareceu perturbado.

— A gente pode ligar pra polícia quando encontrar a casa?

— Tenho a sensação de que Brett já teria pensado nisso. Estou me perguntando se ele tem alguma carta na manga. O que quer que queira fazer com Candace, ele não quer que *nós* nem a polícia estejam por perto pra testemunhar. E o garoto? Eu odeio a ideia de Damien ficar no meio de uma espécie de fogo cruzado.

— Tem algum jeito de *nós* entrarmos e pegarmos Damien antes da merda bater no ventilador? — perguntou Madison e balançou a cabeça. — Na verdade, esqueçam que eu sugeri isso. Me parece loucura.

Eles ligaram para Thomas para contar e relataram as opções.

— Acho que vocês deviam se preocupar em ter Aerin de volta primeiro — disse ele. — Quando ela estiver com vocês, liguem pra polícia.

De repente, a outra linha tocou. O estômago de Maddox ficou embrulhado quando ele viu o número na tela: *Brett*.

— Thomas, a gente te liga depois — disse Seneca com nervosismo. Ela mudou para a ligação do Brett. — O quê? — respondeu ela rispidamente, botando a ligação no viva-voz.

— E aí? — perguntou Brett.

— E aí o quê? — respondeu Seneca.

— Já tem alguma coisa pra me contar?

— Não.

— Você está mentindo — disse Brett com desprezo. — Eu sei que você sabe. Você parou. Você *sabe* e não está me contando, e não é esse nosso acordo.

— Cara, a gente não tem certeza de nada ainda. — Maddox ficou irritado com a mentalidade apressada do Brett. *Deixa a gente fazer nosso trabalho, cara. O dia ainda não acabou.*

— Se você estiver mentindo, o combinado já era. Você sabe disso, né?

Maddox se virou para Seneca, esperando que ela surtasse, mas ela havia ficado em silêncio, os olhos arregalados, os lábios repuxados. Era a Cara de Pensamento dela. Ela mal percebeu quando Brett desligou.

Maddox tocou no braço dela.

— O que foi?

Seneca franziu a testa.

— Tinha alguma coisa estranha na voz do Brett, você não achou? A voz soou menos clara do que o habitual, mais como quando ele nos ligou da primeira vez. Muito barulho. Eu acho que ele está em um carro.

— Certo...

— Pra onde ele está dirigindo? Onde está Aerin? E você ouviu como ele disse *Você parou*? Como ele sabe que a gente não está se movendo? — Ela ergueu o olhar, sobressaltada. — Será que ele consegue *ver* a gente? Será que está nos rastreando?

Maddox ficou arrepiado. Foi estranho Brett adivinhar com tanta confiança que eles tinham ido à casa dos Lord. Ele tinha adivinhado que eles haviam falado com Viola antes de eles oferecerem a informação. Ele *estaria* os rastreando?

Ele se virou para Madison.

— Brett poderia fazer isso?

Madison retorceu a boca.

— Ele poderia nos triangular durante uma ligação telefônica da mesma forma que nós tentamos fazer com ele. Tem também software na *darkweb* que coloca um grampo no celular de alguém com quem a pessoa teve contato, pra que a pessoa possa segui-la o tempo todo. Mas isso é ilegal e cheio de vírus. Eu não tocaria nem com uma vara de três metros de comprimento.

— Sim, mas *Brett* usaria — disse Seneca. Ela olhou para baixo, consternada. — Brett anda ligando para o *meu telefone*. O que significa que a rastreada sou eu. — Ela desligou o celular e o colocou no painel, como se só de segurá-lo ela fosse dar a Brett uma pista sobre onde eles estavam. — E agora ele sabe que estamos em Breezy Sea. Eu o trouxe direto até nós.

— Mesmo que seja verdade, não é culpa sua — disse Maddox rapidamente. Ele espiou pela janela, mas só conseguia ver os topos dos outros carros no estacionamento. — Nós não podemos deixar que ele encontre a casa antes de nós. Senão ele não vai ter motivo pra devolver Aerin.

Ele se moveu para sair do carro, mas Madison segurou o braço dele.

— Espera. Se Brett estiver rastreando o celular de Seneca pelo GPS, talvez a gente possa enganá-lo e ganhar um tempo. — Ela esticou a mão e ligou a ignição do Jeep. — Vamos dirigir até o outro estacionamento, ligar o celular de Seneca e deixar no banco da frente. Aí, a gente anda de volta até Sea Tern pra procurar a casa. Se Brett estiver mesmo rastreando Seneca, ele vai encontrar o celular, não nós.

— Boa ideia — disse Seneca com voz trêmula. Ela inclinou a cabeça. — Será que um de nós devia ficar no estacionamento para o caso de ele aparecer? Talvez você, Maddox?

— De jeito nenhum — disse Maddox rapidamente.

— Mas... — protestou Seneca.

— Não — suplicou Maddox. — Seneca, não é inteligente. Nós temos que ficar juntos.

Seneca olhou para Madison em busca da opinião dela. Ela parecia dividida.

— Eu entendo o que você quer dizer, mas acho que há segurança nos números. Eu que não vou querer ficar num estacionamento, mesmo que seja público, sozinha com aquele sujeito sinistro.

Maddox saiu do estacionamento. Eles encontraram outro vários quarteirões à frente, na praia. Estava igualmente lotado, e ele também teve dificuldade de encontrar vaga, mas acabou entrando entre o banheiro público e um GMC enorme que estava ocupando duas vagas.

Desligou o carro, ligou o celular de Seneca e o deixou no banco. Com sorte, o plano deles funcionaria por um tempo. Mas Brett era inteligente. Ele descobriria rapidinho.

Eles voltaram para a via Sea Tern a pé. O dia estava escaldante; depois de meio quarteirão, o suor começou a escorrer pelas costas de Maddox como se ele tivesse corrido oitocentos metros a toda velocidade. A primeira casa tinha vários carros com placas da Pensilvânia na entrada e parecia tão grande que caberiam umas vinte pessoas. A segunda e a terceira casa eram igualmente opulentas, com três andares, várias varandas e carrinhos de golfe, veículos off-road e barcos na garagem. Maddox não conseguia imaginar Candace escondida em uma delas. Mas uma casa se destacava como uma ferida: era de um amarelo desbotado e malcuidado, bem menor do que as outras, e parecia abandonada.

Será?, pensou Maddox, olhando para as janelas.

— É essa? — sussurrou Seneca.

Maddox se virou. Para sua surpresa, ela não estava olhando para a casa amarela, mas para uma casa cinza grande de dois andares do outro lado da rua. Estava em melhores condições do que a amarela, com um jardim de pedras bem-cuidado na frente e uma bicicleta apoiada na garagem.

— *Olha.* — Ela apontou para os sinos de vento pendurados na varanda. — Também tinha isso lá onde o Brett ficou preso. E tem um barracão nos fundos.

Maddox tremeu apesar do calor. As janelas estavam todas fechadas e não dava para ver o que estava acontecendo dentro. Eles ficariam olhando e esperando? Ele olhou em volta em busca de um lugar onde pudessem se refugiar. Não tinha como eles ficarem parados ali, olhando. E se Brett passasse de carro e notasse? Mas todos os pátios eram cobertos de cascalho, terra de ninguém.

Ele viu uma lancha coberta com uma lona azul na entrada da garagem da casa ao lado.

— Se a gente entrar lá, vai conseguir olhar a casa sem ninguém ver — murmurou ele, apontando.

Madison olhou para ele como se ele fosse louco.

— O que vai acontecer quando o dono aparecer? — Ela indicou o cabo que prendia o barco em um carro. — Ou se saírem dirigindo com a gente dentro?

— Você tem alguma ideia melhor?

— Eu tenho. — Seneca foi até a porta de Candace. — Nós vamos tocar a campainha.

— Você está maluca? — Ele segurou o ombro dela. — Candace não vai simplesmente abrir a porta pra você!

Seneca se virou para ele.

— Você não lembra o que o Brett nos contou? Ela mencionou Brett pra todos os vizinhos. Fingiu ser uma mãe normal. Damien pode estar escondido lá dentro, mas *ela* não está. Ela sabe o que desperta desconfiança. — Seneca se soltou da mão dele e começou a andar de novo. — Vamos dizer que somos uma equipe de limpeza. Qualquer coisa, na verdade. Só pra ela abrir a porta e a gente ter certeza de que ela é ela.

— Mas… — protestou Maddox.

— Nós temos que fazer alguma coisa — argumentou Seneca por cima do ombro. — A vida de Aerin está em jogo, Maddox. Nós não podemos ficar esperando!

De repente, houve um *ruído* alto. Eles se viraram na hora em que uma pedra grande bateu no chão depois de acertar a lateral da casa em questão. Madison estava limpando as mãos e dando um passo para trás.

— O quê? — perguntou ela ao reparar na expressão de choque nos rostos deles.

— Você acabou de jogar uma *pedra* na casa dela? — gritou Maddox.

Madison assentiu.

— Uma movimentação também pode fazer Candace sair para a varanda.

— Então a gente precisa sair daqui! — sussurrou Maddox, correndo na direção do barco na casa ao lado. A última coisa que ele queria era que Candace os visse no pátio; aí, ela *saberia* que tinha alguma coisa acontecendo.

Eles se agacharam atrás do barco e aproveitaram a sombra fresca. Um carro passou tocando rap; o motorista felizmente não os notou. Uma risada soou por uma janela aberta. O coração de Maddox estava disparado nos ouvidos. Por fim, a porta da frente da casa em questão foi aberta. Uma mulher com olhos grandes e caídos, bochechas fundas e lábios finos saiu na varanda e olhou em volta, tentando descobrir a fonte do som. Apesar da aparência abatida, as feições batiam com as fotos na sala dos Lord.

Candace.

Maddox ofegou. Seneca fez um som gorgolejado na garganta. Madison botou a mão sobre a boca. Era impressionante ela estar *ali*, aquilo ser real. Enquanto eles olhavam, Candace franziu a testa, resmungou, voltou para dentro e bateu a porta.

— Puta merda, puta *merda* — sussurrou Madison, balançando as mãos.

O corpo de Maddox todo estava arrepiado.

— Nós temos que sair daqui. Se Brett estiver perto, não podemos correr o risco de ele nos ver parados na frente da casa.

— De volta ao estacionamento. — Seneca saiu de trás do barco e começou a correr. — *Depois* a gente liga para o Brett. Nós temos que fazer tudo direitinho.

Maddox também saiu correndo. Sua cabeça estava a mil. Seu coração estava disparado. *Nós conseguimos*, pensou ele com euforia. Eles recuperariam Aerin. Aquele pesadelo acabaria. Mas, de repente, no silêncio calmo e úmido, o telefone de Maddox começou a tocar. Ele o virou e olhou a tela horrorizado.

Agora, Brett estava ligando para *ele*.

VINTE E OITO

BRETT RANGEU OS dentes enquanto apertava o telefone no ouvido. Estava com tanta raiva que achou que trituraria os dentes até não sobrar nada. Momentos antes, ele tinha seguido o pontinho do GPS de Seneca até um estacionamento perto da praia em Breezy Sea. Quando viu o Jeep de Maddox estacionado lá, e tinha sido horrível de achar com tantos carros no estacionamento, ele ficou empolgado. *Ora, ora, ora.* Seu rastreador não tinha falhado. E agora que ele sabia onde eles tinham parado, não precisava mais da ajuda deles; descobriria que casa estavam espionando e a invadiria sozinho. Ele pegaria o limão, Elizabeth, e faria uma limonada, Aerin.

Então, ele se agachou atrás do banheiro público com cheiro podre, fora da linha de visão, e elaborou um plano. Se o grupo tinha estacionado ali, devia significar que eles estavam de olho em uma casa próxima. Ele olharia a região. Havia uma casa diretamente em frente ao estacionamento, mas tinha toalhas penduradas em um varal e uma garota adolescente falando no celular na varanda de cima. Definitivamente, não era a casa de Elizabeth. A casa atrás dessa também estava ocupada por uma família, e a que vinha depois tinha três pranchas empilhadas no carro na entrada. Eram as únicas propriedades visíveis do estacionamento.

Ué.

Brett olhou para o Jeep novamente, franzindo o nariz para o adesivo idiota da New Balance atrás. Ele só levou uma fração de segundo para notar uma coisa estranha. Não havia sombras se movendo dentro das janelas. Brett piscou e apertou bem os olhos. O Jeep estava... *vazio*.

Ele inspirou fundo e chegou mais perto. Não. Não havia ninguém dentro. Espiou pelo para-brisa, tomando cuidado de não deixar nenhuma digital na lataria. Havia um celular virado para cima no banco do motorista. Era o celular da Seneca; Brett se lembrava da capinha verde, de quando mexeu nele em Avignon. Ela o tinha deixado no carro de propósito. Para *enganá-lo*.

Ele engoliu um grito. *Vai embora*, disse ele para si mesmo. *Sai daqui. Pega Aerin. Já ferraram com você vezes demais.*

Mas a necessidade de encontrar Elizabeth o assombrava. Ele decidiu dar mais uma chance a eles. E agora, ele estava ligando para Maddox. O celular tocou uma vez, duas; Brett sentiu a pressão subir a cada segundo. *Se não atenderem, eles vão pagar.*

— Alô — disse Maddox.

Brett levou o celular ao ouvido e quase o deixou cair. Por um momento, estava tão cego de raiva que nem conseguiu falar.

— Vocês acham mesmo que são mais inteligentes do que eu?

— Eu...

— Onde vocês estão? Eu preciso de um endereço *agora*. Sei que você está na frente. As regras mudaram.

— Espera. — Agora era Seneca na linha. — Nós temos o endereço, mas não vamos te dar se você não nos entregar Aerin. Fim de papo.

Brett sentiu como se o topo da cabeça pudesse explodir e sair voando. Não. *Não*. Ele não ia entregar Aerin. O resultado perfeito era aquele em que ele tiraria Aerin do porta-malas depois que aquilo acabasse. Ela estaria passando mal do calor e do ambiente fechado, mas ele a colocaria no banco de trás, passaria um pano molhado na testa dela e a faria dormir. Eles dirigiriam e dirigiriam, talvez para voltar para onde estavam antes ou talvez para ir para outro lugar. O céu seria o limite. Ele ficaria livre para ir aonde quisesse quando Elizabeth não fosse mais um peso para ele.

Mas a única forma de pegar Elizabeth era abandonando essa fantasia. Brett fechou os olhos, desprezando o fato de que eles o tinham encurralado. Ainda assim, ele só precisou de alguns momentos para chegar a uma decisão.

— Tudo bem — resmungou ele. — Me encontrem no píer. Peguem a rampa no estacionamento onde está o carro de vocês. — Nesse ponto, ele não ligava mais de eles saberem como os tinha rastreado. — Eu vou estar na Casa Maluca. Mas, se não estiverem lá em dez minutos, vocês não vão nos ver nunca mais.

VINTE E NOVE

SENECA E OS outros tinham parado na esquina, ao lado de uma placa grande que indicava a Sea Tern e a Ocean Drive. Acima das dunas, eles viam os trilhos da montanha-russa com suas quedas e curvas. Outro brinquedo fez barulho e as pessoas gritaram com alegria. Alguma coisa apitou no fliperama.

Ele está lá, pensou ela, horrorizada, olhando para todos os brilhos e movimentos e bandeiras balançando. *Brett está bem ali.*

— Na Casa Maluca? — sussurrou Madison, a cabeça inclinada na direção do píer. — Isso é piada?

— A gente devia fazer o que ele quer? — perguntou Maddox.

— Não vejo outro jeito. — Seneca revirou os ombros para trás e apertou o botão do sinal novamente. Demorou, mas o sinal fechou para os carros, e eles atravessaram, os chinelos fazendo barulhos altos no asfalto. Em intervalos de poucos passos, Seneca pensava que ia desmaiar. Aquilo estava acontecendo. Acontecendo *de verdade*. Em poucos minutos, ela *veria* Brett. Como se controlaria? Como se seguraria para não dar na cara dele?

Você vai ter que se segurar, ela disse a si mesma. *Faça o que ele pedir e vamos ter Aerin de volta. Talvez dê para pegá-lo também.*

Eles contornaram alguns banhistas empurrando carrinhos cheios de cadeiras e brinquedos, saindo da areia. Os nervos de Seneca pareciam os cactos cheios de espinhos no caminho. Ela limpou a garganta.

— Alguém mais acha que está faltando alguma coisa? Brett pareceu surpreso pela primeira vez. Ele nunca concordou com os nossos termos antes.

— E isso te deixa nervosa? — perguntou Maddox.

— Talvez — admitiu Seneca. As coisas nunca eram o que pareciam com Brett; aquilo poderia *parecer* uma vitória, mas poderia haver alguma pegadinha. Parecia que eles estavam indo para a toca do leão, que estava de boca aberta, os dentes à mostra, o estômago roncando.

Madison abanou o rosto.

— Será que a gente devia chamar a polícia? Contar o que está acontecendo ou dar o endereço de Candace? Odeio a ideia de Brett entrar lá disparando. E se ele machucar Damien?

Seneca também tinha pensado nisso.

— Eu tenho medo do Brett perceber. Ele se planeja pra tudo. E se sacar no nosso rosto e não nos entregar Aerin?

— Vamos ver primeiro em que a gente está se metendo — decidiu Maddox.

Eles viraram para a direita, onde o píer começava. Havia gente reunida ao longo do caminho de madeira, rindo, flertando, passeando pelas lojinhas. As cores rodopiavam, o cheiro de pipoca queimada fazia as narinas de Seneca arderem e os barulhos do fliperama eram quase insuportáveis. Eles passaram por brinquedos, todos os estímulos se misturando, o rosto de todo mundo parecendo encoberto e macabro na luz cada vez mais baixa. Seneca olhou com vertigem por uma barraca de cachorro-quente movimentada, cuja grande característica era que eles faziam "o maior cachorro-quente de toda Breezy Sea". Uma construção grande ao lado tinha um mural de um palhaço enorme e ameaçador agachado acima de uma porta dupla. O palhaço estava com as mãos apoiadas nos joelhos, espiando, numa pose parecendo de sumô; as sobrancelhas estavam arqueadas, o sorriso era maligno, e, naquele momento, uma garotinha de tranças estava apontando para ele e gritando de pavor. De cada lado da porta, estava escrito com tinta amarelo-fluorescente escorrendo: *Casa Maluca.*

O coração de Seneca despencou até os joelhos.

Madison esticou um dedo trêmulo.

— Eu já mencionei que tenho um medo *mortal* de palhaços?

Eles foram na direção da entrada, passando por famílias e adolescentes e por um homem que estava inexplicavelmente usando uma máscara do filme *Pânico*. Risadas assombrosas e maníacas saíam de um alto-falante posicionado acima do chapéu pontudo do palhaço. Seneca olhou pela porta da Casa Maluca, mas estava tão escuro lá dentro que ela não tinha ideia de em que estava entrando. Ela segurou a mão de Maddox e apertou com força. Perguntou-se se ele sentiu a pulsação dela nos dedos quando apertou a mão dela. *Brett está lá dentro*, sua cabeça ficava repetindo. *Ele está lá dentro.*

— Vamos resolver isso — disse Maddox por entre os dentes.

Eles entraram na Casa Maluca. Estava mais fresco lá dentro... e também mais abafado, tanto que Seneca sentiu que tinha começado a suar frio. A primeira sala era estranhamente estreita e luminosa, com paredes listradas, piso quadriculado torto e um teto inclinado para cima conforme eles iam andando. *Sala da gravidade*, dizia uma placa na parede. Todos andaram precariamente. A risada alta e horrível parecia estar sendo repetida sem parar, e Seneca se viu lançando olhares desesperados e encurralados para os outros. Onde estava Brett? Era uma cilada?

Eles passaram por uma segunda porta e entraram em uma sala cheia de espelhos. Seneca parou, desorientada. A Seneca do espelho imitou os movimentos dela, mas aquela garota estava torta, mais larga e mais esticada. Um brilho de cabelo loiro chamou a atenção dela e ela se virou. Alguém estava se esgueirando em uma curva. Talvez *duas* pessoas. Ela inspirou o ar úmido.

— *Ali* — sussurrou ela para os outros.

Ela atravessou o aposento correndo, com dezenas de versões dela mesma indo junto como fitas coloridas. Quando chegou ao canto, viu um cara de cabelo castanho e camiseta preta e short preto refletido no espelho. Seu coração parou. Brett parecia uma pessoa comum, não ameaçador, não maligno. Ele estava parado casualmente, um braço em volta de uma garota alta de moletom, o cabelo loiro caindo pelos ombros.

Aerin.

Seneca apertou a mão sobre a boca. Brett se virou, o reflexo espiando o dela. Seus olhos se encontraram pelo espelho. O canto da boca de Brett se curvou em um sorrisinho. Um arrepio subiu pela coluna de Seneca. Por um momento, ela só conseguiu olhar. Não acreditava que ele tinha cumprido a promessa. Na verdade, ela não conseguia acreditar que Brett estava lá, que era real. Depois de tanto tempo, ela havia criado uma mitologia dele como um demônio, uma criatura maligna de outro mundo. Havia algo de agressivo na forma como ele estava com o braço na cintura de Aerin. Quando Aerin viu o grupo, ela soltou um gritinho sofrido, mas Brett a apertou mais e ela parou.

Ele está com algum tipo de arma encostada nas costas dela, pensou Seneca com medo. Se Aerin gritasse, ela morreria. Se um *deles* gritasse, ela morreria. Brett estava com todo o poder e controle, como sempre.

Seneca, Maddox e Madison andaram lentamente na direção de Brett e Aerin, os reflexos sinistros e tortos indo junto. Brett não interrompeu o contato visual.

— Que bom ver vocês — gritou ele acima dos sons de risada. A voz dele pareceu um martelo no crânio de Seneca. A forma da boca, os olhos apertados… era tudo tão *real*. — Vocês têm alguma coisa pra me contar?

— Só depois que você a soltar — disse Seneca com voz trêmula. Ela olhou para Aerin. Os lábios da amiga estavam apertados, como se ela tivesse recebido a ordem de não falar, mas seus olhos estavam arregalados e assustados. *Por favor, me ajudem*, ela parecia estar dizendo. *Por favor, acabem com isso*.

Brett balançou a cabeça.

— Me digam o endereço e ela é sua.

— Não — insistiu Seneca. — Devolva Aerin e eu vou te *levar* até a casa. Eu não vou simplesmente contar. É esse o acordo. É pegar ou largar.

Ela sentiu Maddox enrijecer ao seu lado. Madison lançou um olhar para Seneca que dizia: *Você tem certeza?* Seneca *não tinha* certeza, mas não queria que Brett os enganasse. Não queria que Brett tivesse o endereço, pegasse Aerin e saísse correndo.

Uma brisa soprou pela sala dos espelhos trazendo junto um cheiro de mofo. A risada do palhaço se transformou em uma música Techno. Brett ficou olhando para eles por muito tempo e mudou de posição.

— Como eu posso ter certeza de que você não vai me levar para o lugar errado?

— Porque eu vou tocar a campainha. Ela vai aparecer na porta. Ela apareceu pra gente. Você vai ver.

— *Seneca* — disse Maddox com o canto da boca. — Isso não é uma boa ideia.

Mas Seneca continuou olhando para Brett, o coração tremendo, cada célula do corpo tremendo.

— Vamos lá. Entrega Aerin para o Maddox e vamos. Mas você tem que prometer não machucar o garoto quando a gente chegar lá, está bem?

Brett soltou um ruído de protesto.

— Você acha mesmo que eu machucaria um garoto?

Como eu poderia saber?, pensou Seneca.

— Você tem que tirar Damien de lá assim que chegar lá. Mandá-lo pra mim. Eu vou cuidar pra que ele fique seguro. Entendeu?

— Seneca... — murmurou Maddox.

— *Entendeu?* — repetiu Seneca, olhando intensamente para Brett.

Brett baixou o olhar para o piso brilhante. Aerin se mexeu um pouco, o medo no rosto se intensificando. O que estava encostado nas costas dela? Uma arma? Uma faca? Seneca deu outro passo na direção de Aerin... ela estava tão próxima que dava para sentir o cheiro do xampu floral. Ela também estava muito perto de Brett. O tanto que ele era comum a assustou. A curva do cabelo sobre a orelha. As marcas de acne no queixo. O fato de ele ter vestido um short hoje, ter amarrado os sapatos, ter que cortar as unhas e escovar os dentes e ter uma boa noite de sono, como todos os seres humanos do planeta.

— Vamos lá, Brett — disse ela gentilmente. — Eu sei como Elizabeth é importante pra você. Eu te levo até ela. Vou deixar que você termine esse capítulo da sua vida.

Os cantos da boca de Brett ainda estavam curvados para baixo, mas Seneca percebeu pelos olhos que ele estava começando a ceder. Ele aceitaria. Soltaria Aerin. Mas, de repente, ele levantou a cabeça e apertou o olhar para algo do outro lado da sala. Seneca também se virou para olhar. Um novo reflexo apareceu nos espelhos, alto e gordo e dobrado e torto. Foi o distintivo brilhante que chamou a atenção de Seneca primeiro, depois as palavras nas costas da jaqueta, refletidas no vidro: *Segurança do Píer de Breezy Sea.*

— Tudo bem aí? — perguntou o guarda, apontando a lanterna para o grupo.

Seneca ficou imóvel. *Vai embora*, ela teve vontade de dizer. *Não tem nada pra ver aqui.* Mas ela viu a expressão traída de Brett. Ele achava que eles tinham armado aquilo? *Para com isso, Brett! A gente sabe que não é pra fazer isso!*

Ela abriu a boca, pronta para falar, pronta para resolver aquilo, mas o tempo correu ao mesmo tempo lento e rápido demais, e os músculos dela não cooperaram. O guarda andou com determinação na direção deles. Brett apertou o olhar e puxou Aerin para trás, um braço em volta dela com força como um cinto de segurança. Seneca esticou os braços para Aerin, desesperada para pegá-la... agora que havia um segurança presente, Brett faria alguma loucura? Naquele mesmo momento, algo brilhante se deslocou na direção do corpo de Seneca e ela viu um brilho de metal e sentiu dor. Maddox gritou algo que Seneca não entendeu por causa da música Techno. De repente, ela estava no chão, com estrelas girando no olhar.

— Parado! — gritou o guarda, tirando uma arma do coldre e apontando para Brett.

Quando Seneca olhou para cima, Brett estava segurando uma faca suja de sangue na frente do corpo. Ela ficou olhando horrorizada o sangue que pingava do seu braço. Ele a tinha *esfaqueado*? A dor voltou com tudo. O mundo girou e se afastou. Maddox ficou de joelhos ao lado dela.

— Merda, Seneca, *merda*.

Seneca o afastou.

— Eu estou bem, eu estou bem, não foi tão ruim — disse ela sem fôlego, tentando se levantar.

— Larga a faca — disse o guarda, a arma apontada para Brett. — Solta a garota.

A mão do guarda foi até o walkie-talkie no cinto, o que fez Brett apertar a faca no pescoço de Aerin, que soltou um gritinho.

— Não ouse pedir ajuda — rosnou Brett. Os olhos dele estavam enlouquecidos e o queixo estava tão contraído que os tendões do pescoço saltaram.

O guarda soltou o walkie-talkie, mas chegou mais perto, e houve um *clique* da trava sendo solta. Os lábios de Brett tremeram. Os olhos se apertaram ainda mais. Aerin choramingou. A lâmina da faca empurrou a pele.

— Pare com isso, meu filho — disse o guarda com voz rouca. — Não faça nenhuma besteira.

— P-por favor — sussurrou Aerin com lágrimas descendo pelas bochechas.

Alguns segundos quentes, escuros e horríveis se passaram. Seneca não tinha ideia do que fazer. Os olhos de Brett estavam se deslocando para todos os lados: para os espelhos, para os bolsos deles, para as mãos deles, talvez cientes demais de que *eles* poderiam chamar ajuda. Mas, estranhamente, quando Seneca se deu conta, a faca caiu no chão com um estalo e deslizou até um dos espelhos. Aerin voou dos braços de Brett, cambaleou na direção de Maddox, e ele a envolveu em um abraço enorme.

— Ei! — gritou o guarda, correndo para a escuridão. Seneca olhou em volta, desorientada. Brett tinha sumido.

— Não! — gritou ela, começando a seguir o guarda pela porta. — Volta aqui!

Passos soaram no escuro. A dor no braço de Seneca latejou. Ela saiu da sala dos espelhos para um fliperama cheio de jogos antigos de Pac-Man e várias máquinas de garra. As luzes fortes fizeram seus olhos doerem depois de tanta escuridão confusa, e ela cambaleou em meio ao caos, procurando a cabeça de Brett em meio aos corpos. Ele não estava ali. Ela viu o guarda parado ao lado de um videogame de dinossauro com a arma abaixada. Ele estava falando em um walkie-talkie.

— Fugindo... reforços necessários. — Ele ergueu o olhar e encarou Seneca. — Precisa de ambulância, meu bem? — perguntou ele com preocupação.

Seneca fez que não, virou-se na direção da saída do fliperama e foi parar no píer de novo. Brett tinha que estar lá. Ele não poderia ter se afastado tão rápido. Ela olhou para a direita e para a esquerda procurando um cara alto de cabelo escuro, mas esta era a questão: havia um milhão de caras altos de cabelo escuro ali. Era praticamente um *Onde está Wally?*. Ela deu alguns passos hesitantes para a esquerda, mas virou-se para a direita na direção da rampa por onde eles tinham subido, por achar que ele voltaria para as ruas na esperança de encontrar a casa de Candace sozinho. Andou entre os carros do estacionamento e saiu na calçada, com sangue ainda pingando do braço, a cabeça ainda confusa e imprecisa.

As ruas estavam vazias. Birutas balançavam em varandas. Gaivotas voavam no céu. Apitos soavam, indicando que alguém tinha ganhado alguma coisa no fliperama. Mas Brett...

Não. *Não*. Alguma coisa estalou dentro dela, abrindo-a ao meio, jogando uma cortina escura sobre o mundo dela todo. Seneca arqueou as costas para o céu e soltou um grito agonizante.

Brett tinha escapado. *De novo*.

TRINTA

O SANGUE FERVEU na cabeça de Brett enquanto ele corria pelas ruas. Parecia ácido sendo bombeado pelas veias. Depois de atravessar a rua principal da praia, ele se agachou atrás de uma árvore, enfiou a mão na mochila e tateou. Tirou a camiseta e vestiu uma regata. Colocou a peruca de cabelo comprido e botou um boné dos Yankees por cima. Era um disfarce rudimentar, nada que ele fosse usar por muito tempo, mas Seneca (e a polícia) estaria procurando uma pessoa de cabelo castanho e sem boné de beisebol correndo a toda, não um skatista de cabelo comprido de regata passeando.

Brett passou por uma casa e por outra. Ainda estava tão quente; filetes de suor caíam em seus olhos e boca. Aquela casa? *Aquela?* Talvez essa? *Não, não, não…*

Ele parou e se curvou para a frente, respirando pesado. Merda. *Merda*. Começou a bater com os punhos nas coxas. Que porra estava acontecendo? Ele havia perdido? Aqueles idiotas tinham vencido? Por que ele soltou Aerin? Por que aquele guarda apareceu? Por que ele não pensou em levar uma arma?

Mas ele salvaria a situação. Precisava encontrar Elizabeth, tinha que encontrar. Ela devia estar perto, atrás de uma daquelas portas. E agora, com aquele humor, ele não aceitaria prisioneiros.

Ele se ergueu e andou até o quarteirão seguinte. Aquela casa? Aquela próxima? Ele a encontraria. Era *mais inteligente* do que eles. Por que ele tinha aceitado que Seneca o levasse até a casa? Por que não tinha seguido seus instintos e arrancado o endereço deles?

Quando passou por um bangalô, Brett quase tropeçou em uma bicicleta metálica caída na calçada. A amargura encheu seu coração. *Ele* nunca havia tido uma bicicleta assim. *Ele* tinha ficado trancado uma boa parte da infância. Ele a chutou com tanta força que voou a uma curta distância e caiu com um barulho feio.

Nessa hora, ele ouviu. Sirenes distantes primeiro, espiralando pelo ar pesado, mas chegando cada vez mais perto. Ele se virou, tentando identificar a localização. Luzes de ambulância piscando apareceram em meio às árvores uma rua depois. Brett chegou mais perto, andando pelo pátio de alguém para ver melhor. Várias viaturas da polícia tinham parado no meio-fio na frente de uma casa cinza. Alguns policiais tinham cachorros. Estavam se comunicando de forma sorrateira, estilo SWAT. Eles seguiram como ninjas na direção da entrada.

O estômago de Brett despencou até os pés. Não. *Não*. Ele tentou dizer para si mesmo que poderia ser por algum crime grande... mas qual era a probabilidade? Seneca devia ter chamado a polícia. Devia ter contado sobre Elizabeth. Ela dera à polícia informações que eram para ser para *ele*.

Brett começou a tremer de raiva. Parecia que seu corpo estava sendo sacudido em uma explosão. Ele se virou e pegou a primeira coisa que viu: o remo de uma canoa, encostado na lateral da casa em cujo pátio ele tinha entrado. Cegamente, de forma quase involuntária, começou a bater com ele na grama, soltando um grito gutural. *Eles tinham contado. Os babacas tinham contado*. A única coisa com a qual ele havia sonhado a vida toda. O único confronto que ele merecia, que lhe era devido. Já era. *Já era*. Ele merecia olhar nos olhos dela. Deveriam ser as mãos dele em volta do pescoço dela, repetindo aquelas coisas horríveis que ela dizia para ele: *isso é para o seu próprio bem, é assim que tem que ser, estou fazendo isso porque te amo.*

O remo começou a se quebrar. Um pedaço voou, bateu no tornozelo exposto dele e cortou a pele. Outro pedaço se quebrou e deslizou para baixo de uma grelha a gás de aparência cara. Brett soltou um grunhido e jogou a coisa para trás, sentindo como se fosse em parte animal selvagem, em parte vulcão, em parte bola de demolição. Destruir o remo não o tinha saciado; ele queria arrancar alguma coisa, pulverizar alguma coisa em pedacinhos. Enfiou as unhas na cara, sem ligar quando sentiu o sangue na pele.

Mas a curiosidade o venceu. Engolindo em seco, meio cego, ele andou ainda mais pelo pátio na direção do som das sirenes. Os policiais ninjas não estavam mais no gramado da casa cinza. Uma ambulância tinha subido na grama, as luzes piscando. A porta da casa foi aberta e alguns dos policiais ninjas saíram carregando um garotinho. Um grupo de paramédicos correu até o garoto, o cobriu de cobertores, fez as coisas de paramédicos que faziam para que uma pessoa não entrasse em choque. Brett piscou, tentando permanecer impassível, mas se sentiu partido no meio. *Ele* não tivera um resgate assim.

Uma segunda onda de policiais trouxe uma menina para fora. Ela era um pouco mais alta do que Damien, com cabelo preto e feições delicadas. Era tão parecida com Viola que Brett teve que olhar de novo. Era impressionante que Elizabeth continuava encontrando pequenas réplicas perfeitas. Era repugnante continuar enfeitiçando crianças para que confiassem nela. Ele achava que devia sentir algum orgulho por ter ajudado a salvar aquelas crianças, mas só sentia ressentimento. Damien e a garota só ficaram presos naquele pesadelo alguns meses, no máximo. Eles teriam as infâncias de volta. Veriam os pais. *Viveriam.*

A porta se abriu mais uma vez e vários policiais trouxeram uma mulher algemada. A bile subiu pela garganta de Brett, mas ele não ousou nem piscar, não ousou nem respirar, absorveu cada momento da coisa pela qual ele tinha esperado quase metade da vida. Elizabeth estava igual: cadavérica, abatida, com aqueles olhos tão loucos. Ela estava gritando alguma coisa, embora ele não conseguisse ouvir o quê. Provavelmente que os filhos eram dela e que não havia feito nada de errado. Ela estava chorando. Sem cerimônia nenhuma, os policiais a enfiaram no banco de trás da viatura.

E foram embora.

Brett mordeu o lábio com tanta força que sentiu gosto de sangue. Sua mente estava em um turbilhão de fúria. Ele estava a uma rua de Elizabeth. A uma rua da resposta. Aquela criminosa era *dele*... mas lá estava ela, desaparecendo pela rua, de cinto de segurança, presa atrás de uma vidraça. Meses de planejamento foram pelo ralo. Anos de procura por nada. O que ele faria com a raiva agora? O que faria com o ódio?

Uma sirene tocou mais perto e Brett voltou com tudo para o presente. Ele tinha que sair daquele gramado, tinha que ir para longe do remo quebrado; a última coisa que queria era perder a liberdade também. Mas, antes de se afastar, ele viu em meio às árvores uma garota parada no gramado da sequestradora, os braços apertados em volta do peito, a boca franzida. Os olhos apurados de Seneca procuravam pela rua, pelas casas, pela escada para a praia. Ela não parecia satisfeita. Na verdade, parecia estar furiosa.

Quem ela estava procurando era *ele*, Brett percebeu. Ele chegou para trás, para a calçada, uma ideia se formando na mente, uma pontinha de esperança explodindo no coração. Trabalhando rápido, ele abriu o CNE no celular e enviou uma mensagem.

Você está triste, né? Que pena que você não me encontrou. Mas vai. Você só precisa juntar as peças. E eu estarei esperando quando você conseguir.

TRINTA E UM

NAQUELA NOITE, MADDOX, Seneca e Aerin estavam na sala de espera da delegacia de Breezy Sea.

— Lá vamos nós — disse Madison, voltando da máquina de lanches. Ela colocou sacos de salgadinhos, de castanhas, barras de chocolate e alguns refrigerantes na mesa de centro arranhada. Maddox pegou um saco de Cheetos. Aerin pegou um saquinho de M&M's.

— Eu prometi que ia comer menos açúcar se voltasse a ficar livre. Isso parece um mau começo, mas não quero nem saber.

Maddox riu mais alto do que a piada merecia, mas, caramba, como ele estava orgulhoso de Aerin. A garota tinha *coragem*. Outras pessoas teriam ficado catatônicas depois de ficarem presas com Brett Grady e serem ameaçadas com uma faca em uma Casa Maluca sinistra. Se tivesse sido ele, era capaz de ter pedido uma passagem só de ida para uma ala psiquiátrica. Mas Aerin, depois que a confusão da Casa Maluca passou e ela soube que estava segura e a polícia estava no local, começou a puxar as mangas deles para eles procurarem Brett. "Eu vou pra delegacia com vocês", dissera ela com veemência. "Vocês não vão me deixar de fora disso. Brett vai ser capturado, nem que seja a última coisa que eu faça."

Agora, a calçada em frente à delegacia estava cheia de curiosos, vans de noticiários e repórteres; Maddox ouvia a barulheira mesmo lá de dentro. Os nomes Candace Lord e Bethany Rose e Sadie Sage estavam na boca de todo mundo. Damien estava nos fundos da delegacia com um assistente social e vários psicólogos; os pais dele e Freya estavam a caminho de Nova York. A garota que tinha sido tirada da casa, Huntley Monroe, de onze anos, também estava nos fundos, sendo entrevistada. Huntley só tinha ficado uma semana desaparecida. A família dela estava de férias em uma cidade litorânea próxima, vinda do oeste da Pensilvânia, e, de acordo com as notícias, Huntley era meio rebelde; os pais dela estavam com mais medo de ela ter fugido ou de ter sofrido um acidente bizarro horrível. Ela não tinha a menor ideia de quem Candace era quando foi sequestrada, o que era bem diferente do padrão normal, mas Maddox achava que Candace não tinha conseguido resistir porque Huntley era muito parecida com Julia, sua filha. Mas agora, por sorte, Huntley também iria para casa.

A polícia ainda estava resolvendo quem precisava ser interrogado, embora Seneca, Maddox, Madison, Aerin e até Thomas ainda no leito de hospital estivessem na lista. No entanto, como recuperar Damien e Huntley e apreender Candace eram prioridades, a polícia ainda não tinha ido falar com eles. Mas Maddox e seus amigos haviam combinado uma coisa quando dessem seu testemunho: eles tinham que contar a verdade sobre o que o guarda tinha encontrado na Casa Maluca com Brett e Aerin. Isso incluía o sequestro de Aerin, as pistas de Brett, as ameaças dele, o passado. Brett tinha sumido de novo e eles precisavam dos esforços combinados para que ele fosse pego. A loucura de Brett tinha que terminar e *agora*. Eles já tinham ligado para Viola para contar; ela estava a caminho de Nova York para dar seu testemunho também. Viola pareceu tão chocada de eles terem encontrado a sequestradora... mas também impressionada. Foi ótimo dar a notícia para ela.

— Aposto que a polícia vai encontrar Brett — disse Maddox depois de acabar com o Cheetos e começar a comer um pacote de batata de sour cream com cebola. — Tem provas agora. Digitais naquela faca, pra começar. É muita coisa.

— Eu sei — disse Aerin enquanto colocava mais M&M's na mão. — E tem o cabelo dele que eu escondi na caixa de lente de contato. Eu já entreguei pra eles.

Maddox teve uma sensação de horror… de pensar que Aerin teve que pegar um fio de cabelo de Brett na esperança de conseguir que fossem atrás dele! Mas assentiu com apreciação.

— Que bom.

— E não esquece o carro — disse Madison com otimismo. O Ford Focus que Brett tinha usado para sequestrar Aerin *e* trazê-la para Breezy Sea havia sido abandonado no estacionamento em que a troca malsucedida tinha acontecido. Havia um policial posicionado ali perto, esperando o retorno de Brett, mas ele ainda não tinha voltado. Bem, *claro* que não. O sujeito não era *tão* burro. Ainda assim, podia haver DNA lá também.

Seneca só revirou os olhos e continuou puxando fios de linha do braço do sofá. Ela era a única que não tinha escolhido nada das guloseimas da máquina. Nem um refrigerante.

— Não vão encontrá-lo. DNA só é útil quando você sabe onde o criminoso *está*.

Aerin pareceu irritada.

— É, mas…

— Mas nós todos o vimos — disse Maddox. — Nós podemos descrevê-lo para um artista de retratos falados. A imagem dele vai aparecer no noticiário.

— Ele vai mudar a aparência. E aí as notícias vão morrer, e *ninguém* vai estar à procura dele, e em alguns meses ele vai voltar e vai fazer mal a todos nós porque acredita que nós o traímos.

— Seneca! — advertiu Maddox. A última coisa que ele queria era Seneca assustando Aerin. Mas Seneca estava de mau humor desde a Casa Maluca. No começo, ela foi ótima: abraçou Aerin, perguntou se ela estava bem, até agiu com calma sobre a fuga de Brett. Mas quando a polícia foi prender Candace, quando Seneca procurou por toda a propriedade e não encontrou Brett, ela começou a entrar em desespero.

Seneca puxou outro fiapo e se virou para Aerin.

— Brett não te disse que ia voltar pra casa onde tinha te prendido?

Aerin tomou uma Coca Diet.

— Ele disse que *talvez* voltasse. Mas isso foi antes de Candace ser encontrada, então quem sabe.

— Você não se lembra mesmo de *nada* do local?

Aerin mordeu o lábio e olhou para uma meia distância.

— Era uma casa — disse ela. — Uma casa e não um hotel ou apartamento.

— Você já nos contou isso — disse Seneca.

— Desculpa. — Os olhos de Aerin faiscaram. — Eu estava em um quarto. Não tinha vista pra fora. Eu tive um vislumbre do saguão em um determinado momento, que foi como eu soube que nós estávamos em uma casa, uma casa boa. Mas só isso. Se nós *conseguíssemos* encontrá-la, eu roí algumas unhas e as escondi embaixo da cama. Pra haver prova de que eu estive lá.

Seneca resmungou alguma coisa que Maddox ouviu. Ele olhou para ela com expressão de alerta e ela deu de ombros, o olhar voltado para Aerin de novo.

— E quando vocês foram pra lá, quanto tempo levou?

— Algumas horas, talvez? Eu tentei contar o tempo, mas ele me botou no porta-malas. Eu não consegui ver nada.

— Pareceu que eram rodovias ou estradas menores?

Maddox limpou a garganta.

— Ela acabou de dizer que não conseguia ver nada.

— Rodovias — disse Aerin, mas logo pareceu em dúvida. — Se bem que uma rua era meio sinuosa...

Seneca olhou para o celular.

— Minha última ligação com Brett foi às 17h. Ele ligou para Maddox umas 19h30, quando encontrou o Jeep no estacionamento. Vocês levaram duas horas e meia para chegarem a Breezy Sea de onde estavam. — Ela franziu a testa. — E quando você estava na casa dele? Sentiu algum cheiro? Ouviu alguma coisa? Havia insetos ou animais? Você ouviu sons estranhos de animais? Foi picada por insetos? — Aerin balançou a cabeça repetidamente. — Você ouviu algum som estranho à noite, quando estava no quarto? Caminhões? Aviões? Pessoas? Música?

O rosto de Aerin se iluminou.

— Olha, teve uma vez em que ouvi um caminhão. Como se estivesse dando ré. Aquele som de *bip, bip, bip*, sabe?

Seneca focou nisso.

— Tipo um caminhão de lixo? Ou caminhão basculante?

— Não sei. Eu só ouvi os bipes.

— Os bipes são diferentes. — Seneca procurou os dois sons no telefone: um de um caminhão de lixo e outro de um caminhão basculante. Ela colocou os dois para Aerin, que levantou as mãos no ar.

— Desculpa, mas os dois me parecem iguais.

— Não são iguais — disse Seneca com insistência. — É um ou o outro.

— Seneca — disse Maddox. — Os dois parecem iguais.

Havia gotas de suor na testa de Seneca. Os únicos sons no aposento por vários segundos foram os murmúrios baixos do noticiário local na tela de televisão acima da cabeça deles. A notícia era sobre um confronto estranho no píer, em frente à Casa Maluca... que depois levou a Damien e Huntley serem encontrados.

— Ugh — disse Seneca, retorcendo o rosto. Ela se levantou e saiu da delegacia depois de empurrar com irritação a porta lateral que levava ao estacionamento.

Maddox também pulou.

— Espera! Os policiais podem nos chamar a qualquer momento.

— E daí? — disse Seneca por cima do ombro quando a porta quase bateu na cara de Maddox. — Não vai fazer a menor diferença.

— Seneca... — Maddox a seguiu por uma fila de viaturas. O chão ainda estava muito quente e o ar estava com cheiro de asfalto fresco e *fudge* caseiro da loja do outro lado da rua. — O que você tem?

Ela estava abraçando o próprio corpo com tanta força que as unhas afundavam no braço. Maddox olhou com inquietação para a cerca alta que separava os dois da multidão lá fora. Apesar de não ver as pessoas, ele ouvia todo mundo falando, os repórteres dando atualizações.

— Olha, é horrível não conseguirmos pegar o Brett. Não consigo suportar a ideia de ele ainda estar por aí. Mas tudo que dissemos lá dentro é verdade: nós temos o DNA dele agora. A polícia acredita que ele sequestrou Aerin. Um guarda viu Brett surtar. Nós temos recursos. Nós vamos encontrá-lo.

— Não vamos, não — resmungou Seneca.

Maddox ergueu e baixou os ombros, tentando engolir a frustração. Como ela podia ter tanta certeza? Por que estava sendo tão pessimista?

— Tem outra coisa. Nós salvamos duas crianças hoje. Botamos uma maníaca na prisão, provavelmente pelo resto da vida. Tenho orgulho disso e acho que você devia ter também. Não acha?

Ele esperou a reação dela, mas ela não se mexeu. Não sorriu nem assentiu. De repente, os ombros dela começaram a tremer. O estômago de Maddox se contraiu. Ela estava... *chorando?*

— Ei. — Ele chegou mais perto dela. — Me desculpa. Fala comigo. *Por favor.* Quero entender o que está acontecendo com você. Me conta o que tem na sua cabeça.

Ele tocou no ombro dela, mas ela se afastou como se ele a tivesse queimado, o quadril quase batendo no para-lama da viatura mais próxima.

— Seneca — suplicou Maddox. — Por favor!

Pareceu que horas se passaram antes de ela limpar os olhos com teimosia e olhar para ele de novo.

— Tudo bem. Você quer saber em que eu estou pensando? *Nisso.*

Ela enfiou o telefone na cara dele. Na tela havia uma mensagem para a conta dela no CNE. *Que pena que você não me encontrou. Mas vai. Você só precisa juntar as peças. E eu estarei esperando quando você conseguir.* Era de BGrana… *Brett.*

O coração de Maddox caiu até os pés.

— Q-quando você recebeu isso?

— Eu vi uns quinze minutos atrás. Mas ele mandou na hora em que a polícia estava prendendo Candace.

— Você não está considerando… — Mas quando Maddox olhou nos olhos dela, ele soube que ela *estava* considerando. — Ah, Seneca — disse ele. A mente dele rodopiou. Ele se sentiu meio enjoado. Depois de tudo que eles haviam passado, depois de todo o perigo em que tinham se colocado, ela não poderia voltar para mais, poderia? — Você não pode ir atrás dele — acrescentou ele, de repente determinado. — Você tem que mostrar isso pra polícia. Pode ser que consigam rastreá-lo.

Ele esticou a mão para pegar o celular, mas Seneca o apertou no peito.

— Eu sabia que você não ia entender.

Ela falou com tanto ódio que ele ficou olhando para ela, chocado. Sentiu-se precário de repente, como se estivesse parado em um penhasco escorregadio e o menor movimento pudesse fazer com que ele caísse lá embaixo.

— Por favor, não siga fazendo esse jogo — suplicou ele. — Você vai acabar morrendo. — A garganta dele se apertou. — Não entende isso? Não entende que tem gente que quer que você viva?

— Você não entende mesmo o que ele representa pra mim. — A voz de Seneca estava pétrea e vazia. — Não entende como estou arrasada de ele estar… *por aí. Livre.*

— Eu entendo. Mas não é seu trabalho encontrá-lo. Não é seu trabalho ficar obcecada.

— É sim.

— *Não* é. — Maddox tentou tocar no braço de Seneca de novo, mas novamente ela se afastou. Doeu. Bem, *mais* do que doeu. Parecia que ela o odiava.

— Você não entende, tá? — disse ela com rispidez.

— Eu acho que *entendo*. Mas…

— Não. — Ela o interrompeu. Seu olhar se fechou. Inflexível. — Você não entende. Você não é *como* eu, Maddox.

— Seneca. — A sensação de choque sacudiu dentro dele como água. — Isso não é mais pessoal pra você do que pra Aerin e pra família dela… ele fez mal a todos vocês. E você não está vendo a ironia? Você está tornando isso pessoal da mesma forma que Brett fez da procura por Candace uma coisa pessoal. E vai te destruir da mesma forma que o destruiu.

A boca de Seneca formou um O. Ela piscou com força, como se ele tivesse dado um chute no esterno dela. Maddox viu o que tinha dito penetrar nela e se perguntou se tinha ido longe demais. Horror e dor apareceram no rosto dela, e apertou a mandíbula ainda mais e virou o corpo para longe dele, na direção do alambrado.

— Muito bem, então — disse ela com voz baixa. — Acho que Brett e eu somos idênticos.

— Seneca, eu não… — Maddox começou a dizer.

Mas ela levantou a mão para fazê-lo parar.

— Acho que você devia me deixar sozinha — disse ela com voz embotada.

Ele ficou olhando para ela sem entender.

— O que você quer dizer?

O olhar dela estava voltado para os pés. O corte em seu braço estava com um curativo, mas havia um pouco de sangue passando pela gaze. Maddox só queria era pegar um curativo novo. Aninhá-la nos braços.

— Eu quero fazer isso sozinha — disse ela. — Eu preciso *estar* sozinha. — Sua mandíbula tremeu e ela olhou para ele por um milissegundo, os olhos enormes e escuros e seguros. — Sozinha *de verdade*.

Maddox deu um passo para trás. Uma mistura quente e confusa de compreensão e rejeição e dor ferveu nas entranhas dele. "Ah" foi a única coisa que ele conseguiu dizer. Ela quis dizer o que ele achava que ela quis dizer?

De repente, toda a frustração que ele sentiu aquela semana, todas as vezes em que ela rejeitou o toque reconfortante dele, todos os altos e baixos que eles tiveram, os comentários ferinos que ela havia feito sobre a dedicação dele, tudo despencou na cabeça dele. Maddox não tinha se dado conta do quanto se sentia massacrado com tudo aquilo. Ela não o queria. Ele forçou e forçou, tentando caber na vida dela, mas ela não o queria. Deus, ele se sentia um idiota.

Ele respirou fundo para se acalmar.

— Tudo bem. Se é isso que você quer.

Seneca se virou e apertou os braços no corpo.

— Quero.

Ele deu alguns passos furiosos na direção da delegacia, sem nem sentir o chão embaixo dos pés direito. Quando chegou à porta, ele se virou e olhou para ela uma última vez.

Mas Seneca não olhou para ele. Só ficou abraçando o próprio corpo. Nem notou que ele estava ali.

TRINTA E DOIS

APESAR DE FAZER quase duas semanas que Seneca tinha entrado no próprio quarto, nada havia mudado. Seu lugarzinho ainda tinha cheiro de Downy, chocolate Reese's Peanut Butter Cups e aquele odor mofado do brechó onde ela comprava a maioria das roupas. Havia a mesma quantidade de poeira de sempre nas estantes, a mesma música emo-rap na fila do Pandora. Ela sentiu que estava voltando para casa a mesma pessoa, apesar de ter tido esperanças de ter mudado de forma monumental.

Havia uma outra coisa esperando pacientemente pela volta dela para casa. Quatro dias depois que Damien e Huntley foram encontrados naquela casa cinza perto do mar, Seneca abriu a porta do armário, acendeu a luz lá dentro e olhou para o projeto gigantesco sobre Brett que ela havia construído ao longo dos três meses anteriores. Havia fichas mapeando cada caso em que ele tinha contribuído no Caso Não Encerrado, com a referência cruzada do local e da linha do tempo do sequestro ou assassinato e se Brett poderia ter estado lá. Mais fichas faziam a pergunta crítica: *Ele tem um plano? Como financia isso tudo? Qual é o objetivo?* E, simplesmente, *Por quê?*.

Ela sabia mais sobre aquelas respostas agora. Meses antes, teria parecido uma vitória imensa. Mas não era mais suficiente.

Que pena que você não me encontrou. Mas vai. Você só precisa juntar as peças. E eu estarei esperando quando você conseguir.

O que significava?

Seneca ficou olhando intensamente para as fotos das vítimas no quadro até seus olhos dançarem. Tinha relido todos os casos nos quais Brett havia participado nos painéis do CNE e lido textos e trabalhos de psicologia sobre assassinos em série e os efeitos duradouros de sequestros brutais. Tinha ligado para Viola Nevins tantas vezes com tantas perguntas que agora Viola nem atendia mais as ligações dela. Tentou entender a pista que Brett tinha dado, sobre ter deixado Aerin em um lugar em que *ela já havia estado*. Poderia ter alguma ligação com onde ele estava agora?

Ela foi até o laptop e clicou na busca do Google que mantinha permanentemente carregada em uma aba do navegador: *Jackson Brett Jones*. Depois de uma atualização rápida, o site revelou que não havia nenhum artigo novo. Ainda não tinham encontrado Brett. Que surpresa.

Ela sabia que as pistas insignificantes que os policiais tinham sobre ele não seriam suficientes para rastreá-lo. Ninguém havia aparecido para pegar o Ford no estacionamento, e a prefeitura acabou rebocando-o para um depósito. A perícia tinha examinado o cabelo de Brett que Aerin tinha guardado, mas não resultou em nenhuma ligação com o local onde Brett e Aerin tinham ficado escondidos. O caso do sequestro de Aerin havia explodido no noticiário, principalmente porque o sequestrador podia ser também a pessoa que tinha assassinado a irmã dela. Chelsea também contou sua história, e as autoridades fizeram um pedido de desculpas formal por supor que ela era uma garota narcisista que tinha inventado um sequestro. As duas garotas descreveram Brett para desenhistas de retrato falado, mas não adiantou nada; as imagens não davam nenhuma dica.

Seneca tinha recebido alguns pedidos de entrevistas também, até de veículos grandes como o *Good Morning America*. Ao que parecia,

Maddox e Madison tinham aceitado o convite dos produtores, mas ela não. Qual era o sentido? Por que ela ia querer admitir que tinha deixado um assassino em série fugir? Não ia fazer com que eles chegassem mais perto de Brett. E não ia trazer sua mãe de volta.

Ela se virou para o quadro. Tinha que haver algo na cara que ela não estava vendo. Era só uma questão de juntar as peças do jeito certo.

Não é seu trabalho ficar obcecada, a voz de Maddox ecoou na cabeça dela. Mas Seneca a afastou como se fosse um mosquito, da mesma forma que tinha deletado todas as ligações não atendidas do celular. Ele tinha mandado mensagens de texto repetidas depois daquela noite na delegacia... a noite em que, quando a polícia finalmente os chamou para interrogatório, ela contribuiu pouco com a investigação e depois pediu um táxi para levá-la de volta a Maryland, o que custou uma pequena fortuna.

No começo, Maddox ficou desesperado para saber se ela estava bem. Madison também tinha mandado mensagem. Mas, com o passar dos dias, os dois foram mandando menos mensagens. *Ótimo*, pensou ela. Não por ela querer se livrar deles. Ela se sentia mal por não falar com Madison, e era doída a forma como ela havia terminado com Maddox na delegacia... mas as duas coisas eram necessárias. Desde que tinha perdido Brett de novo, sua mente surtou e se partiu, transformando-se numa casa de horrores que ela não queria que eles vissem. Sentia a escuridão se espalhando sobre ela como cabelo que crescia rapidamente na cabeça, estrangulando-a, obscurecendo sua visão. Não queria puxar Madison ou Maddox para seu abismo. Eles não mereciam. Ela *era* como Brett, transformando em pessoal o que devia ser aleatório, distorcendo o passado destruído em um presente vingativo.

Mas, por outro lado, ela não podia deixar de ser assim. Não era a luta de mais ninguém como era dela. As atrocidades de Brett não tinham penetrado nos ossos de mais ninguém da forma como fizeram no esqueleto dela, alterando sua postura, infiltrando-se em seu sangue.

Ela precisava vingar sua mãe. *Ela* precisava encontrar Brett. Era o único pensamento que a tirava da cama todo dia. Era como se a existência de Brett tivesse deixado um rastro de gosma dentro dela que ela não conseguia remover e sujasse tudo, energizasse tudo, atordoasse seus sentidos, sua felicidade e sua ambição. Ela nunca seria normal enquanto não o pegasse. Estava *presa* naquele mundo consternador de Brett, girando na espiral dele até o fim dos tempos.

Mas ela ainda olhava o Instagram de Brett. As postagens dele tinham voltado a ser imagens do nascer do sol nas corridas matinais e alguns dos amigos no que parecia ser uma festa em casa, e, naquele momento, uma dele parado ao lado de uma garota que ela não conhecia, uma ruiva bonita de aparência normal usando uma blusa tomara que caia, com os ombros de fora e brincos pendurados. Talvez ele já tivesse seguido em frente. Que bom. Os dedos de Seneca pairaram sobre o nome dele na lista de contatos do celular... mas não, *não*.

Ela se deitou no colchão e abraçou sua almofada favorita, em formato de leão. No pé da cama havia uma pilha de álbuns antigos que ela tirara do fundo do aparador da sala. Olhou para eles com cautela; as fotos a deixavam tão triste, mas também a faziam se sentir mais próxima da mãe. Ela também andava ouvindo a mensagem de secretária eletrônica na antiga firma de advocacia da mãe. Repetidamente, sua mãe atendia quem ligava e dizia que era para apertar o um para isso e o dois para aquilo... Seneca ficava pensando que, na próxima vez que ouvisse, sua mãe diria algo em código, como onde Brett estava escondido. Mas a mensagem era sempre a mesma.

Ela escolheu um álbum aleatório e o puxou para perto. A lombada estalou quando ela o abriu na primeira página. Sua mãe estava deitada em uma cama de hospital com Seneca bebê esparramada na barriga, dormindo. Collette Frazier tinha um amplo sorriso de êxtase no rosto. A foto seguinte era quase com a mesma pose, só que desta vez Collette estava olhando para Seneca, maravilhada. *Eu tenho um bebê*, sua expressão dizia. *É a coisa mais maravilhosa do mundo.*

Lágrimas borraram a visão de Seneca. *Droga*, pensou ela com amargura, um nó se formando na garganta. A alegria e o amor no rosto da sua mãe a afetavam todas as vezes.

Mas ela continuou olhando. Virou página atrás de página, observando a ligação entre ela e a mãe ficar mais forte a cada dia. A bebê Seneca sorriu, se sentou, começou a andar. Collette estava sempre ao fundo, sorrindo, comemorando, aplaudindo. Havia fotos de uma manhã cintilante de Natal, Collette e a pequena Seneca dormindo no sofá. Havia uma foto de Seneca como uma pequena boneca de neve, com casaco de neve e botas, saindo para encarar uma nevasca de fevereiro. O cabelo escuro de Seneca cresceu; o cabelo de Collette foi de um corte curtinho a um corte em camadas na altura dos ombros. Havia uma foto de mãe e filha andando por um caminho no Quiet Waters Park, que não ficava muito longe do quarto onde Seneca estava agora. Havia uma foto delas comendo mariscos, a pequena Seneca apertando os olhos e franzindo o nariz de repulsa, no McGarvey's, um bar irlandês na praça da cidade. O McGarvey's ainda existia na praça. Ainda servia mariscos. Não era certo que o restaurante idiota e o cardápio durassem mais do que uma pessoa. Não parecia justo que *nada* tivesse durado mais do que Collette.

Eu te decepcionei, mãe, pensou Seneca com infelicidade. *De novo*.

Ela olhou o resto do álbum, vendo fotos que não olhava havia anos. Mesmo no dia anterior, ela parara depois de algumas páginas, as fotos tristes demais. Nas páginas finais, Collette, o pai de Seneca e Seneca bebê, agora com três anos, estavam em uma praia. Collette e Seneca usavam biquínis combinando, de bolinhas. O pai de Seneca estava cavando um buraco. Eles todos tinham areia nos joelhos e estavam sorrindo.

Seneca torceu a boca. Aquela foto não era tão diferente da que ela havia visto, da família de Candace Lord, quando interrogou os pais de Candace. Como eles, sua família parecia tão feliz. Tão livre. Como se nada de ruim pudesse acontecer com eles.

Ela virou a página; havia mais fotos do que parecia ser a mesma viagem de férias para a praia. Um passeio em um minigolfe. Seneca e o pai soltando pipa. E sua foto favorita, da mãe usando um vestido bonito com um sorriso inocente, segurando uma Seneca grudenta e quase grande demais apoiada no quadril. Ela suspirou para a foto e tocou no rosto da mãe. Estava prestes a virar a página quando uma coisa na foto a fez parar. Ela e a mãe estavam paradas na frente de uma árvore que pareceu… familiar.

Ela aproximou a foto e olhou melhor, a mente passando por mil imagens. A árvore tinha um quadrado perfeito queimado no tronco. Ela não tinha visto uma árvore assim recentemente?

Seneca piscou com força e a resposta veio. *Espera aí*. Havia uma árvore assim na frente da casa onde Brett ficou preso.

Seus nervos começaram a explodir. A foto também mostrava uma parte da casa… e, realmente, era da mesma cor avermelhada da de Brett, embora a tinta estivesse mais forte, parecendo mais nova. Na varanda havia um vaso grande de girassóis… e uns sinos de vento. Seneca apostaria um milhão de dólares que eram os mesmos sinos que ela tinha visto na semana anterior.

O que estava acontecendo?

Seneca ouviu o pai andando pela cozinha, provavelmente indo comer alguma coisa antes de voltar para a sala de televisão e ver outro episódio de *Lei e Ordem*.

Ela desceu a escada. Seu pai estava na sala de televisão, devorando uma tigela de sorvete de creme de amendoim e chocolate. Quando ele a viu, uma expressão de culpa surgiu no rosto dele.

— Eu sei. Faz um mal danado pra mim. Mas estava com uma cara *tão boa*.

— Pai. — Quando Seneca entrou na luz, a expressão jovial do seu pai sumiu e assumiu uma mais defensiva. Ela ofereceu o álbum de fotos para ele e apontou para a foto da árvore. — Onde foi isso?

Seu pai pegou os óculos na mesa lateral.

— Ah. Nós tiramos férias na costa de Jersey. Acho que essa cidade se chamava Halcyon.

A mente de Seneca ficou dormente por alguns segundos. A palavra *Halcyon* ressoou nos ouvidos dela como um sino de igreja.

Ela olhou para o pai.

— Q-quantos anos eu tinha.

— Uns dois? Três? Foi nossa única viagem para a praia. Depois disso, nós sempre fomos acampar. Você era pequena demais pra lembrar.

— E o que a gente estava fazendo nessa rua? — Ela bateu no fundo.

— Acho que era a rua onde nós ficamos. Sim, essa foi a casa que a gente alugou. — O sr. Frazier apontou para uma casa azul na página adjacente. — Meio velha, mas a gente se divertiu. — Ele apertou os olhos para ela. — Por quê?

Todos os tipos de fagulhas voaram no cérebro dela. Seneca fez as contas. Tinha dezenove anos agora. Dezesseis anos antes, quando tinha três, foi o verão de 2002. Foi o mesmo ano em que Brett foi sequestrado. Ela se segurou no braço da poltrona, tonta.

— Querida? — Seu pai inclinou a cabeça. — O que foi?

Seneca abriu a boca, mas não conseguiu falar. Não era possível... mas fazia sentido. A rua onde Brett tinha ficado aprisionado tinha ressoado nela de formas que pareceram subconscientes, suprimidas. Os sinos de vento, a árvore. De repente, uma coisa que Aerin disse surgiu na cabeça dela. Ela tinha ouvido alguma coisa apitando do lado de fora da janela... talvez um caminhão basculante, talvez uma escavadeira, talvez um caminhão de lixo. Quando Seneca estava parada em frente à casa em que Elizabeth tinha mantido Brett sequestrado, reparou em uma pilha de terra ao lado. Havia escavadeiras quando ela esteve lá, mas, durante o dia, podiam ter feito os sons de *bip*.

Teria sido isso que Aerin ouviu?

Vou te dar uma dica. Você já esteve aqui.

Não. Era ridículo. O fato de seu caminho e o de Brett terem se cruzado anos antes não significava que Brett tinha escondido Aerin em Halcyon *agora*. Por que Brett teria escolhido se esconder perto da casa que o fez infeliz? A não ser, claro, que ele gostasse de sofrer... o que Seneca conseguia ver. Por outro lado, talvez fosse uma grande coincidência.

Seneca fechou os olhos. No mundo de Brett, não *havia* coincidências.

Mas por que ele tinha escolhido *a casa dela* para se esconder? Havia alguma ligação maior ali, uma coisa que ela não tinha percebido? Brett tinha visto a família de Seneca quando eles ficaram lá no verão em que ele foi aprisionado? Ele se lembrava *dela*?

Ela revirou o cérebro em busca de tudo que Brett e Viola tinham contado sobre o tempo que passaram com Elizabeth. Eles comiam pão fresco. Dormiam na mesma cama. Ficaram presos no quarto, no porão e no barracão. Mas seus olhos se arregalaram com outra lembrança que Brett compartilhou com sofrimento. A pior lembrança, na verdade. Algo sobre o qual ele pareceu amargo.

Ela apertou a mão na boca. *Não*. Era inconcebível. Irracional. Mas talvez fizesse todo o sentido do mundo.

Ela olhou para o pai de novo. Ele havia colocado a televisão no mudo e estava olhando para ela com preocupação, a mesma preocupação que estava aumentando nele por um tempo, a mesma preocupação que ele sentia desde que a mãe dela morreu, mas eles nunca haviam conversado diretamente. A garganta dela estava seca quando ela falou:

— Pai, aconteceu alguma coisa estranha quando a gente estava nessa viagem? Com uma das crianças vizinhas, talvez?

Os olhos do seu pai observaram seu rosto. Seneca estava morrendo de medo de ele dizer não, ou de talvez ele não se lembrar, mas o reconhecimento surgiu nas feições dele. Ele pareceu assustado de ela estar fazendo uma pergunta daquelas... de ela *saber*.

Ele tocou nos pulsos dela e assentiu.

— Na verdade, sim.

E ele contou a história. Seneca já sabia qual era. A história que juntava todas as peças horrendas e inimagináveis. E, quando ele acabou, Seneca soube exatamente qual era a do Brett. Ela o havia entendido, afinal. Como ele disse que aconteceria.

TRINTA E TRÊS

NAQUELA MESMA NOITE, Maddox sentou-se em um tronco cheio de farpas no meio da floresta de Dexby e viu um dos seus colegas de corrida, Archer, aparecer pelas chamas da fogueira.

— Está meio quente, espero que você não se importe — disse ele quando jogou uma lata de cerveja PBR.

— Valeu, cara. — Maddox pegou a lata e rolou o metal liso entre as palmas das mãos. As pessoas estavam rindo ao seu redor. Havia um baixo vibrando. O ar estava com cheiro de repelente e folhas molhadas, e uma cobertura de árvores bloqueava a vista da lua cheia.

Era a festa de início da temporada anual de cross-country de Archer, que acontecia na floresta escura atrás da casa dele. Pareceu meio inútil fazê-la naquele ano porque Archer e Maddox e tantos outros iam para a faculdade e *não haveria* treino de cross-country para eles no dia seguinte, mas os mais novos estavam se divertindo, brincando de *beer pong* em uma mesa dobrável, parecendo uns tontos fazendo coreografias de break e se gabando para garotas sobre o quanto eles conseguiam comer depois de uma corrida longa. Aquilo tudo lembrou a Maddox aquela cena dos jogos das renas em *Rudolph, a rena do nariz vermelho*, em que Rudolph e o amigo flertam com as fêmeas. O pensamento o fez rir e ele teve vontade de mandar uma mensagem para Seneca, pois parecia o tipo de coisa que a divertiria também. Até que ele se lembrou. Ela não responderia. E isso o preocupava. Preocupava muito.

— Oi.

Maddox virou a cabeça. Ele achou que seria Madison, que também estava na festa depois de ter abandonado abruptamente a equipe de líderes de torcida e ter decidido que queria "tentar" a corrida cross-country no último ano de escola. Mas era Tara Sykes, que também estava começando o último ano. Ela se sentou no tronco ao lado dele com uma Rolling Rock long neck na mão. Algumas mechas do cabelo ruivo-dourado comprido estavam presas atrás das orelhas, e as pernas magras de corredora estavam cruzadas nos tornozelos.

— Oi — disse ele, erguendo a lata ainda fechada para brindar. — E aí?

— Quanto tempo. — Ela encostou a garrafa na lata dele e ergueu o celular. Havia um protetor de tela de Tara e duas outras garotas do time sorrindo depois de uma corrida, os rabos de cavalo molhados de suor. — A gente pode tirar uma selfie? Parece que tem um século que eu não te vejo.

— Claro — disse Maddox, se inclinando. Tara tinha cheiro de um perfume açucarado de menina que devia vir em um frasco rosa em formato de coração. Uma espécie totalmente diferente de Seneca.

O flash brilhou nos olhos dele. Depois de os dois postarem as fotos no Insta, Tara chegou um pouco mais perto.

— O que você andou fazendo no verão? Eu não te vi em nenhuma das corridas de grupo.

Ela apoiou a mão no braço dele. Maddox levou um momento para lembrar que, na vida comum, ele era o cara. Oito milhões de vidas antes, ele havia ficado de olho em Tara Winters. Pareceu óbvio que eles seriam um casal, os dois estrelas da corrida da escola, os dois relaxados, confiantes e motivados. Na verdade, Archer não tinha feito um comentário sobre Tara quando ele conheceu Seneca? E Seneca fez aquela cara arrogante e reprovadora, o que fez Maddox se sentir bem básico por ter amigos atletas e pensar em garotas. O que o deixou irritado em seguida, porque Seneca nem o *conhecia* e como ela ousava entrar na vida dele e sair julgando?

Claro que a irritação dele fazia sentido. Claro que ele quis impressionar Seneca. Ele gostou dela desde a primeira conversa pela internet. E quis que ela gostasse dele também.

Mas Seneca não retribuía o amor dele. Ela havia deixado bem claro; ele precisava botar isso na cabeça. Ela o tinha liberado, devolvido para a vida normal.

Ele se virou para Tara.

— Eu tive um verão meio doido, na verdade.

— Ah, é? — Os cílios compridos dela desceram e subiram. — Doido de festas e tal? Ou se preparando pra faculdade? Você não vai pra Oregon?

Maddox olhou para ela. Tara não sabia mesmo? Depois que ele deu entrevista para o *Good Morning America*, um monte de gente desconhecida de Dexby foi falar com ele, dar parabéns. O que foi bem legal. Ele gostou do reconhecimento pelo que tinha feito. Era legal ser mais do que só o astro da corrida. Se bem que, pensando bem, muita gente da idade dele não tinha falado muita coisa. Talvez fossem pessoas que não viam *Good Morning America* e não liam os jornais locais... ou talvez achassem esquisito. De repente, ele teve medo de ser essa última alternativa.

Na luz tremeluzente, ele reparou que Tara estava olhando para ele de um jeito estranho que parecia dizer "talvez eu devesse pular fora". O cheiro de uma vela de citronela chegou a ele. Ali perto, uma garota feliz deu um gritinho:

— Tira essa coisa de mim!

Maddox deu uma risada constrangida.

— Quer saber, deixa pra lá. É uma história bem longa.

Ele olhou para as chamas e sentiu uma pontada de decepção. Para falar a verdade, a festa toda era meio decepcionante... Não era mais tão *divertida*. Maddox se perguntou se o que tinha acontecido com Brett, Seneca e todos eles tinha mudado o DNA dele de vez. Ele não podia simplesmente encolher os ombros se não fosse nada e tomar cerveja e jogar *beer pong* e dançar como os outros bobalhões estavam fazendo. O que tinha acontecido estaria com ele em cada volta na pista de corrida, em cada festa a que ele fosse, no seu quarto na Vila Olímpica se ele conseguisse chegar lá. Ele olhou para os amigos protegidos e inocentes. Seneca tinha pedido que ele voltasse à vida, mas ele não podia, não completamente. Ele sempre seria diferente por causa do que passou e do que viu.

E, sendo honesto, ele sempre tinha usado Seneca como padrão de comparação com todas as outras garotas. Alguém chegaria ao nível dela? Ele *queria* que alguém chegasse? E, merda, se ele não tivesse dito aquela coisa sobre Seneca ser igual ao Brett, ela ainda estaria falando com ele agora? Se ele não tivesse forçado a barra para ela contar à polícia sobre a mensagem de Brett, ela agora estaria contando sobre seus planos?

— Foi bom te ver, hein — disse Tara ao reparar que o interesse de Maddox tinha passado. Ela se levantou do tronco e apertou o ombro dele. Ele não a chamou de volta. Só ficou olhando para a cerveja fechada. Passou o dedo em volta da borda, pensando se deveria abri-la ou voltar para casa. Ele sentia sua irmã o observando de algum ponto da festa, provavelmente pronta para dar um sermão nele sobre deixar escapar uma garota tão gata. Mas, quando ele olhou, os olhos de Madison estavam arregalados e solidários. *Eu sei*, ela parecia estar dizendo. *Ela não é Seneca*. Madison também estava preocupada com Seneca.

Quando o celular no bolso do short começou a vibrar, ele achou que eram comentários no story dele no Instagram: Archer e Rory fazendo comentários grosseiros e encorajadores sobre ele e Tara com emojis apropriados. Mas continuou vibrando. E vibrando. E *vibrando*.

Ele acabou pegando o aparelho. Não era o Instagram que estava fazendo sucesso, era o app que Madison tinha instalado no celular duas semanas antes, que se danasse os potenciais malware e vírus que ele tinha inserido no sistema operacional. Um pontinho que vibrava estava saindo do local em que tinha ficado parado por duas semanas. Maddox viu o ponto se mover por uma rua e por outra… rapidamente, então provavelmente de carro e não a pé. Eita. Seu relógio dizia que passavam das duas horas da madrugada.

Enquanto alguém aumentava ainda mais a música, enquanto uma garota gritava que tinha ouvido falar que havia ursos naquela floresta, enquanto a lata de cerveja fechada ia ficando mais quente no colo de Maddox, ele olhava o pontinho passar pela rua e por uma ponte. Seu estômago começou a se contrair. Não era uma saída de madrugada para buscar algo para comer. Alguém estava agindo.

Sozinha.

— Madison — chamou ele, se levantando e sentindo uma onda de medo. Sua irmã ergueu o rosto da conversa, alerta de repente. Ela se aproximou correndo.

— É…? — perguntou ela, como se estivesse escrito na testa dele com caneta permanente.

— É. — Ele botou a lata de cerveja no tronco. Estalou os dedos. Vestiu a jaqueta. — Vamos.

Depois que se despediu e correu com Madison até o carro, ele olhou o pontinho de novo. Ainda estava se movendo… em algum lugar. *Aonde você está indo?*, perguntou ele. *E o que vai fazer agora?*

TRINTA E QUATRO

SENECA SAIU SORRATEIRAMENTE, deixou um bilhete para o pai e pegou a chave. Não havia trânsito na 95 e ela chegou a Halcyon em três horas. A cidade estava começando a acordar: um Jeep com pranchas de surfe presas no alto saiu de uma vaga na frente de um café, alguns intrépidos atletas estavam começando sua caminhada. Com o coração na garganta e os olhos ardendo por ter acordado tão cedo, os nós dos dedos doendo pela força com que ela apertou o volante por todo o trajeto, Seneca entrou com o carro na avenida Philadelphia.

O sol nascente cintilou sobre a rua, fazendo o concreto brilhar. Muitas das casas ainda estavam escuras e a calçada estava sem pedestres. Ela prendeu o ar quando passou pela antiga casa do Brett e pela árvore familiar; o local pareceu tão abandonado e sinistro quanto sempre. Em seguida, veio o terreno que estavam escavando: havia uma retroescavadeira lá e o buraco cavado por ela parecia sem fundo.

Seneca parou na esquina e não na frente da casa azul alegre que aparecia em uma das suas fotos de família. Parecia que ela estava sendo controlada por fios invisíveis. Precisava fazer aquilo, fosse qual fosse o resultado. Ela precisava *saber*. Não estava nem mais sentindo medo. Sentia-se... vingativa. Com raiva. *Pronta*.

O piso gemeu quando Seneca subiu na varanda. Ela hesitou na porta, bater parecia ridículo. O que Brett faria, a convidaria para entrar e tomar café com bolinhos? Será que ele *estava* lá? Mesmo se ele tivesse estado com Aerin, isso não queria dizer que estaria aqui. Ainda assim, ela sentia que estava. Ele tinha deixado aquela pista, afinal. E todos os caminhos levavam àquela rua, àquela casa. Todas as perguntas levavam até ali.

Ela tocou na maçaneta. Girou na mão e a porta se abriu. Seneca deu um passo para trás, surpresa e insegura. O interior estava bem escuro, mas ela conseguia ver uma escada e um corredor levando a uns aposentos nos fundos. Sua garganta ficou seca. Suas mãos tremeram. Mas ela reuniu toda a coragem que tinha e entrou.

A casa estava com um cheiro agradável de menta. Ela via fotos emolduradas no corredor e sentiu um tapete fofinho debaixo dos pés. Prestou atenção em sons, mas não havia nenhum. O estômago de Seneca começou a ficar embrulhado. *Fuja*, uma voz gritava na cabeça dela. Mas o animal possuído dentro dela foi em frente. Ela era um robô, programado apenas para executar uma única tarefa.

Snap.

Seneca parou. O som tinha vindo da esquerda. Ela tateou pela parede e percebeu que tinha deixado passar um aposento. Deu um passo para trás e espiou lá dentro. A luz estava bem fraca, mas ela conseguiu identificar sofás, cadeiras e uma televisão no canto. Ela inclinou a cabeça de novo, os ouvidos ecoando com o silêncio.

— Espero que você não esteja pretendendo ligar pra ninguém — disse uma voz no escuro. — Tem um dispositivo nesta casa que bloqueia o serviço de celular.

Um abajur de mesa foi aceso no canto. Brett estava sentado em um sofá, as mãos no colo, a postura reta e ereta, como se ele fosse um aluno na primeira fila da sala de aula. Seus olhos estavam escuros e agitados, mas também achando uma certa graça. Havia um balde cromado de gelo e uma garrafa de vinho branco à sua frente na mesa de centro. Ao lado, duas taças de cristal vazias.

Cada músculo de Seneca se contraiu e virou pedra.

— Eu tenho que bater palmas pra você, Seneca. — Um sorriso sinistro se espalhou pelos lábios de Brett. — Você descobriu tudo bem antes do que eu achava. — Ele tocou na garrafa de vinho. — Acho que isso pede uma comemoração. Você não acha?

TRINTA E CINCO

BRETT INSPECIONOU SENECA com atenção. Ele a tinha visto dias antes, mas, cara, como ela tinha mudado. Os olhos estavam vermelhos. O cabelo parecia sujo. Brett não tinha como ter certeza, mas parecia que ela estava com o mesmo short e a mesma camiseta desde Breezy Sea. *Interessante*. Brett a imaginava pesquisando, lendo, anotando, mapeando, fazendo listas, olhando fotos, fazendo perguntas, fazendo todas as coisas de Seneca que a levaram à conclusão a que ela havia chegado hoje. Ele sabia que ela descobriria.

Assim como ele sabia que ela iria sozinha. Era um jogo entre Brett e Seneca agora; eles eram os dois únicos jogadores.

Ele abriu o vinho com um saca-rolhas, serviu o líquido âmbar nas taças e empurrou uma na direção dela.

— Quero propor um brinde. — Ele ergueu a taça. — A nós. A sermos parecidos de tantas formas.

Seneca olhou para a taça, mas não tocou nela. Ela demorou um tempo para falar.

— Eu entendi, Brett — falou ela com a voz baixa e vazia. — Eu finalmente sei por que você a matou.

A severidade do tom dela o surpreendeu. A raiva pura e sofrida brilhava tão abertamente. Havia poder vibrando nos punhos trêmulos.

E o rosto dela o lembrava de alguma coisa, embora ele não soubesse bem o quê. Ele sentiu um tremor nervoso no peito, mas o deixou de lado. Ela não estava com tanto medo quanto ele esperava, tudo bem. A vantagem ainda era dele. Claro que era.

— Foi por isso que você contou aquela história sobre Elizabeth te prender no barracão — disse Seneca. — Quando você tentou escapar, a casa pra qual você correu... foi a casa onde a minha família estava hospedada. *Esta* casa. — Ela moveu o braço indicando o ambiente. — E a mulher que atendeu a porta, a mulher que não acreditou na sua história e te levou pra casa e te devolveu pra Elizabeth... foi a minha mãe. Estou certa?

O vinho azedou na boca de Brett. Ele encarou Seneca impassível, tentando sufocar as emoções. Ele tinha se preparado para aquela conversa. Estava pronto para ela desde que a conheceu em Dexby. Ele quase contou depois que a salvou do incêndio no hotel... mas felizmente não falou nada. Não era a hora.

— Claro que está certa — disse ele. — E que bom. Você é mesmo minha melhor aluna.

— Você sabe há anos. — Seneca apoiou as mãos nos quadris. — Você... *me* conhece há anos.

De repente, ele soube o que Seneca lembrava: ocasionalmente, Elizabeth deixava que ele assistisse a programas sobre a natureza, e houve um sobre um tigre observando a presa, a cabeça baixa, os olhos arregalados e focados. Momentos depois, ele atacou uma gazela distraída e a fez em pedacinhos. Os olhinhos determinados de Seneca lhe lembravam o tigre antes de atacar.

— Eu te vi naquele dia que fui à sua casa na praia — disse ele. — Você estava escondida atrás da sua mãe, aquela vaca. — Ele gostou de ver que Seneca tremeu um pouco ao ouvir isso, embora sua voz trêmula o incomodasse. Ele não pareceu tão durão quanto gostaria. — E não foi tão difícil encontrar vocês depois que eu fugi. Eu me lembrei de um adesivo de Annapolis que tinha no para-choque do seu carro quando sua mãe me levou de volta pra casa da Elizabeth. Deu um certo trabalho, mas eu acabei descobrindo onde vocês moravam. Você tinha onze anos quando eu te encontrei em Annapolis. Estou imaginando que você não me viu quando eu te observava nas reuniões da natação, né?

— Não. — Seneca olhou para ele sem expressão.

— Eu era o cara sentado na arquibancada de cima com cara de tédio. Mas eu não estava entediado. Eu via você nadar de costas até tocar na parede. Via sua mãe aplaudir. Eu queria que ela me visse e se lembrasse de mim como o garoto que ela *não salvou*, mas ela estava concentrada em você. — Ele deu de ombros e balançou a mão. — Ela se esqueceu de mim tão rápido. Mas eu não me esqueci dela. Só precisei esperar a hora certa para fazer o que precisava fazer.

O olhar de Seneca parecia um muro de pedra. Parecia que tudo que ele dizia estava quicando nela e voltando.

— Então você matou a minha mãe só porque ela te levou de volta pra casa da Elizabeth naquele dia, é isso?

— É claro que sim.

Ela deu uma risada debochada. Foi um som feio, irônico.

— Eu pensei nisso em todo o caminho até aqui. Você não percebe como é irracional? Como é autocentrado? Como ela poderia saber da sua situação?

A fúria antiga ardeu dentro dele, quente como um vulcão, espinhosa. *Irracional? Autocentrado?*

Ele se moveu para a frente no sofá.

— Sua mãe deu as costas para um garoto assustado e desesperado. Pareceu que ela não me ouviu. Ela não ligou de eu estar com medo. Só me levou de volta para aquela casa, *la, la, la*. Não quis destruir as férias tranquilas com um garoto abalado em casa, não é? Não quis manchar as lembranças! Então, ela me devolveu ao pesadelo. — Ele olhou duramente para Seneca, o coração pulando, a garganta se contraindo, sentindo a vontade repentina de rugir ou chorar. — Você e sua família puderam continuar vivendo, tranquilamente alheios, enquanto eu apodrecia. Isso não é justo. Então eu jurei que ia fazer alguma coisa, que ia fazer com que ela pagasse.

— É, e isso te fez sentir melhor? — Seneca ergueu as sobrancelhas. — Depois que você a matou, Brett, seus problemas todos sumiram, assim? — Ela estalou os dedos.

Ele fez um ruído de irritação. Que tipo de pergunta era aquela?

— Não sumiram. A raiva ainda estava dentro de você, tão pútrida quanto antes, não estava? Aquela vontade de *consertar* as coisas, de acertar as contas... talvez tenha ficado *pior* depois que você matou gente, não é verdade?

Ela observou o rosto dele, mas Brett afastou o olhar.

— Havia um buraco dentro de você que precisava ser preenchido e por isso você foi procurando mais coisas com que enchê-lo — continuou ela. — Só que nada que você fazia te deixava se sentindo melhor. Por mais gente que você matasse, por mais que se *vingasse*, você continuava sendo o mesmo cara de merda quando acabava. Bom, tenho uma novidade pra você, cara. Você nunca vai mudar. Vai sempre ser você. Vai sempre estar péssimo.

— É óbvio que eu vou sempre estar péssimo! — rugiu Brett. — Minha infância foi tirada de mim!

— Você não foi a única pessoa com quem isso aconteceu! — gritou Seneca de volta. — E todas as outras vítimas de sequestro do mundo? Elas não se transformam em assassinas!

Voou cuspe da boca de Seneca quando ela falou. Ela estava inclinada tão para perto dele agora que ele via as sardas no nariz dela, os pontinhos amarelos nos olhos grandes e furiosos. *Ela não tem medo de mim*, percebeu ele. *Nem um pouco.*

Bastava daquilo. Ele precisava recuperar o controle. Ele abriu os braços sobre as almofadas e respirou para se acalmar.

— Então por que você está aqui, Seneca? O que quer saber? Quer que eu *explique* pra você? Você gostaria de saber como eu rastreei

Collette? Como foi o último dia em que ela estava viva? O que eu fiz com ela nos momentos antes de ela morrer?

Seneca ficou paralisada. Abriu a boca, mas nenhum som saiu.

— Ou será que você quer ouvir o que mais eu fiz além de matá-la? Ou o quanto ela sentiu medo? Ou o que ela me *disse*? — Ele sorriu. — Eu me lembro de cada palavra que ela disse. Uma parte foi sobre você.

Seneca deu um passo para trás como se ele tivesse tentado bater nela, mas não cuspiu um rápido e decisivo não. *Ela está curiosa*, pensou Brett deliciado. Em um canto sombrio e confuso da alma, ela queria saber cada detalhe.

— Ou será que a gente deve conversar sobre como eu fiquei de olho em você depois que tudo acabou? — perguntou Brett, sentindo a confiança aumentar. — Eu vi de perto como você ficou *destruída* com a morte dela. Como ficou chocada assim que sua mamãe foi tirada de você. Foi muito bom ver isso, sabe. Finalmente, você estava sentindo uma dor como a minha. Eu vi aquele colar dela que você começou a usar. E sabia seu segredinho, que você roubou do corpo dela. Ela o estava usando quando... você sabe. — Com um sorriso, ele colocou as mãos no pescoço e fez uma mímica de alguém sendo estrangulado. — Eu também reparei como você ficou perguntadora, como ficou desesperada por respostas sobre o que tinha acontecido. Meu Deus, isso te perturbou por *anos*, não foi? Você mal conseguiu terminar o ensino médio! Abandonou a faculdade! Na verdade, eu soube assim que você entrou no Caso Não Encerrado. Eu estava de olho no seu e-mail, vi a carta de boas-vindas que enviaram.

Seneca engoliu em seco. Ela estava tentando não reagir, mas ele tinha que acreditar que cada nova percepção a estava chocando como um balde de gelo na cara.

— Então, claro que eu também entrei no site. E nós ficamos amigos, não foi? Só conhecidos casuais no começo, mas eu queria muito te conhecer. Ver o que mexia com você. Ver no que você estava *pen-*

sando... porque você segurava as cartas bem escondidas no que dizia respeito à sua mãe, e eu queria saber mais sobre aquela tristeza. Nunca era suficiente pra mim, eu era como um viciado. Vi quem eram seus amigos no site, o grande Maddy Wright. Eu também o conheci... mas em pessoa, e nós nos demos muito bem. — Ele tomou outro gole de vinho. — E que coincidência, Maddy Wright era de Dexby, *outro* lugar que eu conhecia bem. Isso me fez pensar: não seria divertido ter *duas* pessoas parentes das minhas vítimas em um lugar só... comigo no meio? Melhor ainda, e se nós estivéssemos tentando *solucionar* um caso... juntos? E acabássemos... *virando* amigos? — Ele ouviu sua voz falhar de novo e sentiu uma pontada no peito. — Quanto mais eu planejava, mais queria que acontecesse.

Seneca olhou para ele.

— Então você encorajou Maddox a olhar o caso de Helena. Aí, ele me convidou. Depois, você.

Brett assentiu.

— Eu falei que a gente devia montar um grupo. Sabia que ele ia escolher você... e eu.

— Mas por quê? Se você sabia onde eu estava, se ainda sentia tanta raiva da minha família, por que nos fazer passar por tudo aquilo? Por que não simplesmente me matar?

— Porque... — Brett deu de ombros, meio desprevenido de novo. — Você não deixava de me oferecer coisas boas. Se eu não podia fazer mal a Elizabeth, pelo menos eu tinha você.

— Hum. — Aquele olhar de tigre, aquele tom condescendente, tinham voltado nela.

Brett apertou o punho.

— O que *hum* quer dizer?

— Eu acho que você fez isso porque queria controlar alguma coisa. Controlar *pessoas*, porque tinha sido controlado a vida toda. Você era uma marionete, mas queria ser o titereiro. Aí, nos encontrou. Você nos usou para trabalhar pela sua dor.

Brett se virou para o lado.

— Desde quando você virou psicóloga?

— Você não é tão difícil de entender, Brett. Foi mal.

— Ah, bom. — Algo mole e vulnerável pulsou dentro dele, fazendo seu peito se inflar, deixando-o irritado. — Eu *também* precisava que você encontrasse Elizabeth. Eu ia te deixar em paz depois disso. Só que não acabou sendo assim, né? — Ele sentiu uma escuridão se acomodar nele. — Você roubou essa chance de mim. Mas eu não estou mais com raiva de Elizabeth. Não sinto vontade de me vingar dela, ela vai ter o que merece. Mas sinto vontade de me vingar de *você*.

Brett se levantou. Seneca chegou um pouco para trás. Quando se levantou, ele notou em uma luz suave brilhando no bolso do short dela. Era o celular, fazendo um quadrado perfeito embaixo do algodão. Primeiro, ele achou que ela estivesse recebendo uma ligação ou mensagem de texto... mas era impossível. Ele tinha instalado o bloqueador de sinal que havia comprado de um cara duvidoso que tinha conhecido pelo Craiglist, e todos os celulares ficavam desabilitados assim que passavam pela porta.

Então o que estava funcionando naquele celular? Ele levou só um momento para dar o salto mental. Ele largou a taça de vinho no chão, onde se estilhaçou em pedacinhos, e pulou em cima dela. Seneca pulou para trás e gritou.

Brett a segurou pelo ombro e puxou o celular do bolso. Como ele pensou, a função de vídeo estava ligada, o timer embaixo dizia que o vídeo estava rodando havia mais de cinco minutos.

— Você nos *gravou*? — gritou ele.

Seneca tentou pegar o celular de volta, mas Brett foi rápido demais. Rugindo, ele arremessou o celular do outro lado da sala. Bateu na parede e caiu no piso de madeira com um baque. Pareceu uma traição, um tapa na cara. Seneca não tinha ido lá só para uma discussão dos acontecimentos, ela foi fazer uma *armadilha*, a vaca idiota. Era tão desalmada quanto a mãe.

Seneca correu até o celular quebrado, mas ele a segurou pelos ombros e a virou, pegando-a desprevenida. De repente, na luz fraca, ela ficou *igual* à mãe: o rosto em formado de coração, os olhos azuis grandes, a boca carnuda. Se apertasse os olhos, ele conseguia visualizar Collette Frazier parada na porta daquela casa tantos anos antes, inabalada pela história de Brett, apática em relação às súplicas dele. Toda a dor que ele guardara anos antes, toda a inutilidade agonizante, todo o arrependimento e a fúria voltaram em uma bola de fogo ardente e faiscante, explodindo pelos membros, voando pela boca. Ele se viu com medo e frenético ao tocar a campainha da casa alugada da família de Seneca. O alívio quando a mãe dela atendeu a porta voltou com tudo, como se tivesse acontecido momentos antes. Ali estava sua heroína. Ali estava a pessoa que faria tudo ficar certo.

Por que ele não saiu correndo dela quando ela o levou de volta para casa? Por que não foi correndo pela calçada e se escondeu? Mas Brett sabia o porquê: Elizabeth tinha feito uma lavagem cerebral nele. Um refrão ficou se repetindo na cabeça dele, sem parar: *Seus pais não te amam. Ninguém te ama, só eu. O mundo te acha um merda.*

— Sua mãe tinha que ter me salvado — sibilou Brett para Seneca, enfiando as unhas na pele dela. — Eu nunca a perdoarei. E nunca perdoarei *você*.

Ele fechou as mãos no pescoço dela. Inspirou o odor meio azedo dela. Sentiu o corpo dela todo tremer. Ele sentiu também uma emoção: ali estava ela, Seneca Frazier, finalmente ao alcance dele. Parecia que um círculo estava finalmente se fechando. Ele tinha decidido destruir uma família e agora estava conseguindo.

— Você está tendo o que merece — sussurrou ele, e fechou as mãos no pescoço dela com mais força, apertando e apertando, só querendo que acabasse.

TRINTA E SEIS

SENECA SENTIU AS mãos fortes de Brett apertarem seu pescoço e algo em seu peito cedeu. Ele apertou a traqueia dela e os pulmões gritaram de pânico. Ela tentou afastar as mãos dele, mas ele era muito forte... de repente, ela estava no chão, a cabeça sendo batida no tapete redondo, o peso do corpo de Brett em cima dela.

Ah, Deus, ah, Deus, ah, Deus, pensou ela. Não era para ser assim. Seneca tinha que correr para fora da casa depois de conseguir a confissão. Ou, se Brett tentasse ficar violento, ela tinha colocado um Taser na bolsa. Ela viu a bolsa na porta com o canto do olho. Estava quase ao alcance do pé, mas Brett a estava prendendo com força, e ela não conseguia pegá-la.

Brett virou a cabeça dela para o lado com um movimento forte, fazendo Seneca ficar com lágrimas nos olhos. Havia um sorriso de êxtase no rosto dele, uma expressão tão maligna e diabólica que Seneca se encheu de medo e soltou um choramingo. Brett chegou um pouco mais perto dela como se quisesse ouvir, o sorriso crescendo.

— Isso mesmo — disse ele.

Ele *queria* que ela sentisse medo, Seneca percebeu. Era como se estivesse se alimentando dele.

Ela não podia dar mais poder a Brett. Ele poderia matá-la, mas ela não deixaria que ele tivesse tudo que queria.

— Faz o que quiser — ela conseguiu dizer. — Me mata. Mas aquela sua confissão já está na minha nuvem. Você quebrou meu celular por nada.

Uma onda de pânico surgiu nas feições de Brett, mas sumiu rapidamente.

— Você está blefando. A gravação já era. Talvez você não devesse ter vindo sozinha, né? Mas você tinha que vir, não tinha? Ninguém ficou do seu lado. E agora, você vai morrer sozinha.

Ele apertou com mais força. Seneca não aguentaria muito mais. *Anda*, ela ordenou a si mesma, sentindo o esforço do coração no peito. Mas seu campo de visão estava se estreitando. Ela se sentia ficando mais fraca, cedendo. Era assim mesmo que terminaria?

Quando ela fechou os olhos, uma coluna estreita de luz apareceu. *A morte?*, pensou ela horrorizada. Já tinha mesmo chegado? Mas passando pela luz, literalmente virando-a para o lado como se fosse uma coluna de contas, uma figura surgiu na mente dela. O rosto se materializou e ela ofegou. Ela reconheceria aqueles olhos azuis enormes, as maçãs altas e o cabelo loiro sedoso em qualquer lugar. Era sua *mãe*.

Querida, disse sua mãe. Era a voz dela, límpida e clara, mas também meio mandona, exatamente como sua mãe era. *Querida, se levanta. Você consegue resolver. Tem que conseguir.*

Seneca olhou para a mãe com impotência, muda, *sem fôlego*. Como ela estava ali? Por que estava só olhando para ela com um sorriso fraco? Por que estava fazendo movimentos de levantar as mãos?

Suas mãos estão livres, instruiu sua mãe, indicando as mãos de Seneca, se debatendo ao lado do corpo enquanto Brett a estrangulava. *Segura a orelha dele e torce.*

— Hã? — choramingou Seneca.

Você me ouviu. Segura. Vai. Você é forte. Eu não criei uma banana.

— Mas eu não consigo! — choramingou Seneca.

Consegue. O olhar dela para Seneca era firme e forte. *Eu estou aqui*.

E aí, antes que Seneca soubesse o que estava acontecendo, uma leveza começou a surgir nela, uma coluna dourada pingando da cabeça até os pés. Com uma explosão de energia inesperada, ela levantou a mão trêmula, segurou a orelha de Brett e girou com força. Ele soltou um grito de dor, deu um pulo para trás e tirou as mãos do pescoço dela. Tossindo, Seneca recuou e se levantou. Brett tentou segurar seu tornozelo e, por um momento, ela quase tropeçou, mas conseguiu se soltar e deu um chute rápido na cara dele. Brett caiu para trás, segurando o nariz.

— Que *porra* é essa? — gritou ele.

Continua, vibrou a voz da mãe dentro dela. *Continua*.

Brett estava de joelhos agora e ela o empurrou com uma força que surpreendeu até ela mesma, até ele estar caído de costas. Ele bateu no chão com um ruído terrível de *crack*. Sangue jorrava do nariz. Ele estava xingando baixinho. Seneca limpou o suor do rosto, tentando pensar no que fazer em seguida; deveria correr para pegar a bolsa e o Taser? Mas estava vários passos do outro lado da sala. Se ela hesitasse mesmo que um pouco, Brett recuperaria a vantagem. Ele era bem mais forte e maior.

Isso não importa, disse sua mãe. *Maior nem sempre é melhor*.

Uma coisa na mesa de centro chamou a atenção dela. A ponta fina do saca-rolhas estava apontada para ela. Ela foi pegar. Brett reparou e arregalou os olhos. Segurou a perna dela de novo e tentou derrubá-la, mas ela chutou a barriga dele e ele recuou, um som estranho e gorgolejante saindo pela garganta. Brett tentou chegar mais para trás, e Seneca viu o olhar dele percorrer o quarto, provavelmente tentando encontrar a arma. Mas Seneca andou até ele e pisou em seu peito com força, apertando o peso no esterno dele. A mesma força sobre-humana tomou conta dela. Ela se sentiu apoiada, *energizada* pela mãe. Ela conseguiria fazer aquilo. Ela *estava* fazendo.

O saca-rolhas tremeu na mão dela quando ela o ergueu acima da cabeça como uma faca. Lágrimas escorriam dos olhos dela. A faixa pálida e vulnerável de pele no pescoço de Brett brilhava na luz fraca. Ele olhou para ela com expressão de súplica, os lábios tremendo, e fechou os olhos e fez uma careta.

— Anda — disse ele. — Eu sei que você quer fazer isso. Se bem que, se fizer, nós *vamos* mesmo ser iguais.

As palmas das mãos de Seneca estavam suadas, era difícil segurar o saca-rolhas. Soluços surgiram no peito dela. Ela não queria matá-lo. Não queria ser parecida com ele. A morte dele não resolveria nada. Provavelmente, só pioraria as coisas.

De repente, houve um estalo alto que sobressaltou os dois. Brett rolou. Seneca se encostou na parede. Quatro figuras entraram na casa e os cercaram, armas erguidas, vozes gritando coisas que o cérebro confuso dela não conseguiu processar. Mas, quando sua visão clareou, Seneca identificou POLÍCIA DE HALCYON impresso em letras grandes nas jaquetas deles.

— No chão! — gritaram para Brett. — Mãos onde possamos vê-las!

Brett olhou para a polícia e para Seneca, a boca retorcida em fúria. Abruptamente, ele se levantou, se virou e tentou sair correndo, esbarrando na mesa de centro e quebrando a garrafa de vinho. Ele desapareceu em outro corredor escuro que levava a outra parte da casa.

Os policiais foram atrás dele.

— Pare senão vamos atirar! — gritaram.

Seneca olhou para a escuridão, batendo os dentes e os pulmões queimando. Soaram estampidos altos no corredor. Ela ouviu corpos batendo em paredes e grunhidos altos. "Não!", gritou uma voz que se parecia muito com a de Brett, depois houve um baque. Ela ouviu o clique de algemas sendo fechadas; passos soaram no corredor novamente. Os policiais entraram na sala, desta vez ladeando Brett, obrigando-o a andar. Brett ergueu a cabeça quando viu Seneca ainda parada onde ele a tinha deixado. Repuxou o lábio inferior e apertou os olhos. Olhou com súplica para a polícia.

— Prendam *ela*. Foi ela que entrou aqui e *me* atacou.

O policial só fez um ruído de deboche.

— E ela teve um bom motivo, garoto.

Eles continuaram o arrastando. Brett rosnou para Seneca um pouco antes de passar pela porta.

— Não era para eles te seguirem. Não era para eles *acreditarem* em você.

Seneca abriu os lábios. Ela não entendeu o que ele quis dizer. Segui-la? Acreditar nela? Quem?

Como se em resposta, os policiais se separaram para empurrar Brett pela porta, e Seneca viu duas pessoas para trás, meio nas sombras, meio atordoadas pela luz matinal. Madison estava com as mãos nos bolsos. Maddox estava olhando para ela com a boca aberta, piscando sem parar como se não acreditasse no que estava vendo.

Seneca levou um susto.

— O que vocês estão fazendo aqui?

Maddox e Madison deram alguns passos hesitantes na direção dela. Primeiro, Seneca ficou atordoada demais para fazer alguma coisa, mas logo saiu correndo até eles e mergulhou nos braços deles.

— Ah, meu Deus — sussurrou ela, abraçando-os com força. Ela sentiu os soluços trêmulos deles junto com os dela. — Como vocês...? O que fez vocês...?

— Eu estava ficando louco de não falar com você — gemeu ele no pescoço dela ao mesmo tempo. — Quando te ouvi gritar, eu achei... — Mas ele olhou para a porta da frente, por onde a polícia tinha levado Brett. — Só que eu me enganei. — Ele olhou para ela, impressionado. — Você estava se saindo muito bem sozinha.

— Mas o que vocês estão *fazendo* aqui? — perguntou ela. — Como souberam que era pra vir?

— Não fica com raiva — disse Madison. — Nós dois estávamos muito preocupados. Eu ajudei Maddox a ficar de olho em você, e quando nós vimos que você estava em movimento, tivemos que vir atrás. Quando tivemos certeza de que era a casa do Brett, nós chamamos a polícia.

Tudo estava indo rápido demais. A mente de Seneca não conseguiu se fixar em todas as peças.

— E-então vocês estavam me stalkeando?

Maddox secou os olhos e riu com vergonha.

— Não. Quer dizer, a gente só estava... bem, observando seus movimentos com muita cautela. Mas porque amamos e nos preocupamos com você. — Seneca sentiu uma necessidade de ficar na defensiva, mas ele levantou a mão para impedi-la de protestar. — Eu *entendo* por que você teve que encontrá-lo. Da melhor maneira que posso, pelo menos.

Seneca fechou os olhos.

— Que bom, porque eu não tenho mais certeza de que *eu* entendo. — Ela olhou para Maddox e para Madison. Ainda era difícil acreditar que eles estavam *ali*. Eles a amavam tanto assim. Se importavam mesmo quando ela os afastava. Não havia palavras para esse tipo de devoção.

Maddox segurou os braços dela com força e olhou no fundo dos olhos dela.

— Não vamos falar sobre isso agora, tá? Que tal você explicar como derrubou sozinha um gênio do crime com as mãos vazias?

Seneca abaixou a cabeça.

— Bom, minhas mãos não estavam exatamente *vazias*. — Ela mostrou o saca-rolhas. *E eu tive uma outra ajuda*, acrescentou ela em pensamento. *Do tipo sobrenatural.*

A visão da mãe voltou com tudo. Tinha mesmo acontecido? Ela não viu mais a imagem de Collette, mas, mesmo assim, sentiu a presença dentro dela, enchendo-a de força. Ela jurou que tinha ouvido a mãe sussurrar uma outra coisa no ouvido dela: *Querida, para de afastar o Maddox. Ele é um dos bons.*

Quem sabia dizer se foi mesmo sua mãe ou só a falta de oxigênio no cérebro? Mas, naquele momento, Seneca acreditou. A voz da sua mãe foi como um sino, amorosa e gentil e certa. Segurando um soluço, ela abraçou Madison e se virou para Maddox, sentindo-se um pouco nervosa.

— Obrigada — sussurrou ela.

— Por quê? — perguntou Maddox, atônito.

Em vez de responder, ela se inclinou para a frente e beijou os lábios dele. Quando ele retribuiu o beijo, ela fechou os olhos e mergulhou no beijo, apreciando o fato de que estava bem e de que Maddox estava com ela e talvez, só talvez, que uma porta na vida dela tinha finalmente se fechado.

E outra porta tinha se aberto. Dali em diante, Seneca aceitaria o conselho da mãe. Ela deixaria Maddox entrar.

TRINTA E SETE

DOIS DIAS DEPOIS, ainda em recuperação, Aerin e Thomas estavam a uma mesa na Dexby Pizza Trattoria. Devia ser o restaurante menos chique de toda a cidade luxuosa de Connecticut, onde ela morava, embora isso não quisesse dizer muito: o barman usava um terno escuro elegante, as entradas mais baratas custavam quinze dólares e a pizza gourmet tinha coberturas que iam de trufa a *pancetta* a caviar Beluga, que Aerin achava bem nojento.

O garçom, um garoto cheio de acne chamado Ross com quem ela quase tinha ficado dois anos antes, entregou a eles uma pizza marguerita, e Aerin e Thomas começaram a comer.

— Ah, meu Deus — murmurou ela, deixando o queijo derreter na boca. — Eu sonhei com isso quando estava presa naquele quarto. Achei que nunca mais ia sentir o gosto de comida. — O rosto de Thomas se fechou e ela fez carinho no braço dele. — Desculpa.

— Não pede desculpas. — Thomas colocou a fatia de volta no prato com o braço bom, o que não estava na tipoia. — Eu só quero ter certeza de que você esteja processando o que aconteceu… e de que está bem.

Aerin deu de ombros. Parte dela não queria falar sobre o sequestro perto da família e dos amigos. A história dela para Brett em Mallorca não era mentira: era típico dela fugir quando a coisa ficava feia. Parecia bem mais fácil agir como se nunca tivesse acontecido.

Mas ela não faria isso, não com Brett ainda à solta. Assim, ela tinha reunido sua coragem e assumido o comando naquele interrogatório em Breezy Sea para explicar exatamente o que Brett tinha feito com ela e quem ela era. Ela mostrou ao detetive os hematomas no pescoço de quando Brett a machucou. Mulheres gentis da equipe pericial examinaram delicadamente todo o corpo dela, fizeram um zilhão de perguntas. Ela pegou o fio de cabelo na caixa de lentes de contato. Contou que escondeu as unhas debaixo da cama. Contou que Brett ficou com uma faca apontada para ela, apesar de ainda gerar espasmos em todo o corpo dela.

Foi uma sorte quando aquele segurança dobrou a esquina na Casa Maluca. Bom, foi apavorante no começo, pois Aerin realmente achou que Brett a mataria, mas, quando ele a soltou, o coração dela explodiu de alívio. Pelo que Aerin conseguiu entender, foi completamente casual o fato de o cara estar lá, embora ela tivesse que pensar se não era a mão de Helena trabalhando, protegendo-a. Junto com o relato dele das ações loucas de Brett com a faca e as imagens de segurança do Reeds Hotel que eles conseguiram obter, que mostravam Aerin entrando no veículo de Brett, ela lutando para sair e Brett trancando as portas, os detetives acreditaram na história dela. Isso fez com que a necessidade de encontrar Brett se tornasse prioridade.

Mas ajudou *mesmo* quando Brett foi capturado. Com a acusação de sequestro já estabelecida, Brett foi direto para a cadeia. Melhor ainda, depois que os policiais tiraram as digitais dele, viram que batiam com uma digital não identificada que tinha sido encontrada no carro da mãe de Seneca anos antes *e* com uma digital que a polícia conseguiu recentemente no Dakota quando foi investigar a morte de Helena. Junto com a confissão de Brett para Seneca, a polícia conseguiu acusá-lo dos dois homicídios.

Muitas peças de dominó caíram depois disso: Marissa e Harris Ingram, o marido e mulher anteriormente acusados do assassinato de Helena, foram soltos. A polícia voltou a entrevistar Chelsea Dawson e mostrou uma série de fotos de homens que poderiam tê-la sequestrado, e ela apontou Brett imediatamente. As digitais dele também foram encontradas na amurada da varanda do condomínio Ocean Sands, de onde havia empurrado Jeff Cohen. O legista até mandou exumar o corpo do cara que achavam que era Gabriel Wilton, o codinome de Brett, que todos supuseram que tinha morrido em um acidente de carro na costa. Obviamente, não era Gabriel, mas um jovem turista dinamarquês que se parecia muito com ele.

Tantos corpos. Tanta destruição. E quando Aerin olhou para Thomas de novo, ela ficou nervosa de pensar que ele podia ter se machucado muito mais. Finalmente, Brett estava tendo o que merecia... e Aerin tinha ajudado a fazer com que isso acontecesse. Talvez houvesse utilidade em contar a história, afinal.

Aerin deu outra mordida na pizza. O único probleminha era que tinha ficado difícil dormir desde que ela voltou. Ficava acordando no meio da noite coberta de suor, certa de que estava de volta naquele quarto com Brett, sem conseguir se mover, sem conseguir gritar. No quarto dia de insônia, ela confessou para a mãe que talvez, só *talvez*, precisasse de um terapeuta.

Aerin ainda não sabia se gostava da dra. Cindy Fowler; a mulher tinha uma quedinha por gatos e usava pulseiras feias demais. Mas ela falava mais palavrão que um marinheiro e não parecia ser uma idiota. E, bom, estava mesmo *ajudando* a falar. Um pouco, aqui e ali, no ritmo dela. Ela ficava tendo vontade de se esconder, de sufocar as lembranças de ficar trancada no porta-malas e o sentimento vertiginoso que teve quando acordou e se deu conta de que Brett a tinha levado, e o medo de que a qualquer momento ele podia entrar no quarto e a matar. Mas quando contava uma parte para alguém, ela se sentia bem mais leve e mais livre. Não que ela fosse de repente a garota-propaganda de terapia. Mas, naquele momento, estava sendo bom.

Claro que ela também tinha Thomas. Fora o braço quebrado e os hematomas no rosto, ele estava bem. As queimaduras no corpo tinham cicatrizado. Ele tinha quebrado uma costela e ainda doía inspirar, mas isso também cicatrizaria com o tempo. Ela esticou a mão por cima da mesa e segurou a dele.

— Acho que nós dois vamos ficar bem — disse ela com uma piscadela.

— Eu também acho. — Ele olhou para ela com um amor que fez o coração de Aerin dar três pulos. Ela queria desesperadamente dizer para Thomas que havia sofrido por ele quando estava nas garras de Brett, que a única coisa que a segurou naquelas noites foi saber que ela precisava ir até ele, deixá-lo melhor. Mas tinha medo de dizer; não tinha confiado em ninguém desde que Helena desapareceu. Se bem que, depois de alguns encontros com a dra. Fowler, ela talvez arrumasse coragem.

A atenção de Thomas se deslocou para a televisão acima do bar. Um noticiário estava passando e uma imagem de Candace Lord surgiu na tela. Apesar de o som estar desligado, Aerin sabia o que o repórter estava dizendo: a audição preliminar de Candace era naquele dia, e como ela havia se declarado inocente (*lunática*), o caso viraria julgamento e ela ficaria presa sem fiança.

Aerin viu a câmera acompanhar uma mulher de aparência maltrapilha de macacão laranja de prisão largo sendo tirada do fórum algemada. *Foi essa mulher que fez de Brett quem ele é*, pensou ela com um tremor. A lembrança de estar sentada na cama da casa dele, ouvindo-o falar sobre o que Candace tinha feito, passou por ela como água e a encheu de uma solidariedade inesperada.

Ela engoliu outro pedaço de pizza.

— É estranho eu me sentir mal pelo Brett ter passado o que passou com ela? — Na tela, a polícia estava enfiando Candace em uma viatura. Candace não parecia arrependida pelo que fez. Talvez nem soubesse que era errado. — Também é estranho eu me sentir mal por ela ter perdido os filhos? — Ela riu, envergonhada. — Talvez eu esteja ficando louca, né? Eu devia odiar essas pessoas.

— Eu acho que te faz humana — disse Thomas. — E *é mesmo* horrível. Essa é a parte trágica de tudo isso.

A notícia acabou e deu lugar à previsão do tempo. Aerin olhou para a pizza e para Thomas, sentindo de repente uma pontada de alegria. Era tão bom estar ali com ele, sem fazer nada de especial, só vivendo e comendo e apreciando a vida. Ela tivera essa sensação algumas vezes desde que Brett foi preso e sabia que estava em segurança. Era estranho que foi preciso ela ser sequestrada para apreciar tudo que tinha?

— Querida?

A sra. Kelly estava ao lado dela com um sorriso tímido.

— Posso me sentar com vocês?

Aerin encolheu os dedos dos pés. A última coisa que ela queria era sua mãe olhando descaradamente para seu novo namorado. Elas haviam conversado sobre muitas coisas que tinham evitado antes: o caso bizarro de Helena com Harris Ingram, o que Aerin sabia sobre Brett e até sobre *Thomas*. Foi bom, porque quanto tempo havia que Aerin não tinha uma mãe de verdade? Mas também foi meio esquisito... principalmente explicar as coisas sobre Brett. Às vezes, Aerin só queria se desligar no sofá e ver *A dança dos famosos*.

Mas ela soltou o ar. Sua mãe parecia tão *esperançosa*, como se tudo que quisesse era ser uma pequena parte da vida de Aerin. Uma das coisas sobre as quais elas conversaram foi como a sra. Kelly também ficou arrasada depois da morte de Helena, ela só lidou com as coisas de forma diferente, mergulhando no trabalho para tentar esquecer e abandonando Aerin sem querer no processo. Mas ela havia feito uma promessa renovada, uma promessa real, sólida, genuína, de mudar seu jeito para melhor. Elas conversariam, elas ajudariam uma à outra, elas tentariam... porque a vida era curta, não era? Um dia, você estava em um jato particular; no dia seguinte, era vítima de sequestro e estava presa em um quartinho. Aerin achava que não dava para saber o que se tinha até não ter mais.

Ela relaxou os ombros, sorriu e chegou para o lado para abrir espaço para sua mãe no banco. E, com um sorriso, a sra. Kelly se sentou e chamou o garçom. Ross se apressou com três taças de vinho branco. Primeiro, Aerin achou que sua mãe tomaria as três sozinha, mas ela passou as outras taças para Aerin e Thomas.

— São pra nós? — perguntou Aerin.

A sra. Kelly assentiu.

— Eu achei que a gente precisava fazer um brinde.

Ela ergueu a taça, mas pareceu não saber o que dizer. Aerin viu emoções delicadas surgirem no rosto da mãe e a realidade caiu na cabeça dela de novo: tudo pelo que elas tinham passado era *brutal*. Mas agora elas estavam vendo a luz no fim do túnel. Agora, elas podiam se curar.

— À família — disse ela, erguendo a taça.

O sorriso da sra. Kelly oscilou, mas depois ficou mais largo.

— À família — respondeu ela, batendo a taça na de Aerin e de Thomas. Os três beberam. Foi o melhor vinho que Aerin já tinha tomado.

TRINTA E OITO

QUANDO MADDOX ENTROU na linda sala de Seneca em Annapolis, ela estava sorrindo para ele, o laptop na mesa.

— Eu tenho uma pergunta muitíssimo importante pra você — disse ela.

— Manda — disse Maddox. Mas, quando ele foi olhar a tela, ela a virou com um sorriso malicioso no rosto.

— Qual você diria que é o estilo do seu quarto no alojamento? — perguntou ela. — Aventureiro rústico? Formal e chique? Ah, não, isso é a sua cara: casual e atlético. — Ela virou o laptop. O site da IKEA estava aberto na tela. Ela estava olhando decoração de quartos.

Maddox gemeu.

— Eu vou ficar maluco se olhar mais almofadas e edredons.

— Você só tem uma semana antes de ir para Oregon. Precisa escolher alguma coisa, e pode muito bem ter estilo. — O mouse parou sobre uma cesta com estampa de ilusão de ótica. — É um cesto de roupa suja legal, não é? Chama-se *Snajda*. — Ela riu. — Como se diz isso? SNODz-da? A IKEA é esquisita.

Os lábios rosados dela se abriram e os olhos azuis brilharam. Maddox *algum dia* se cansaria de ver aqueles belos olhos olhando para ele com tanta afeição? Ele ficou doido de ir para lá passar uns dias antes de ir para a faculdade. Madison, Thomas e Aerin pegariam o trem para lá naquela tarde, e eles todos sairiam com Seneca para comemorar o aniversário dela. Na verdade, eles comemorariam *todos* os aniversários, não só porque o ano letivo já ia começar e eles ficariam separados nos meses seguintes, mas porque a saga com Brett tinha ensinado a eles que a vida era fugaz e eles deviam comemorar sempre que tivessem oportunidade.

Ele fechou o laptop e o colocou na mesa de centro.

— Eu tenho que admitir que não estou tão empolgado pela faculdade quanto antes.

Seneca o encarou.

— Por causa do verão?

Ele assentiu.

— Eu me sinto tão… diferente agora. Não sei se vai ser suficiente pra mim estar na equipe de corrida, ir às aulas. Eu sempre vou pensar no que passamos. Em Chelsea. Em Damien e Huntley. Em Helena. Até na história horrível do Brett. — Ele passou a mão pelo cabelo. — Até a *Madison* está diferente depois disso tudo. Ela abandonou o grupo de líderes de torcida. Eu nunca achei que veria esse dia. Ela disse que as garotas parecem meio… insípidas. — Ele riu. — Ela deve estar se inspirando em você. Ela nunca teria usado essa palavra antes.

Seneca pensou nisso por um momento, riu por causa de Madison e assentiu, pensativa.

— Mas a faculdade não é um lugar pra você se descobrir? Ter uma vista mais ampla da vida? Encontrar gente que te *entenda*? — Ela cruzou as mãos. — Você não vai ter isso ficando em Dexby.

— Eu sei…

— E o que você está dizendo, que vai parar de correr? — Agora, Seneca pareceu zangada. — Você tem esperança de ir pras Olimpíadas! Que outro motivo eu vou ter pra ver os próximos jogos?

Ela foi dar um tapinha no braço dele, mas Maddox se afastou, segurou-a pela cintura e a puxou para perto. Meu Deus, como o cheiro dela era bom, de chocolate e sabonete e... *Seneca*. Como ele podia explicar o que sentia por ela? Ela entendia o vazio que ele tinha sentido naqueles dias sem ela, quando eles tinham terminado... ou, voltando mais ainda, como foi *certo* o momento em que eles se beijaram pela primeira vez?

— Eu nunca pararia de correr — admitiu ele. — Mesmo que por saber que você estaria na arquibancada, me vendo no pré-olímpico.

— Que bom — disse Seneca.

— Mas como eu posso ir para o outro lado do país? — gemeu ele. — Eu vou sentir saudade demais.

Seneca se encostou na almofada e olhou pela janela. A casa dela tinha vista do Chesapeake, e a água estava cheia de veleiros e embarcações de pesca.

— Você não pode abandonar seus sonhos por causa disso — disse ela em tom de repreensão.

— Não é só por sua causa. — Maddox pensou em botar os pés na mesa de centro, mas lembrou que não estava em casa. — Quer dizer, sim, é *basicamente* por sua causa, mas esse verão me mudou. Eu não corri semana passada quando estávamos procurando Aerin e não me importei. Há coisas por aí mais importantes do que correr, sabe? A perspectiva muda.

— É, mas com sorte nós não vamos mais ter que lidar com essas coisas grandes, né? Ficou pra trás.

Ela pareceu tão tranquila quando falou isso. Nada maníaca. Nada louca ou obcecada como quando estava em Breezy Sea, depois que eles encontraram Damien. Maddox pensou naquele dia louco, incrível e horrível por um momento. Alguns dias depois da explosão deles, ele entendeu, entendeu *de verdade* o que ela estava tentando dizer. Brett parecia uma doença na cabeça de Seneca; se ela não tratasse aquela doença, cresceria como uma erva daninha, sufocando todo o resto.

E a única forma de ela se livrar das ervas daninhas da cabeça dela era encontrando Brett.

Isso, junto com o bilhete que ele sabia que ela havia recebido dele, era o motivo de ele ter ficado de olho nela. Ele sabia que ela estava procurando. Também sabia que ela encontraria a resposta com o tempo. Como Brett dissera, ela já tinha todas as pistas.

Quando ele levantou o rosto, Seneca parecia eufórica, como se estivesse se esforçando para guardar um segredo.

— O quê? — perguntou ele.

Ela mordeu o lábio, os olhos cintilando.

— Tudo bem. Eu ia guardar isso pra mais perto de você ir embora, mas acho que vou contar logo.

— Contar o quê?

Ela desceu o olhar para o sofá, onde havia algumas migalhas das torradas de pão árabe que eles tinham devorado antes.

— Eu andei conversando com o meu pai. *De verdade*. Ele está furioso por eu não ter explicado o que eu estava tramando e ficou danado por eu ter ido atrás do Brett sozinha, mas não foi só disso que a gente falou. Nós também conversamos sobre *ela*. A minha mãe. — O olhar dela se desviou para o álbum grande de fotografias na mesa de centro; ela estava mostrando as fotos para Maddox sem parar desde que ele tinha chegado. — Por muito tempo, meu pai não quis. Dizia que estava tentando me proteger da dor dele. E acho que eu não queria falar com *ele* sobre ela porque estava tentando protegê-lo da minha raiva. Mas nós temos contado histórias sobre ela, coisas engraçadas e divertidas que eu tinha esquecido. Tem sido bem legal.

— Isso *é* muito bom — concordou Maddox.

— Isso não é tudo. Saber o que nós sabemos agora sobre o Brett ajuda muito. Nós dois sentimos um encerramento de um jeito que não sentíamos desde a morte dela. Antes, na Universidade de Maryland, eu fiquei agitada, ainda presa no mistério da minha mãe. Era por isso que não conseguia me concentrar nas aulas… nem em *nada*, na verdade. Nem relacionamentos. — Ela ergueu o rosto e abriu para Maddox um sorriso meio malicioso, meio tímido. — Mas agora tudo mudou.

— Que ótimo. — Um barco passou pelo campo de visão de Maddox, e, por um segundo, desejou que ele e Seneca pudessem estar a bordo, usando trajes de banho mínimos, ouvindo hip-hop. Ele se virou para ela. Seneca estava sorrindo como se a melhor parte do discurso ainda não tivesse chegado.

— Eu acho que o que me segurou foi estar na mesma cidade em que a minha mãe foi morta. — Ela moveu o braço pela sala. — Até mesmo investigar aqueles outros mistérios e sair da minha bolha ajudou. E aí, outro dia, antes de você chegar, eu fui aceita em um curso de justiça criminal. *E* eu vou me voluntariar pra polícia da faculdade.

— Espera aí, *como é*? — disse Maddox. — Aconteceu tudo isso e você não me contou?

Seneca fez uma expressão tímida.

— Eu precisava pensar primeiro. É um passo tão grande. Mas a faculdade ficou impressionada com o trabalho que eu fiz pra encontrar Helena e Brett. Ajudou com minhas candidaturas. — Quando olhou para ele, o rosto dela estava cheio de esperanças. — Eu quero muito fazer isso.

— Então *faz*! Você deveria mesmo!

Ela se encostou.

— Viu? Você me apoia no meu sonho. Claro que eu vou te encorajar a seguir o seu.

Maddox revirou os tornozelos e sentiu as duas juntas estalarem. Ele *estava* morrendo de vontade de voltar a correr e competir. E, tudo bem, perder a Olimpíada era mais do que ele poderia suportar. Quem perderia a oportunidade de participar da cerimônia de abertura com Michael Phelps e todas aquelas jogadoras de vôlei gatas?

— É que eu odeio a gente ficar separado, sabe? — disse ele suavemente.

Um sorriso maroto surgiu nos lábios rosados de Seneca.

— Mas eu nem falei onde eu fui aceita. — Ela subiu e desceu as sobrancelhas. — O que acha da Universidade de Washington?

Maddox a encarou.

— Washington... o estado?

— A capital do país é perto demais de casa, benzinho.

— A poucas horas da Universidade do Oregon? — Maddox segurou os braços dela. — Você está brincando? Está de brincadeira comigo?

— Não — disse Seneca quando ele a puxou para um abraço de urso. — E eu vou ser estagiária na polícia de Seattle.

Maddox a encarou por muito tempo e levou um dedo à têmpora.

— *Explodiu* meu cérebro agora.

— Eu achei que você ia gostar — murmurou Seneca no ouvido dele quando ele a abraçou apertado.

— Eu não simplesmente gostei — disse Maddox, empurrando-a e olhando no fundo dos olhos dela. Ele queria congelar aquele momento, guardá-lo num potinho para sempre. — Eu amei.

— E eu te amo — disse ela baixinho, dando um beijo nele.

TRINTA E NOVE

NAQUELA NOITE, DEPOIS que Madison, Aerin e Thomas chegaram e Seneca os acomodou nos quartos de hóspedes do terceiro andar da casa barulhenta, que estavam meio empoeirados, servindo de hospedagem para aranhas, o grupo pegou a estrada para o Lowry's, um dos restaurantes favoritos de bolinho de siri de Seneca em Annapolis. O restaurante tinha uma atmosfera noir/pirata: era bem escuro dentro, o piso era original dos anos 1940 e cheio de cascas de amendoim e serragem, o barman era um sujeito velho e grisalho chamado Sven, e o píer lá fora para barcos balançava e tinha pranchas com pregos para todo lado.

Todos entraram e a recepcionista, Fran, uma mulher mais velha e mal-humorada que estava lá desde sempre, levou o grupo até uma mesa. Mas, antes de Seneca ir atrás, ela levantou o dedo para Maddox, saiu para a varanda dos fundos perto do píer destruído e olhou para a ponte ao longe.

Havia outro motivo para ela ser atraída para aquele restaurante ao longo dos anos: tinha vista do outro lado do lago de onde sua mãe tinha sido encontrada. Se Seneca apertasse os olhos, ela conseguia ver a pequena enseada pantanosa onde a polícia havia recuperado o corpo. Ela não estava no local quando aconteceu; só soube horas depois, quando um policial foi até a casa dela para pedir que ela identificasse o cadáver da mãe. Mas depois que descobriu todos os detalhes, sua mente trabalhou para preencher as lacunas. Como sua mãe tinha ido parar lá? Quem tinha feito aquilo com ela? Por que aquilo tinha acontecido?

Agora, Seneca tinha todas as respostas. Todas as partes; tinha até colocado o assassino de Collette atrás das grades.

Seneca prendeu o cabelo atrás das orelhas. Não muito tempo antes, ela havia suposto que quando (não *se*) desvendasse o caso, sentiria um peso enorme tirado dos ombros. Sua vida seria imediatamente feliz e pacífica; tudo mudaria para melhor. Mas não foi bem isso que aconteceu. Ao descobrir o que tinha acontecido com sua mãe e o motivo, Seneca revelou as camadas de muitos eventos terríveis. Acidentes trágicos de carro. Descidas à loucura. Infâncias roubadas. Violências hediondas. O mundo podia ser tão sem sentido e cruel. As pessoas eram tão frágeis, tão facilmente destruídas, tão rapidamente atormentadas.

Brett estava certo, eles *eram* parecidos de muitas formas. Os dois foram marcados pelo que tinha acontecido com eles. Eram vítimas da crueldade e aleatoriedade horrenda da vida. Mas, diferentemente de Brett, Seneca não transformaria sua tragédia e infelicidade no mal. Ao estudar justiça criminal em Seattle, talvez ela pudesse ajudar alguém a encerrar algo que *o* assombrasse. Ela esperava que fosse fazer uma diferença.

O vento aumentou e provocou ondulações na água. O píer bambo oscilou ruidosamente, fazendo o barco solitário preso por uma corda bater na lateral. Seneca olhou intensamente para a enseada do outro lado da baía; ela sempre tinha pensado naquele lugar como o verdadeiro túmulo da sua mãe, não o cemitério St. Anne, onde ela havia sido enterrada. *Nós conseguimos, mãe*, pensou ela, sentindo lágrimas arderem nos olhos. *Nós o pegamos. Eu só lamento que ele tenha feito isso com você.*

Ela fechou os olhos, desejando uma resposta. Se ao menos sua mãe pudesse falar com ela mais uma vez, mas, desde aquele dia na casa de Brett, a voz dela não tinha voltado. O que mais Seneca precisava que ela dissesse? Que ela a amava? Que sentia muito? Seneca *estava* com raiva da mãe por mandar Brett de volta para a casa de Elizabeth tantos anos antes? Brett estava. Olhando por um lado, a decisão da sua mãe havia gerado uma reação em cadeia tóxica que levou até a morte dela mesma. Mas, olhando pelo jeito racional, quem pensaria que o mal podia estar duas portas depois da sua em uma pacífica cidade de praia? Seneca não teria pensado. A maioria das pessoas não teria. Ela não podia culpar sua mãe por aquilo.

— Ei.

Maddox parou na porta, a cabeça inclinada para o lado, as sobrancelhas erguidas em pergunta.

— Ei — disse ela, andando de volta até ele. Maddox passou o braço em volta dela. — Eu amo essa vista.

Maddox sorriu.

— É linda, principalmente com esse pôr do sol.

Seneca assentiu. Ela se virou para ele, se sentindo meio abalada e insegura de ter que fazer a pergunta que não saía de sua cabeça:

— Você pensa em Brett na prisão?

O rosto de Maddox se encheu de preocupação, e Seneca teve medo de ele dar outro sermão sobre Brett ocupar espaço demais no cérebro dela. Mas ele assentiu.

— Na verdade, sim. É difícil imaginá-lo confinado em algum lugar, sabe? Eu não consigo visualizar.

— Fico pensando que ele vai fugir. — Seneca riu de vergonha. — Telefono para a prisão todos os dias pra ter certeza de que ele ainda está lá.

Maddox riu e segurou a mão dela. Seneca apoiou a cabeça no ombro dele, pensando em perguntar outra coisa que estava pesando na cabeça dela: se ele ia ao julgamento de Brett. *Ela* precisava ir.

Aerin também, por causa do sequestro. Mas a acusação só chamaria Maddox como testemunha sobre o caráter do acusado. Seneca achou que ele iria, mas os dois tinham evitado conversar sobre Brett nos dias anteriores. Era bem mais calmo assim. Com bem menos peso.

Mas ela ainda estava pensando em Brett. Não de forma obsessiva, não daquele jeito "preciso encontrá-lo ou vou explodir". Agora, para a surpresa dela, seus pensamentos sobre ele eram tingidos de algo complexo que ela não sabia nomear. Sabia que não fazia sentido, mas a única coisa de que se lembrava era do que sentiu quando voltou para casa do hospital depois de tirar as amídalas: a cirurgia tinha doído, a cama do hospital era dura e algumas enfermeiras foram grossas, mas foi memorável e transformador. De um jeito completamente bizarro, Seneca tinha de agradecer a Brett por botar sua vida em uma nova direção emocionante e cheia de propósito: por ter feito novos amigos, por ter conhecido Maddox e, finalmente, se sentir preparada para a faculdade. Ela sempre se lembraria de Brett por isso. Não com carinho... mas definitivamente com importância.

— Oieeee — disse uma voz. Madison botou a cabeça na porta, a mão apoiada no quadril. — Tem um pratão de mexilhões fritos com seu nome nele, Seneca!

Seneca apertou a mão de Maddox e entrou no restaurante para se sentar à mesa com os quatro amigos, que deviam ser as pessoas mais importantes da vida dela. Aerin estava sentada encostada à parede, a boca brilhosa com um sorriso largo, tão diferente da garota mal-humorada e fechada que Seneca tinha conhecido meses antes quando foi para Dexby procurar o assassino de Helena. E Thomas estava ao lado dela, ainda parecendo empolgado de estar *com* Aerin, mas também oferecendo uma estabilidade reconfortante. Madison, pegando um mexilhão com as pontas das unhas, decoradas com bolinhas e purpurina, criticou Maddox por usar uma porcaria de camiseta Under Armour para a festa de vinte anos da namorada.

— *Sinceramente*, Maddox. — Ela segurou a manga com os dedos. — Você não podia ter vestido algo mais arrumado?

— Tudo bem. — Seneca se encostou em Maddox. — Eu gosto dos trajes esportivos dele. O que é meio engraçado, porque, quando a gente se viu pela primeira vez, eu pensei: *Ugh, um atleta*.

Maddox a cutucou.

— Na verdade, na primeira vez que você me viu, você ficou surpresa por eu não ser uma garota.

Todos à mesa morreram de rir, Seneca também. Ela não teria rido alguns meses antes, talvez até algumas *semanas* antes. Costumava ficar tão tensa com os próprios erros, tão defensiva com qualquer crítica que fizessem dela. Mas estava começando a superar isso. Ela *não estava* sempre certa. E tudo bem, desde que houvesse alguém a apoiando.

— Aqui — disse Maddox, colocando uma coisa embrulhada em papel de seda em cima da mesa e empurrando na direção dela. — Seu presente de aniversário.

Seneca franziu a testa.

— Eu disse que não precisava de presentes, pessoal. — Mas ela abriu o papel de seda mesmo assim. Dentro havia uma caixinha branca. Seneca abriu a tampa e fez um ruído de surpresa. O colar com a inicial *P* da mãe dela estava sobre uma base de cetim. O ouro brilhou. O pingente não estava mais torto e queimado. Ela ficou com lágrimas nos olhos.

— Pessoal — sussurrou ela. — Como vocês fizeram isso?

— Madison conhece um joalheiro — disse Maddox. — Ele consertou.

Ela passou os dedos pelo disco de ouro. A lembrança de tirá-lo do corpo da mãe voltou, quando ela precisou desesperadamente de algo que fosse dela. Ergueu o colar da caixa, e Maddox ajudou a prendê-lo no pescoço. O pingente de *P* se acomodou no pescoço dela daquele jeito antigo e familiar de que ela se lembrava. Seus dedos começaram a mexer com ele na mesma hora, e ela sentiu seu coração se acalmar.

Quando seus amigos tiveram tempo de fazer aquilo? Ela nunca tinha se sentido tão emocionada na vida.

— Obrigada. Eu nem sei o que dizer.

Maddox ergueu o copo de água para um brinde.

— Feliz aniversário, Seneca.

— Nós te amamos — disse Aerin, erguendo o copo dela.

Seneca bateu com o copo nos deles. Não conseguiu deixar de lembrar a *última* vez que tinha ouvido um brinde... naquela sala escura e sinistra de Halcyon, com Brett olhando para ela do sofá. Um tremor a percorreu e a encheu de medo e até uma certa preocupação. Mas isso era loucura, claro. Brett não podia mais assustá-la. Por causa dela, por causa *deles*, Brett nunca mais faria mal a ninguém.

DEPOIS

PELO PONTO DE vista de Jackson Brett Jones, se ele tinha sobrevivido aos anos que passou trancado com uma louca, a prisão seria moleza. Ele tinha aprendido uma ou duas coisinhas desde que escapou de Elizabeth. Tipo como manipular as pessoas. Tipo como se encaixar em qualquer papel que precisasse. *Fingir até conseguir*, essas coisas. Assim, Brett entrou na Instituição Correcional Garden Plaza não como o moleque assustado que se permitiu ser sequestrado nem como o sujeito descuidado que tinha avaliado mal uma solucionadora amadora de crimes chamada Seneca Frazier, mas o sujeito confiante, corajoso e gênio maluco que ele sabia que era.

E tinha dado certo... ao menos até ali. Ele já tinha conseguido os privilégios de ter cadarços nos sapatos, um xampu decente e pães frescos no refeitório. Tinha jogado papo em cima de vários detentos e feito vários favores, que costumavam envolver hackear celulares contrabandeados para contato com o mundo lá fora, e as pessoas passavam longe dele. Era escoltado para a frente da fila de ligação telefônica toda quarta-feira à tarde e sempre tinha água quente no banho. Basicamente, ele estava numa situação boa, levando tudo em consideração.

A melhor parte? Ele havia convencido os guardas a darem a ele um emprego na biblioteca, que o colocava perto de um monte de livros... *e* computadores. E, claro, a prisão *achava* que o servidor da internet só acessava alguns sites que a equipe considerava apropriados, mas isso foi antes de Brett botar as mãos na coisa. Como se fosse tão difícil suplantar os firewalls bobos deles. Ele quase teve vontade de escrever uma carta aberta aos cidadãos pagantes de impostos de Nova Jersey para contar como o dinheiro suado deles estava sendo usado em um monte de inutilidades. Por outro lado, ele tinha mais utilidade para seu tempo na internet.

Brett se sentou em frente ao computador agora, os dedos voando sobre o teclado, tentando ignorar o fato de que a sala tinha cheiro não de livros mofados, mas de suor, mijo e cabelo queimado. A primeira coisa que ele fez foi pesquisar *Jackson Brett Jones* no Google. Não muito tempo antes, não havia resultados exceto os artigos velhos sobre um garoto da ilha Tally-Ho que tinha desaparecido, mas hoje? Hoje ele era trend de Twitter.

Todos os canais de notícia conhecidos estavam especulando sobre o julgamento, tentando imaginar o que ele declararia, fazendo apostas se ele levaria a pena de morte... que, *dã*, ele não levaria, porque Brett estava torcendo para que todos os casos fossem descartados por detalhes técnicos ou provas insuficientes. Havia linhas do tempo dos homicídios que ele tinha cometido, ensaios de psicólogos o diagnosticando com várias doenças mentais, uma história extravagante dizendo que ele se assemelhava a alguns dos grandes assassinos em série e uma entrevista com Viola, que pareceu tão atordoada e surpresa com a coisa toda que Brett ficou com o coração meio partido. Os fóruns do CNE estavam cheios de perguntas: como ele tinha passado tanto tempo despercebido, como tinha escolhido as vítimas e conseguido dinheiro para se sustentar todos aqueles anos.

Brett adoraria responder a essa última pergunta. Alguém acreditaria na história? Quem imaginava que a antiga herdeira Vera Grady, uma das primeiras mulheres que ele matou *e* a mulher que ele alegou ser sua avó para Seneca e para os outros, era paranoica com bancos?

Não foi nem esse o motivo para Brett tê-la matado; ele estava trabalhando como empacotador em um mercado chique na rua em que ela morava em Greenwich, e ela era uma vaca com ele toda vez que ia lá, e ele surtou um dia, ainda muito magoado e sensível do sofrimento com Elizabeth. Mas ele considerava isso uma vantagem linda.

Ele tinha encontrado dinheiro escondido na casa toda. Um cofre com um código fácil de descobrir continha mais de cem mil dólares em notas de cem novinhas. Nem a empregada, Esmerelda, sabia sobre o pé de meia de Vera, porque a imprensa não relatou nada desaparecido. Também ajudou o fato de que Brett deixou *todo o resto* no cofre: muitas joias extravagantes, algumas escrituras de propriedades, uma carta de amor velha e melosa.

Ele saiu do Google, se encostou na cadeira e estalou os dedos. Agora, o real motivo para entrar na internet. Olhou para a direita e para a esquerda para ter certeza de que Joseph, o bibliotecário-chefe que agia como se fosse uma força a ser enfrentada, ainda estava com a cara enfiada em um livro de Le Carré. E estava mesmo. Sorrindo, Brett digitou o link do Caso Não Encerrado.

O site abriu rapidamente. Brett fez login com um nome novo que tinha criado, JMoeda (uma variação de BGrana, não era?), e viu a tela carregar. Era reconfortante que o site velho e com design ruim nunca mudava. Nem os otários que discutiam os casos.

Ele clicou em uma aba e se viu olhando para o nome de Helena Kelly. *Caso Encerrado*, dizia um carimbo sobre a sequência de mensagens. Ele clicou no de Collette Frazier em seguida; Seneca devia se sentir tão bem que sua mãe ganhou um carimbo novinho de *Caso Encerrado* também. Mas a sequência de mensagens ainda estava aberta, e ele clicou nela e desceu até embaixo. Alguns frequentadores regulares tinham palpitado depois que Brett foi preso… *e* a imprensa tornou público que ele postava no CNE como BGrana havia anos. ELE NÃO É UM DE NÓS, uma vaca chamada MizMaizie escreveu em letras garrafais, enchendo a postagem de emojis de crânio e um

GIF de um sujeito fortão batendo com o punho na palma da outra mão. *Espero que esse cara apodreça no inferno.*

Puxa, pensou Brett. Não dava para agradar todo mundo, dava?

O olhar dele se desviou para a janelinha de mensagens no canto. Não havia número sobre a imagem, o que significava que ele não tinha recebido novas mensagens; ninguém sabia quem JMoeda era e ninguém se importava. Ele ainda não tinha opinado em nenhum caso. Mas estava morrendo de vontade. Havia uma garota no Arkansas que tinha sido encontrada em um celeiro, cortada da garganta ao umbigo. Havia gêmeos que tinham sumido de casa, no Texas, e limpado o estoque de pepitas de ouro guardadas para o fim do mundo no porão. Havia uma garotinha desaparecida em Phoenix, um universitário assassinado em Nova York, uma dona de casa recém-casada encontrada morta no trailer dela no Michigan e o marido desaparecido. Todos os dias, coisas horríveis eram postadas no site, casos demais, trabalho demais para a polícia, mortes e desaparecimentos que eram enfiados num armário e esquecidos porque havia muitos no mundo.

Claro que ele queria mergulhar em um. E, ora, talvez ele pudesse ajudar. Dar uma perspectiva de dentro, podíamos dizer assim. Mas era meio solitário resolver casos sozinho. O que Brett queria mesmo era uma equipe.

Ele abriu uma janela nova de mensagens e deixou o mouse sobre o destinatário. Indo com tudo, ele digitou *Poderosa*. O nome dela foi completado automaticamente, o que significava que ela ainda estava ativa no site. Brett sentiu um formigamento nos ossos. Era um bom começo.

Estou com saudades, amiga, digitou ele. E, como estava com medo de escrever qualquer coisa a mais que pudesse entregá-lo, ele apertou o botãozinho azul de ENVIAR. A mensagem desapareceu no ar; Brett a imaginou se embaralhando, disparando por túneis eletrônicos e se reformando quando chegasse à caixa de entrada de Seneca. Foi um prazer fechar os olhos e fantasiar com os primeiros momentos depois que ela lesse a mensagem. Ela saberia na mesma hora quem era ou levaria um momento? Ela teria medo… ou ficaria meio empolgada? E, mais do que tudo, ela responderia?

Brett esperava que sim. De verdade. O mundo era bem mais divertido quando eles estavam jogando.

AGRADECIMENTOS

A TRILOGIA Os amadores foi uma viagem divertida, e sou extremamente grata a todos da Alloy Entertainment que ajudaram a moldar esse mundo e o mistério, os personagens e muito mais, do começo ao fim, que fizeram a série brilhar: meus velhos amigos Lanie Davis, Sara Shandler, Josh Bank, Laura Barbeia e Les Morgenstein.

Kieran Viola, sua contribuição editorial elevou este livro de uma leitura de entretenimento para algo de que sinto muito orgulho. Agradeço também ao resto do grupo Freedom: Mary Mudd do editorial, Whitney Manger do design, Holly Nagel do marketing e Cassie McGinty, minha assessora incansável, pela atenção, apoio e entusiasmo. E tenho sorte de ter Andy McNicol ao meu lado para guiar a série até o fim. Sou feliz de ter uma equipe tão incrível.

Agradeço também ao meu sogro, Mike Gremba, que ofereceu muitos detalhes dos bastidores de procedimentos policiais que eu teria inventado (e descrito errado). Meu amor também para Michael, Kristian e Henry. E, claro, para Clyde, por comer minha lata de lixo enquanto eu escrevia este livro.

E, finalmente, obrigada a vocês, todos os meus leitores, por apreciarem, comentarem, discutirem, postarem, escreverem em blogs, postarem no YouTube, no Instagram e por me mandarem mensagens sobre o que vocês acham desta história. Ter contato com os leitores é uma das melhores partes desse trabalho, e vocês fazem tudo valer a pena.

Impressão e Acabamento:
EDITORA JPA LTDA.